Ausgerechnet an einem Wochenende muß Sharon McCone für einen Textilfabrikanten, einen guten Klienten der Anwaltskanzlei All Souls, einen Beschattungsauftrag übernehmen. Einen ganzen Sonntag lang folgt sie Frank Wilkonson, einem Mann, von dem sie fast nichts weiß, durch die tropischen Gewächshäuser im Golden-Gate-Park, über den morgendlichen Blumenmarkt und durch zahllose Gartencenter. Als Sharon ihrem Auftraggeber am nächsten Tag Bericht erstatten will, findet sie den Fabrikanten tot in einer Blutlache auf. Und Sharon steckt mitten in einem Mordfall. Warum interessierte sich das Opfer so sehr für Frank Wilkonson? Wilkonsons Zuhause, die Kleinstadt Hollister, ist ein staubiges Nest zu Füßen der Diabolo-Berge, wo die Leute Rinder züchten und es nicht gerne sehen, wenn man sich in ihre Angelegenheiten mischt. Doch die Spur ihrer Ermittlungen führt Sharon zurück nach San Francisco, in die Viertel der Wohlhabenden und in die Welt der Obdachlosen…

Marcia Muller, 1944 in Detroit geboren, gilt in Amerika als Erfinderin der modernen Detektivin. Sie hat bislang mehr als zwanzig Kriminalromane veröffentlicht, darunter ›Wölfe und Kojoten‹, der 1994 für den *Edgar Allan Poe Award* nominiert und mit dem *Anthony Boucher Award* ausgezeichnet wurde. Die Autorin lebt mit ihrem Mann, dem Kriminalschriftsteller Bill Pronzini, in Nordkalifornien. Ihr neuer Roman, *Listen To The Silence*, erscheint im Frühjahr 2001 bei Argon in Berlin.
Die lieferbaren Titel von Marcia Muller im Fischer Taschenbuch Verlag finden Sie in einer Anzeige am Ende dieses Bandes.

Unsere Adresse im Internet: www.fischer-tb.de

Marcia Muller

Dieser Sonntag hat's in sich

Kriminalroman

Aus dem Amerikanischen von
Gabriele Graf

Fischer Taschenbuch Verlag

Neuausgabe: August 2000
Deutsche Erstausgabe
Veröffentlicht im Fischer Taschenbuch Verlag GmbH,
Frankfurt am Main, April 1992 (Bd. 10908)

Die amerikanische Originalausgabe erschien unter dem Titel
›There's Something in a Sunday‹
im Verlag The Mysterious Press, New York

Druck und Bindung: Clausen & Bosse, Leck
Printed in Germany
ISBN 3-596-14713-1

1

Hinter den beschlagenen Fensterscheiben des Cafés an der Lombard Street dämmerte grau und neblig der Sonntagmorgen. Jenseits der Spiegelglasfenster lag San Franciscos Touristenmeile: mehr als vierzehn Häuserblocks mit Motels, Tankstellen und Restaurants, in denen täglich Hunderte von Stadtbesuchern und Autofahrern auf der Durchreise abgefertigt werden. Hier findet man keine Luxusherbergen wie weiter stadteinwärts; die Lombard Street ist etwas für Familien, für junge Leute mit schmalem Geldbeutel und für Rentner, die mal aus ihren engen Wohnmobilen raus wollen. Und für alle, die – aus welchen Gründen auch immer – Anonymität suchen.

Als sich die Dämmerung lichtete, nahmen die häßlichen Zweckbauten langsam Konturen an. Ohne den wochentags dichten Pendelverkehr sah die breite Asphaltdecke der Straße wie ein schwarzweiß gestreiftes Niemandsland aus. Um sechs Uhr früh waren noch kaum Fußgänger unterwegs.

Ich saß seit fünf in diesem Restaurant, das rund um die Uhr geöffnet hatte. Ich hatte schon mehrere Tassen Kaffee getrunken und neugierige Blicke von der rot uniformierten Kellnerin geerntet. Zwei Auslieferer der Sonntagsausgabe des *Chronicle-Examiner* waren hereingekommen und mit Styroporbechern wieder abgezogen. Ein Taxifahrer hatte sich eine Tüte Donuts gekauft. Doch nun war nur noch ich übrig. Ich saß in meiner Nische am Fenster zur Straße und beobachtete das Kingsway-Motel gegenüber.

Es war eines der älteren Motels, von denen es in dieser Gegend zwischen Van Ness Avenue und Lyon Street etwa zwei Dutzend gab. Ein L-förmiges, zweistöckiges Gebäude mit darunterliegenden Parkplätzen, merkwürdig blau gestrichen mit blaßgelben Verzierungen. Auf dem immer noch erleuchteten Neonschild prangten Krone und Zepter. In der nebelfeuchten Luft sahen die Spiegelglasfenster der Rezeption verschmiert aus; die Gitter der Balkone lagen im Schatten, aber ich würde die Bewegung dennoch wahrnehmen, wenn sich die

Tür zu Zimmer 209 öffnen sollte. Bis jetzt war das nicht geschehen, und der grüne alte Ford Ranchero, der dem Objekt meiner Neugierde gehörte, stand noch wohlbehütet auf dem Parkplatz.

Ich nippte an meinem Kaffee, verbrannte mir die Zunge und seufzte ärgerlich. Mein Wecker hatte um vier Uhr morgens geläutet – nicht gerade eine Zeit, zu der ich sonntags besonders gerne aufstehe. Normalerweise bleibe ich bis Mittag im Bett, trinke Kaffee, lese die Zeitung, lös' die Kreuzworträtsel im *Chronicle* und im *Examiner* und schneide die Rabattcoupons aus (die ich immer vergesse, wenn ich einkaufen gehe). Doch als angestellte Detektivin im Anwaltsbüro All Souls arbeite ich oft zu ungewöhnlichen Tages- und Nachtzeiten. Und so saß ich hier, gähnte und trank viel zuviel von dem miesen Kaffee.

Während ich das Motel nicht aus den Augen ließ, erwachte die Lombard Street allmählich zum Leben. Ein paar Autos zuckelten vorbei; die meisten fuhren in Richtung Golden-Gate-Brücke ins sonnige Marin County oder zu den Weintälern. Eine Frau im Regenmantel mit Lockenwicklern unter einem Tuch trat aus der Eingangstür des Motels neben dem Kingsway und führte einen kleinen kraushaarigen Hund an der Leine. Im nächsten Block öffnete sich die Tür einer italienischen Bäckerei, und ein Mann mit einer weißen Schürze trat heraus. Gähnend blieb er einen Augenblick draußen stehen, dann verschwand er wieder im Inneren. Im Kingsway verließen ein paar Gäste ihre Zimmer, aber die Tür zu Zimmer 209 blieb geschlossen.

Mein Auftraggeber hatte nicht genau gewußt, wann der Mann, den ich beschatten sollte, normalerweise das Motel verließ. Möglicherweise stand mir eine lange Warterei bevor.

Drei weitere rot uniformierte Kellnerinnen erschienen zum Dienst, und die erste ging, ohne mir auch nur einen Blick zu gönnen, obwohl wir einander mehr als zwei Stunden Gesellschaft geleistet hatten. Ein junges Pärchen kam herein und bestellte ein opulentes Frühstück. Als ihre Teller an mir vorbeigetragen wurden, knurrte mir der Magen. Also bestellte ich mir ein Hörnchen und aß es betont langsam, während ich weiter zum Fenster hinausstarrte. Irgendwie brachte ich es fertig, mir Marmelade auf die Jeans zu kleckern; ich tauchte eine Serviette in mein Wasserglas und wischte sie ab.

Es war nach acht, als sich die Tür zu Zimmer 209 endlich öffnete. Ich schrak zusammen, griff nach der Rechnung und beugte mich zum Fenster vor, um den Mann zu betrachten, der herauskam. Er war groß und schlaksig, trug ausgewaschene Levi's Jeans und eine zerknitterte, braune Wildlederjacke. Sein stumpfes braunes Haar hing ihm strähnig in die Stirn. Während er leichtfüßig die Treppen heruntersprang, fuhr er sich mit der linken Hand durchs Haar. Es stand kurz in die Höhe und fiel dann wieder in sich zusammen. Er ging nicht zu seinem Ranchero, sondern steuerte den Bürgersteig an und wandte sich nach rechts.

Ich brauchte das Foto in meiner Handtasche nicht zu Rate zu ziehen, um zu wissen, daß dies der Mann war, den ich beschatten sollte. Sein Name war Frank Wilkonson, und abgesehen von seinem Namen wußte ich nur sehr wenig über ihn: Beschreibung und Foto wurden jetzt von der Wirklichkeit bestätigt. Ich kannte seinen Fahrzeugtyp und das polizeiliche Kennzeichen. Ich wußte, daß er auf einer Ranch arbeitete, jeden Samstag im selben Motel an der Lombard Street ein Zimmer nahm und jeden Sonntag vor zwölf Uhr mittags wieder abreiste.

Das war schon alles, was ich wußte – abgesehen von dem Grund für den Beschattungsauftrag, den der Klient angegeben hatte und an dem ich von Anfang an meine Zweifel hatte.

Ohne den Mann aus den Augen zu lassen, fischte ich ein paar Scheine und Münzen aus meiner Jackentasche und legte sie auf die Rechnung. Dann lief ich an den Tischen vorbei hinaus in den kühlen Morgen. Der Nebel hatte sich etwas gelichtet, und die Sicht war jetzt gut, wenngleich der Himmel heute wohl bedeckt bleiben würde. Frank Wilkonson ging auf der anderen Straßenseite, einen halben Häuserblock vor mir, in Richtung Norden.

Es war nun ziemlich viel Betrieb auf der Straße: Jogger stampften vorbei; Touristen in ihren besten Sightseeing-Klamotten steckten die Nasen in Stadtpläne; Anwohner holten sich Zeitungen und frisches Sauerteigbrot und eilten zurück nach Hause, bergauf ins Nobelviertel Pacific Heights oder nach Marina am Ufer der Bucht. Der schäbige Aufzug des Beschatteten und sein lustloser, schlurfender Gang unterschieden ihn von den Menschen um ihn herum. Mir fiel ein alter Song von

Kristofferson ein, der von der hoffnungslosen Einsamkeit an einem Sonntagmorgen erzählt. Das konnte ich nachempfinden; ich hatte mich in der letzten Zeit manchmal auch so gefühlt – und nicht nur sonntags.

Wilkonson ging noch einen Block weiter, dann blieb er vor einem Zeitungsautomaten stehen und kaufte sich einen *Chronicle-Examiner*. Von der anderen Straßenseite beobachtete ich, wie er die Zeitung auf den Ständer legte und den rosafarbenen Veranstaltungskalender herauszog. Er blätterte ihn durch, hielt inne und riß eine Seite heraus. Dann knüllte er die restliche Zeitung zusammen, ging zu einem Abfallkorb in der Nähe und warf sie hinein.

Als er sich umdrehte und in Richtung Motel zurückging, überlegte ich, ob ich seine Zeitung herausfischen sollte, um zu überprüfen, welche Seite er herausgerissen hatte. Aber er schritt nun entschlossener aus, und ich nahm an, daß er auf dem Weg zu seinem Wagen war. Ich ging zurück zu meinem MG, den ich vor dem Café abgestellt hatte, und wartete, was er als nächstes tun würde.

Ich hörte ein Zischen, und dann überzog ein feiner Sprühregen die Linse meiner Nikkormat. Die winzigen Tröpfchen breiteten sich schnell aus und liefen ineinander, so daß das Bild vor meinen Augen verschwamm. Der knotige Stamm des Riesenfarns, hinter dem ich kniete, zerfloß zu einem formlosen, braunen Klecks; seine ausgreifenden Wedel wurden zu grünen Schlieren; ich konnte Frank Wilkonsons Gestalt nicht mehr ausmachen.

Ich ließ die Nikkormat sinken. Mein Observationsobjekt stand drüben auf der anderen Seite der Halle am Lilienteich. Ich ließ die Kamera an ihrem Gurt um meinen Hals baumeln und wischte mir die Feuchtigkeit aus dem Gesicht, dann nahm ich meine Wollmütze ab und stopfte sie in die Tasche meiner neuen kamelhaarfarbenen Winterjacke. Es war heiß hier im Tropenhaus des Botanischen Gartens im Golden-Gate-Park, und nachdem sich das Nebelgerät eingeschaltet hatte, war es auch noch dampfig. Ich knöpfte die Jacke auf, behielt sie aber wohl oder übel an: Es war zu mühsam, sie zu tragen, und dann hatte ich ja auch noch die Handtasche und die Kamera.

Wilkonson stand am Lilienteich, mit einem Fuß auf der Betonumrandung, und starrte ins Wasser. Der feine Sprühregen schien ihn weder zu überraschen noch aus der Ruhe zu bringen, was mich vermuten ließ, daß er nicht zum erstenmal die tropischen Gärten besuchte. Als ich ein Tuch gefunden hatte, um die Linse zu reinigen, schwenkte das Nebelgerät wieder ab; ich wischte die Kamera so gut es ging trocken. Dann stand ich auf, und als ich den Riesenfarn auf der Suche nach einem besseren Beobachtungspunkt umrundete, fühlte ich mich wie eine Schauspielerin in einem Tarzanfilm. Der Farn wuchs auf einer kleinen Insel in der Mitte des zweiten Teiches in dieser Halle; auf einer Seite der Insel stürzte ein Wasserfall herunter und übertönte mit seinem Geplätscher das Geräusch meiner Schritte. Fast alles in dieser Halle war grün – von apfel- über smaragdgrün bis fast schwarz. Schlingpflanzen wanden und ringelten sich um Rohrleitungen an der Decke herum, und die Luft war erfüllt vom Geruch feuchter Erde.

Ich fand einen günstigen Platz, ging in die Knie und stützte mich mit den Ellbogen auf der Umrandung des Teiches ab und richtete das 135-mm-Teleobjektiv auf einen Spalt zwischen dem Farn und dem dürren Stamm einer Palme. Meine Nikkormat – uralt und heißgeliebt – war ein neuer Bestandteil meiner beruflichen Trickkiste. Jahrelang hatte ich die Kamera nur zu meinem Vergnügen benutzt: ein Hobby, das ich mir zugelegt hatte und sehr unregelmäßig pflegte. Im vergangenen März, vor gut sechs Monaten, hatte mich mal wieder der Ehrgeiz gepackt, aber schließlich sah ich ein, daß ich nie eine gute Fotografin werden würde. Was ich einfangen wollte, kam auf dem Film einfach nicht raus; was ich beim Knipsen für ein gutes Motiv hielt, erwies sich als abgedroschen, wenn ich das Bild in der Dunkelkammer aus der Entwicklungsflüssigkeit nahm. Nach dieser Einsicht empfand ich es nicht länger als Verletzung meiner Privatsphäre, wenn ich mich meiner Kamera bei der Arbeit bediente.

Im übrigen ist eine Kamera ein ideales Hilfsmittel für eine Detektivin – und das hat überhaupt nichts mit Fotografieren zu tun. Einer meiner früheren Auftraggeber, ein weltberühmter Fotograf, hat mir einmal gesagt, daß eine Kamera eine hervorragende »Tarnkappe« sei. Wer eine Kamera in der Hand halte, meinte er, den schauen die Leute nur selten genau an. Statt dessen konzentrieren sie sich auf den schwarzen Apparat oder fingern an ihrem Haar oder Make-up herum für den Fall, daß sie mit auf das Bild kämen. An einem Ort wie dem Botanischen Garten funktionierte dieser Trick besonders gut, hier sah ich mit der Kamera aus wie eine harmlose Touristin unter vielen anderen.

Ich richtete das Teleobjektiv auf Frank Wilkonsons Gesicht. Er sah angespannt aus, sein Mund wirkte wie ein dünner Strich in seinem sonnengebräunten, wettergegerbten Gesicht. Er hatte die Augen zusammengekniffen und starrte gebannt, nicht wie ich vermutet hatte, auf das Wasser, sondern auf ein Schild, das aus dem Wasser aufragte. Ich stellte die Linse ein und las: »Keine Münzen in den Teich werfen – sie vergiften die Fische.« Der Teichgrund war mit Kupfer- und Silbermünzen übersät, und es war kein einziger Fisch zu sehen.

Mir entging nicht die Situationskomik, aber Wilkonson hatte offensichtlich keinen Sinn für Ironie. Oder vielleicht, dachte ich, sieht er weder das Schild noch den Teich. Seine Haltung – die Unterarme auf die angewinkelten Knie gestützt, die Hände hingen baumelnd herab – sah recht zwanglos aus, aber unter der Oberfläche spürte ich eine mühsam gebändigte Nervosität. Während ich ihn betrachtete, wurden Frauenstimmen am Eingang hörbar; Wilkonsons Kopf wirbelte erwartungsvoll in ihre Richtung. Aber dann erlosch seine plötzliche Aufmerksamkeit, und er verzog fast zornig den Mund. Ich richtete die Kamera auf die Tür und sah zwei Frauen, etwa in meinem Alter – Mitte bis Ende Dreißig –, in der dünnen Sportkleidung, die Touristen irrtümlicherweise im September in San Francisco für angemessen halten.

War Wilkonson hier mit jemandem verabredet? fragte ich mich. Seit ich ihn beobachtete – mittlerweile fast vierzig Minuten –, hatte er nur einmal auf die Uhr gesehen. Aber jedesmal, wenn jemand die Halle betrat, hatte er erwartungsvoll aufgeschaut. Wenn er hier auf jemanden wartete, dann konnte es sich nicht um eine erfreuliche Zusammenkunft handeln, darauf wäre ich jede Wette eingegangen; seine offensichtliche Spannung ließ mich vermuten, daß er sich auf eine Konfrontation einstellte.

Auf die Touristinnen, die gerade hereingekommen waren,

schien er einen ähnlichen Eindruck zu machen. Sie zögerten und wandten sich dann in meine Richtung, anstatt auf den größeren Teich zuzugehen. Während sie sich mit Worten der Bewunderung über die üppige tropische Pracht an mir vorbeidrängten, stellte ich die Kamera wieder auf Wilkonson ein und drückte auf den Auslöser – nicht weil ich ein Bild von ihm brauchte, sondern um wie eine Amateurfotografin auszusehen. Nachdem die Frauen die Insel umrundet hatten, gingen sie zu dem Lilienteich hinüber und blieben so weit wie möglich von Wilkonson entfernt stehen; die eine wühlte in ihrer Tasche, vermutlich nach Münzen, um dem möglicherweise noch verbliebenen Leben im Wasser den Garaus zu machen. Wilkonson blickte in ihre Richtung, und um seinen schmallippigen Mund zuckte es wieder. Er richtete sich auf, schaute auf seine Armbanduhr und griff in die Tasche seiner schäbigen Wildlederjacke.

Ich senkte die Kamera und beobachtete, wie er ein rosafarbenes Blatt Papier herauszog – die Seite, die er aus dem Veranstaltungskalender der Zeitung herausgerissen hatte. Er schaute sie flüchtig an, steckte die Hand wieder in die Tasche und zog ein gelbes Blatt hervor. Ich hob die Kamera ein wenig höher und stellte sie auf das Papier ein; das Teleobjektiv war nicht stark genug, als daß ich das Gedruckte hätte lesen können, aber das Blatt sah aus wie ein Teil der Gelben Seiten aus der Zeitung. Wilkonson überflog es, faltete die beiden Blätter zusammen und stopfte sie wieder in die Tasche. Dann ging er mit schnellen Schritten Richtung Ausgang.

Ich drückte den Deckel auf das Objektiv der Kamera und folgte ihm. Als ich die Haupthalle der tropischen Gärten erreicht hatte, nachdem ich einem engen Pfad durch Philodendron und Palmen und leuchtende vogelähnliche Blumen, die unter der hohen, weißgestrichenen Glaskuppel blühten, gefolgt war, war Wilkonson bereits draußen. Vom Absatz der breiten Treppe aus sah ich, wie er quer durch die geometrischen Gärten in Richtung Kennedy Drive marschierte. Ich nahm an, daß er auf dem Weg zu seinem Wagen war, den er in der Nähe des Bocciageländes abgestellt hatte. Im Vertrauen auf die Richtigkeit meiner Annahme schlug ich einen anderen Weg ein – durch einen Fußgängertunnel unter der Hauptverkehrsstraße hindurch –, und als er seinen Ranchero erreichte, wartete ich bereits ein paar Parkplätze weiter in meinem MG.

Der Rest des Tages verlief ebenso ereignisreich wie merkwürdig. Wir – Wilkonson und ich – besuchten eine Pflanzenauktion in der Blumenhalle neben dem ausgedehnten Strybing-Arboretum im Golden-Gate-Park. Der Erlös sollte der Arboretum-Gesellschaft zugute kommen, die Pflanzen zeugten von den vielfältigen Talenten in den Gärtnereien des Parks. Zarte Rosen wetteiferten mit prachtvollen Paradiesblumen; Bambusstauden und japanische Ahornbäume standen dicht an dicht mit Limonen- und Feigenbäumen. Da waren Dahlien und Rhododendronsträucher, Avokadobäume und Fuchsien, und sogar eine Pavianblume, ein faszinierendes Gewächs mit haarigen Blättern. Wilkonson spazierte mehr als eine Stunde herum, aber er kaufte nichts. Ich erstand am Ende – wie nicht anders zu erwarten – die Pavianblume. Als Tarnkappe, tröstete ich mich, während ich Wilkonson aus der Halle folgte.

Als er dann seine Tour quer durch die Stadt begann, war ich froh, daß ich am Abend zuvor daran gedacht hatte, ein paar belegte Brote und Obst einzupacken. Sein erstes Ziel war das Sloat-Gartenzentrum in der Nähe vom Strand und vom Zoo. Es gab dort eine schöne Baumschule; ich hatte dort einmal einen Weihnachtsbaum mit Wurzeln gekauft (er war hinüber, bevor das nächste Weihnachtsfest ins Land zog – doch daran war meine Nachlässigkeit und nicht die Ware schuld). Wilkonson aber ignorierte die Fichten und Obstbäume, die Herbstblumen und das Gemüse, er ging direkt auf die Verkaufstheke zu. Während ich die Blätter einer Chrysantheme befingerte, sprach er mit zwei Verkäufern. Er bewegte seine mageren, knotigen Hände wie zur Untermalung seiner Beschreibung. Soweit ich das feststellen konnte, erhielt er von beiden auf seine Fragen nur abschlägige Antworten.

Weiter ging es zum Sunset District, einem Viertel mit bescheidenen Einfamilienhäusern, dessen Bewohner stolz sind auf ihre Gärten und Rasenflächen. Wilkonson sprach vor bei der amerikanischen Gesellschaft für Samen und Setzlinge, bei Sunset Gartenzubehör, bei Blooming Dale's und Mr. Tree. Aber immer schienen die Antworten negativ auszufallen.

Dann schlug er einen Haken um Twin Peaks und suchte die großen Gartencenter im Gewerbegebiet des Bayshore-Viertels auf. Die Verkäufer hier waren ziemlich beschäftigt; er machte sich an sie ran, wenn möglich, und wieder schien er keine befriedigenden Antworten zu bekommen. Als er das letzte Geschäft verließ, wirkte er äußerst niedergeschlagen.

In einer kleinen Gärtnerei in Potrero Hill versuchte ich, nahe genug an ihn heranzutreten, um zu hören, was er fragte; seine Augen ruhten kurz auf mir, also kaufte ich eine Tüte Blumenerde und kehrte zu meinem Auto zurück.

Am Red Desert in der Nähe der Market Street zog ich meine Jacke aus und legte mir einen Paisley-Schal um, bevor ich eintrat. Drinnen drückte ich mich zwischen den hohen, stacheligen Kakteen in der Nähe des Ladentisches herum. Wieder konnte ich nicht verstehen, was Wilkonson fragte, aber als ich das Geschäft verließ, hatte ich eine eigenartig aussehende Sukkulente mit Namen *Crassula cornuta* auf dem Arm.

Als ich den letzten Kauf in mein Spesenbuch eintrug, überlegte ich, was mein Auftraggeber wohl sagen würde, wenn ich ihm die Auflistung zeigte. Sollte er Einwände haben, würde ich ihm die Pflanzen und die Erde überlassen, beschloß ich. Nach ein paar weiteren Stationen sah der MG wie eine Mischung aus einem rollenden Blumengeschäft und einer Umkleidekabine aus. Die Pavianblume fuhr auf dem Beifahrersitz; die Tüte mit Erde lag auf dem Boden; darauf stand die Crassula, ein Sechserpack Rosenkohlpflanzen (irgend jemand hatte mir gesagt, daß sie in den kühlen Herbstmonaten in San Francisco gut gedeihen würden) und zwei verschiedene Arten von Düngemitteln (Fischemulsion und etwas mit der optimistischen Aufschrift WACHSE!). Der Platz hinter den Sitzen war mit abgelegten Kleidungsstücken übersät: meine Jacke; mein grüner Lieblingspulli; zwei Schals und eine Strickmütze; und ein weißer Poncho aus Akryl, den die Großmutter einer Freundin gestrickt hatte. Die Freundin hatte das gute Stück gehaßt und es mir geschenkt als unauffällige und schlampige Verkleidung. (Einmal hatte das verdammte Ding Feuer gefangen; aber es brannte nicht einmal, es schmolz nur.) Ich trug jetzt nur noch eine verblichene Baumwollbluse, gerade richtig bei dem Wetter, denn es war inzwischen warm und sonnig geworden – entgegen jeder Vorhersage, wie das für Herbstnachmittage in dieser Stadt so typisch ist.

Was zum Teufel sollte ich mit all diesem Zeug machen, dachte ich und betrachtete meine Einkäufe, während ich an einer Ampel am Divisadero wartete. Ich hatte überhaupt keine glückliche Hand mit Pflanzen. Alles, was ich in die Finger bekam, ging ein. Alles, so erinnerte mich eine innere Stimme, außer den wilden Brombeersträuchern in deinem Garten. *Die* wollen *dich* fertigmachen!

Bei den nächsten Gartencentern blieb ich im Auto. Nach einem Halt an der Union Street zischten wir den Van Ness Boulevard in Richtung Lombard Street hinunter, und ich atmete erleichtert auf. Wilkonson kehrte in sein Motel zurück; meine unsinnige Einkaufstour durch Pflanzen- und Baumschulen fand ein Ende.

Aber er fuhr über die Lombard Street hinaus, blieb auf der rechten Spur, bog ab in Richtung Bay und steuerte auf das schrecklichste, sonntägliche Verkehrschaos im schlimmsten Touristenviertel der Stadt zu – Fisherman's Wharf.

Cost Plus, dachte ich. Lieber Gott, Cost Plus.

Cost Plus ist eine Institution in San Francisco. Jeden Tag ziehen die Cost-Plus-Läden Horden von Kunden aus aller Welt an. Hier gibt's Messingelefanten und Salatbestecke aus Teakholz als Massenfabrikat; ausgefallene Küchengeräte, Kerzen und Weihrauch; unzählige Sorten Tee, Kaviar, Rumkuchen und Wein – und im Gartencenter Pflanzen. In den diversen Cost-Plus-Gebäuden im Wharf-Viertel herrscht stets ein unglaubliches Gedränge. Im Gegensatz zu den meisten anderen Geschäften in der Umgebung bietet Cost Plus seinen Kunden einen Parkplatz; und wie die meisten Parkplätze in der Gegend ist er immer voll.

Wir krochen an der Bay entlang zur Columbus Avenue hinunter, wo der Querverkehr die Kreuzung verstopfte und zwei Rotphasen lang den Verkehrsfluß lahmlegte. Dann bog Wilkonson mehrere Male ab, wobei jedes dieser Manöver mit größeren Schwierigkeiten verbunden war und uns zunächst dem Ziel nicht näher brachte. Zunehmend gereizter folgte ich ihm. Die Autos fuhren chaotisch und verkehrswidrig; Spaziergänger bummelten außerhalb der Zebrastreifen über die Straße, ohne sich irgendwelcher Gefahren bewußt zu sein; an der Taylor Street blockierte ein Mann die Fahrbahn, der die Kabelbahn fotografierte. Ich umklammerte das Lenkrad mit festem Griff und erinnerte mich daran, daß mein Zahnarzt mich gewarnt hatte, nicht mit den Zähnen zu knirschen.

Endlich erreichte Wilkonsons Ranchero die Einfahrt zum Cost-Plus-Parkplatz. Er mußte links abbiegen. Auf der Gegenspur fuhren die Autos Stoßstange an Stoßstange. Ich wartete zwei Wagen hinter ihm und fragte mich, was er wohl vorhatte.

Er blinkte nach links. Der Gegenverkehr schlich ununterbrochen weiter. Er streckte den Arm aus dem Fenster und gestikulierte heftig. Mit entschlossenem Gesichtsausdruck fuhr ein Mann in einem Cadillac vorbei. Irgend jemand – im Auto hinter Wilkonson, nahm ich an – hupte.

Wilkonson lebte zwar auf dem Land, aber er kannte die Regeln des Stadtverkehrs. Er ignorierte das Hupen und rührte sich nicht vom Fleck. Schließlich riß der Verkehr kurz ab. Der Ranchero schob sich nach vorne. Ein Camper mit einem Kennzeichen aus Illinois gab Gas und versuchte die Lücke zu schließen. Wilkonson und der Fahrer des Campers bremsten scharf.

Wenn man einem Menschen folgt und heimlich all seine Bewegungen über einen längeren Zeitraum hinweg beobachtet, entwickelt man manchmal ein gewisses Einfühlungsvermögen. Es ist, als ob man die Gedanken der betreffenden Person lesen könne: Wie weit man auch entfernt sein mag, wie sehr die Sicht auch behindert sein mag, wenn es darauf ankommt, weiß man plötzlich, was der andere tun wird.

So ging es mir. Und wirklich, Wilkonson tat, was ich erwartet hatte.

Er hatte nur ein paar Zentimeter vor der Stoßstange des Campers abgebremst. Sie standen eng beieinander, aber der Ranchero war im Vorteil. Wilkonson streckte den linken Arm aus dem Fenster und zeigte dem Fahrer den berühmten Finger. Dann riß er das Lenkrad herum und fuhr dem Camper vor die Nase. Dabei rammte er fast einen parkenden Wagen. Er knallte den Rückwärtsgang rein und fuhr um ein Haar in den VW hinter ihm. Nach Abschluß des gewagten Wendemanövers raste er mit schwänzelndem Heck und quietschenden Reifen die Straße hinunter.

Als er an mir vorbeischoß, konnte ich kurz sein Gesicht sehen. Es war dunkelrot angelaufen und wutverzerrt – ein erschreckender Anblick unverstellter Mordlust.

2

Zu dem verrückten Streifzug durch die Stadt heute war es gekommen, weil Jack Stuart – der neue Anwalt bei All Souls – mich am späten Freitagnachmittag gefragt hatte, ob ich am Wochenende für einen seiner Kunden eine Personenüberwachung übernehmen könnte. Der Auftrag hatte, laut Jack, nichts mit den juristischen Angelegenheiten des Mannes zu tun, die er bearbeitete; es handelte sich lediglich um einen Gefallen. Die Kanzlei bietet langjährigen Mandanten nämlich als Dienstleistung auch Ermittlungen an. Nachdem ich, wie so oft in der letzten Zeit, keine Pläne fürs Wochenende hatte und das Geld für die Überstunden gut brauchen konnte, nahm ich den Auftrag an.

An jenem Nachmittag fuhr ich um vier Uhr ins südliche Market-Viertel, um mich mit Jacks Mandanten, Rudy Goldring, zu treffen. Goldring fertigte Maßhemden an, und die Büros der Firma Goldring Clothiers lagen in der Stillman Street, einer kurzen Straße an der Autobahn I-80, nicht weit vom Moscone Center. Die enge Fahrbahn war trotz der Verbotsschilder auf beiden Seiten mit Autos zugeparkt. Viele standen mit zwei Rädern auf dem Bürgersteig. Ich quetschte den MG zwischen einen neuen Toyota und einen zerbeulten Kleinlaster und suchte Goldrings Nummer. Eine merkwürdig gemischte Bebauung war das hier: alte Lagerhäuser aus der Nachkriegszeit und Fabriken und italienisch angehauchte Häuser im viktorianischen Stil; Goldring Clothiers lag im Erdgeschoß eines viktorianischen Hauses am Ende der Straße, das frisch mit blauer Farbe gestrichen war.

Mitten auf den Marmorstufen saß ein bärtiger Penner in schäbigen Armeeklamotten und trank ein Bier aus der Dose. Als ich zur Tür hinaufging, sprang er auf. Ich verkrampfte mich innerlich, ging aber weiter. Er verstellte mir den Weg.

»Kann ich Ihnen helfen, gnädige Frau?« Er roch schlecht, und sein Atem stank nach Bier, aber seine Anrede war formvollendet.

»Was?«

»Wen suchen Sie?«

»Hm, Mr. Rudy Goldring.«

»Hier entlang, bitte.« Er führte mich zur Tür und öffnete sie mit der Höflichkeit eines englischen Butlers.

»Oh, danke.«

»Es war mir ein Vergnügen.« Er zog die Tür hinter mir zu.

Ich schüttelte den Kopf und dachte, *Nur in San Francisco*... Dann schaute ich mich um. Ich stand am Anfang eines langen Flures mit perlgrauem Teppichboden und dunkelgrauen Wänden. Auf beiden Seiten des Flures gab es eine Reihe von Türen, und ich konnte Stimmen und das Geklingel von Telefonen hören. Da niemand zu sehen war, klopfte ich an die erste Tür.

Eine Männerstimme bat mich hereinzukommen, und ich betrat einen Raum, der früher einmal ein viktorianisches Wohnzimmer gewesen sein mußte. Auch hier dominierten kühle Grautöne, und an den Wänden hingen gerahmte Skizzen der Kabelbahn. Der Kamin schien zu funktionieren, und auf dem Sims stand ein ausladender Philodendron in einem glänzenden Messingtopf. Ansonsten herrschte hier das reine Chaos: Hemden in verschiedenen Farben und Formen hingen an langen Haken an der Wand; Schachteln und Versandkartons lagen auf Regalen, Stühlen und auf dem Boden; im Erker stand ein Bügelbrett; auf dem großen Mahagonischreibtisch türmten sich Papiere, die wie Rechnungen und Bestellscheine aussahen; einige waren zu Boden gefallen.

Der Mann hinter dem Schreibtisch war etwa sechzig. Er hatte volles, lockiges, weißes Haar mit gelblichen Strähnen. Sein Gesicht war von Falten durchzogen – fröhliche Falten, dachte ich. Er hatte sehr helle blaue Augen, und in seinem dunklen Anzug und dem weißen Hemd hätte er auch zu einem diplomatischen Empfang gehen können. Als er aufstand, stellte ich fest, daß er meine Größe von einssiebzig nicht ganz erreichte.

Er streckte die Hand aus: »Sie müssen Miss McCone sein.«

Ich ergriff seine langen, knochigen Finger. »Und Sie sind Mr. Goldring.«

»Ja. Bitte setzen Sie sich.«

Ich warf einen Blick auf die Stelle, auf die er deutete, und stellte fest, daß der Stuhl unter Hemden und Schachteln fast begraben war.

»Oh, entschuldigen Sie bitte.« Er eilte um mich herum und hob alles auf. »Wir beginnen mit unserem Weihnachtsversand, und es geht alles drunter und drüber.« Einen Augenblick stand er da und wußte offensichtlich nicht wohin mit seiner Last. Dann lud er sie auf dem Bügelbrett ab. Das meiste fiel prompt wieder herunter. Rudy Goldring schlug in gespielter Verzweiflung die Hände zusammen und ging zu seinem Schreibtisch zurück. »Bitte«, sagte er nochmals und deutete auf den nun freien Stuhl.

Ich setzte mich, und er ließ sich auf seinem Schreibtischsessel nieder. Es war ein großer Polstersessel, in dem er wie ein Zwerg wirkte. Ich fragte: »Verschicken Sie Ihre Produktion von diesen Büros aus?«

»Das meiste wird von der Fabrik aus versandt, am Ende der Straße. Vielleicht haben Sie sie gesehen – das gelbbraune Gebäude an der Ecke?«

Ich hatte sie zwar nicht gesehen, nickte aber trotzdem.

»Die Ware für den Einzelhandel wird von dort verschickt. Die Konfektionsware, nicht die Maßanfertigungen. Wir liefern mittlerweile in alle Bundesstaaten, und das Volumen vergrößert sich täglich. Wer bereit ist, soviel Geld auszugeben, wie Hemden heutzutage kosten, verlangt Qualität. Aber dies« – er wies auf die Hemden um sich herum – »sind Maßanfertigungen. Für langjährige Kunden. Gute Kunden. Ich bediene sie gerne persönlich. Wir prüfen hier jedes Hemd, bügeln es, stecken die Nadeln rein und verpacken es hübsch. Manche kommen seit mehr als dreißig Jahren zu mir. Sie erwarten gute persönliche Beratung, und die bekommen sie.«

»Haben Sie hier in der Stadt einen Laden?«

Er lächelte, seine Falten vertieften sich noch, und er breitete die Arme aus. »Der Laden ist hier. Ein Mann, der zur Anprobe kommt oder sich Muster ansehen will, kommt hierher. Wir haben einen netten Raum weiter hinten, wo wir Kaffee oder einen Drink anbieten. Die Anprobe gehört zum Kauf eines guten Hemdes.«

»Wieviel kostet so ein Maßhemd denn?«

»Zwischen sechzig und zweihundert Dollar, je nachdem. Dafür bekommen Sie aber auch Qualität. Wir nehmen sechzehn verschiedene Maße, wir berücksichtigen nicht nur die Kragenweite, sondern auch die Höhe. Vielleicht haben Sie einen Ehemann, dem Sie zu Weihnachten ein Maßhemd schenken wollen?«

»Nein.«

»Eine hübsche Frau wie Sie? Einen Freund?«

Ich hatte im Moment keinen, aber es machte mir, meistens jedenfalls, nichts aus, das zuzugeben. Ich schüttelte den Kopf und lächelte.

»Das kann sich bis Weihnachten noch ändern. Dann denken Sie an mich. Wir machen ihm etwas Schönes.«

»Ich werde daran denken. Aber nun sprechen wir besser über das Geschäftliche. Jack Stuart sagte, Sie wollen, daß ich am Sonntag jemanden beschatte.«

Als ich das Geschäftliche erwähnte, verschwand das Lächeln von Rudy Goldrings Lippen, und seine Augen verdunkelten sich. Er griff einen Brieföffner aus dem Durcheinander auf seinem Schreibtisch heraus, hielt ihn in den Händen und drehte ihn mit den Spitzen seiner knochigen Finger unablässig hin und her. Nach einem Augenblick sagte er: »Ja. Es handelt sich um einen Mann namens Frank Wilkonson. Er steigt jeden Samstag spätabends im Kingsway Motel an der Lombard Street ab. Am Sonntagmorgen geht er irgendwohin. Normalerweise kehrt er am Sonntag nach dem Abendessen ins Motel zurück und bleibt bis ein oder zwei Uhr morgens. Ich möchte wissen, wohin er geht, und was er macht.«

»Am Sonntag, meinen Sie.«

»Auch am Montagmorgen. Alles, bis er die Stadt auf der Autobahn 101 in südlicher Richtung verläßt.«

Ich wartete, aber Goldring gab mir von sich aus keine weiteren Informationen mehr. Sein vorher lebhaftes Gesicht sah schlaff und erschöpft aus; er wirkte um Jahre älter als gerade eben noch, als ich hereingekommen war.

Schließlich fragte ich: »Warum?«

»Was meinen Sie damit?«

»Warum wollen Sie herausfinden, was er tut?«

Einen Augenblick lang schaute er erschreckt drein. »Müssen Sie das wissen?«

»Es würde mir helfen. Je mehr ich über den Betreffenden und über die Gründe, warum er beschattet werden soll, weiß, desto bessere Arbeit kann ich leisten.«

»Ach so. Nun, ich habe da ein Foto.« Er durchwühlte erneut seinen Schreibtisch und grub einen farbigen Schnappschuß aus. Ich nahm ihn aus seiner ausgestreckten Hand.

Es war ein schlechtes Bild, auf Brieftaschengröße zugeschnitten, im Freien aufgenommen – irgendwo, wo es im Hintergrund mit Eichen bewaldete Hügel gab. Der Mann hatte ein schmales, gebräuntes Gesicht, scharfe Züge und strähniges, stumpfbraunes Haar. Er trug ein kariertes Hemd mit offenem Kragen und schien an einem Zaun zu lehnen.

Ich nahm meinen Notizblock zur Hand. »Ich brauche noch einige Angaben über Mr. Wilkonsons Aussehen. Welche Farbe haben seine Augen?«

»Können Sie das nicht dem Bild entnehmen?«

»Nein.«

»Nun, ich nehme an, sie sind blau.«

»Größe, Gewicht?«

»Er ist groß. Dünn.«

»Ist das alles, was Sie mir sagen können?«

»Ja. Leider.«

»Wie kleidet er sich normalerweise?«

»Er arbeitet auf einer Ranch. Salopp würde ich sagen. Wie auf dem Bild.«

»Kein Abnehmer für Ihre Hemden, oder?« Ich lächelte und hoffte, daß er sich etwas entspannen würde.

Er blieb ernst. »Nein.«

Seine plötzliche Zurückhaltung und die mangelnden Einzelheiten über Frank Wilkonson fingen an, mich zu ärgern.

»Ich nehme an, er fährt ein Auto?«

»Einen alten Ford Ranchero. Grün.« Er schaute auf einen Zettel. »Kennzeichen SDK 080.«

Ich schrieb die Nummer auf und schloß mein Notizbuch.

»Mr. Goldring, in welcher Beziehung stehen Sie zu Frank Wilkonson?«

»Mein... er ist ein Verwandter. Ein entfernter Verwandter.«

»Ich verstehe. Ich nehme an, seine Besuche in San Francisco laufen immer nach dem gleichen Muster ab. Wie viele Sonntage hat er denn schon hier verbracht?«

»Drei, soviel ich weiß.«

»Und Sie wollen genauere Einzelheiten über seine Aktivitäten?«

»Ja, richtig.« Goldring hielt inne, seine Augen blickten besorgt. Ich spürte, daß er befürchtete, ich würde den Auftrag ablehnen, denn er fügte hinzu: »Sehen Sie, Frank Wilkonson ist mein... der Sohn meiner Kusine Meta. Er ist irgendwie komisch. Schon immer gewesen. Seit er angefangen hat, sonntags hierherzukommen, ist sie in Sorge. Ein Mann wie Frank kann in Schwierigkeiten geraten, wenn er so allein durch die Stadt zieht. Sie möchte nur wissen, was er so macht, daß er in Ordnung ist. Das würde sie beruhigen, und ich konnte ihr die Bitte nicht abschlagen. Aber ich habe keine Zeit, jemanden zu beschatten, wüßte auch gar nicht, wie man das macht. Deshalb habe ich Jack gefragt, und der empfahl Sie...«

Während er sprach, überschlugen sich seine Worte förmlich, so als ob er diesen Text auswendig gelernt hatte und fürchtete, etwas zu vergessen. Nun, da ein Wort das andere gab, schien er Schwierigkeiten zu haben, zu einem Ende zu kommen.

»Ich nehme an, daß Ihre Kusine Meta meinte, daß es für Sie leichter sei, ihn zu beobachten, weil Sie hier in der Stadt leben, während sie wo zu Hause ist?«

Goldring schaute mich ein paar Sekunden lang an, und als ich das Schweigen nicht brach, sagte er resigniert: »King City.«

Ich schwieg wieder. Er sah mich weiter an, schließlich benetzte er seine Lippen und blickte auf den Schreibtisch. Als er den Brieföffner wieder aufhob, zitterten seine Finger leicht.

Rudy Goldring log – da war ich sicher. Ob in bezug auf King City oder seine Kusine Meta oder die ganze Geschichte, konnte ich nicht sagen. Aber ich wäre bereit gewesen, ein Wochengehalt darauf zu wetten, daß mehr als fünfzig Prozent seiner Geschichte erlogen war.

An der Art, wie er meinem Blick auswich, erkannte ich, er wußte, ich durchschaute ihn. Eine Röte war über seinem makellosen weißen Hemdkragen aufgestiegen und hatte sich über sein Gesicht ausgebreitet. Ich spürte, daß es ihm nicht leichtfiel zu lügen – daß er Lügen wahrscheinlich haßte. Die Tatsache, daß er log, hieß, daß ihm die Gründe für die Beschattung von Frank Wilkonson sehr am Herzen lagen – und vielleicht nicht recht ehrenhaft waren.

Nach einer guten halben Minute Schweigen begann er zu sprechen. Sein Blick war immer noch auf den Schreibtisch gerichtet. »Würden Sie das für mich tun, Miss McCone?« In seiner Stimme lag ein flehender Appell, den ich von dem fröhlichen Mann, der mich empfangen hatte, nicht erwartet hätte. Und ich hatte Mitleid mit ihm.

Ich zauderte. Als Angestellte der Kanzlei All Souls hatte ich eigentlich nicht das Recht, einen Auftrag abzulehnen, es sei denn der Kunde verlangte etwas Gesetzwidriges. Wenn ich diesen Überwachungsauftrag nicht annahm, wäre ich sowohl Jack Stuart als auch meinem Chef, Hank Zahn, einige Erklärungen schuldig. Außerdem mochte ich ihn, und darum sagte ich: »Ja, Mr. Goldring.«

Er ließ den Brieföffner fallen und schaute mit einem kleinen Seufzer auf.

»Danke. Vielen Dank.«

Wir gingen die mageren Angaben über Frank Wilkonson nochmals durch. Goldring wich fast mit keinem Wort von seiner vorherigen Geschichte ab. Als er mich zur Tür begleitete, war der Obdachlose immer noch auf der Treppe. Er schaute auf und salutierte: »Hi, Captain.«

»Hallo, Bob. Ist es nicht fast Zeit für dein Abendessen?«

»Weiß nicht. Wie spät ist es?«

»Fast fünf. Du solltest besser nach St. Anthony hinübergehen und dich anstellen. Sonst bekommst du keinen Platz mehr.«

Der Obdachlose warf einen bedauernden Blick auf die Bierdose, die er in der Hand hielt. Dann schüttelte er sie. Sie klang leer.

»Kein Bier mehr, Bob. Nicht bevor du etwas gegessen hast«, sagte Goldring.

Der Mann zuckte gottergeben mit den Achseln, versteckte die Dose sorgfältig hinter einer der Verandasäulen und zog hinter einer anderen Säule einen abgeschabten, verzierten Lederbeutel mit Fransen hervor. Er stand auf, legte den Riemen um die Schulter und marschierte die Treppen hinunter.

»Er scheint sich für Ihren Pförtner zu halten.«

»Irgendwie ist er das auch. Er bewacht die Stufen und weist den Leuten den Weg, und ich gebe ihm Bier und erinnere ihn ans Essen. Ich sollte ihn wahrscheinlich nicht zum Trinken ermutigen, aber wenn ich ihm nichts mehr gebe, wird er trotzdem nicht aufhören. Er ist sowieso recht harmlos.«

»Er war zwar sehr höflich, als ich hier ankam, aber schreckt er Ihre Kunden denn nicht ab?«

»Die meisten haben sich an Bob gewöhnt. Er ist schon seit über fünf Jahren hier. Die anderen werden vorgewarnt.«

»Er ist so etwas wie Ihre gute Tat, oder?«

»So könnte man es wohl nennen.« Goldring schaute dem Obdachlosen nach, und sein Gesicht drückte die unterschiedlichsten Gefühle aus. »Es gibt so viele von ihnen. Und man kann nicht für alle etwas tun. Aber ich denke mir immer, wenn jede Firma südlich von Market sich eines einzigen Menschen annähme... Oje, Sie wollen sicherlich nicht dem Gebrabbel eines alten Mannes zuhören, Miss McCone. Und ich muß vor der letzten UPS-Abholung noch ein Dutzend Hemden einpacken. Sagen Sie mir am Montag Bescheid, was Sie über Frank Wilkonson herausgefunden haben?«

Das versprach ich ihm. Goldring schüttelte mir die Hand und ging zurück ins Haus.

Ein interessanter Mann, dieser Rudy Goldring, dachte ich, während ich zu meinem Auto zurückging. Kompliziert, verletzlich, eigenartig anziehend. Und trotz seiner offensichtlichen Lügen, ein ehrlicher Mann. Im Konflikt wegen seiner Ehrlichkeit. War das wirklich der Grund, warum ich seinen Auftrag annahm, obwohl mein Instinkt mich warnte?

Vielleicht, vielleicht auch nicht. Manchmal wußte ich nicht genau, warum ich manche Aufträge übernahm – und ebensowenig, wohin sie mich führen würden.

3

Um zwei Uhr am Montag morgen war ich immer noch bei der Arbeit, ich stand in einer Parklücke gegenüber dem Kingsway Motel vor dem Café, in dem ich fast vierundzwanzig Stunden zuvor schon einmal gesessen hatte. Ich hatte Wilkonson im Wharf-Viertel verloren, aber als ich in die Lombard Street zurückkehrte, stand sein Ranchero auf dem Stellplatz unter dem Motel. Etwa eine Stunde später tauchte Wilkonson zu Fuß auf – wahrscheinlich kam er vom Abendessen in einem der nahe gelegenen Cafés oder kleinen Restaurants. Er ging auf sein Zimmer, und kurz darauf erlosch das Licht hinter seinem Fenster.

Als ich sicher war, daß er eine Weile in seinem Zimmer bleiben würde, stieg ich aus und ging in das Café. Außer den belegten Broten und dem Obst, das ich hinuntergeschlungen hatte, während ich Wilkonson von Gartencenter zu Gartencenter folgte, hatte ich nichts gegessen, und die Schokoriegel, die ich für Notfälle immer in der Tasche habe, lockten mich nicht. Ich setzte mich an denselben Platz am Fenster, an dem ich morgens gesessen hatte, und aß einen Hamburger und Pommes frites, während ich Wilkonsons dunkles Motelzimmer nicht aus den Augen ließ. Dann kaufte ich mir noch einen großen Kaffee. Im Auto schlug ich die Zeit tot, indem ich Radio hörte und meine schwindenden Energien mit Schokolade und Kaffee aufmöbelte.

Nebel war wieder aufgezogen, in dichten, stürmischen Fetzen. Er hüllte die Lombard Street ein wie windgepeitschter Schnee. Ich verkroch mich in meiner Jacke – die Heizung konnte ich nicht anstellen, sie war kaputt – und dachte über den Mann nach, den ich verfolgte: über seine Besuche von Orten, die mit Pflanzen zu tun hatten, seine Fragen, die ich nicht hören konnte, seinen offensichtlichen Zorn.

Er mußte jemanden suchen. Eine Person, deren Beruf oder Liebhaberei mit Gartenbau zu tun hatte. Das konnte vom Angestellten eines Blumenladens über den Präsidenten eines Gärtnervereins bis zum Landschaftsarchitekten jeder sein. Immer wenn er jemanden angesprochen hatte, hatte er wahrscheinlich eine Person beschrieben; die Handbewegungen, mit denen er seine Worte untermalte, ließen das vermuten. Da er so große

Mühe bei seiner Suche hatte, wußte er entweder den Namen der Person nicht, oder er hatte Grund zur Vermutung, daß sie einen falschen Namen angenommen hatte. Warum? Weil die Person mit dem Gesetz in Konflikt geraten war? Weil sie sich vor Wilkonson verstecken wollte? Und wenn letzteres der Fall war – warum?

Wilkonson neigte zum Jähzorn. Er bändigte seinen Zorn, aber das hieß nicht, daß er nicht zum Ausbruch kommen konnte, wie der Vorfall im Wharf gezeigt hatte. Ein potentiell gewalttätiger Mann. Jemand, vor dem man sich unter Umständen verstecken möchte.

Gewalttätiges Verhalten gehörte nicht zu dem Bild von Wilkonson, das Rudy Goldring beschrieben hatte. Er hatte ihn »komisch« genannt, hatte gesagt, daß »er möglicherweise in Schwierigkeiten geraten könne, wenn er allein durch die Stadt zog«. Ich hatte angenommen, daß »komisch« verhaltensgestört oder vielleicht zurückgeblieben hieß. Aber auf Wilkonson traf weder das eine noch das andere zu.

Wußte Rudy Goldring von Wilkonsons potentieller Gewalttätigkeit? Wenn ja, dann hatte er in seiner Beschreibung einen Schlüsselfaktor unterschlagen – einen Aspekt, von dem ich hätte wissen müssen, bevor ich seine Beschattung übernahm. Diese Unterlassung – oder vielleicht bewußte Täuschung – machte *mich* zornig. Ich bin schon von anderen Klienten hinters Licht geführt worden und habe in einigen Fällen die Wahrheit erst herausgefunden, nachdem nicht wiedergutzumachender Schaden angerichtet worden war. In einem Fall waren zwei Menschen unnötigerweise gestorben – und ich wäre fast ums Leben gekommen.

Es hatte jedoch keinen Sinn, mich jetzt darüber zu ärgern. Ich plante, Goldring darauf anzusprechen, wenn ich ihm am Nachmittag meinen Bericht überbrächte. Um mich zu beruhigen, stellte ich das Radio auf einen Sender ein, der Oldies spielte, aber nach kurzer Zeit wurde das Programm wegen einer Sonntagabend-Talkshow über das Problem der Obdachlosen in San Francisco unterbrochen. Die Teilnehmer waren ein Sozialarbeiter, ein Priester und ein Soziologe; ihre leidenschaftslose Diskussion reduzierte jene Menschen, die in Einfahrten oder auf Parkbänken schliefen, auf die nackte Statistik. Sie sprachen von mehr als siebentausend Obdachlosen allein in der Stadt und in der Greater Bay Area von mehr als fünfundvierzigtausend. Sie sagten, daß für die Obdachlosen in der Stadt nur gut eintausend Betten in Wohnheimen zur Verfügung stünden; im Gesamtgebiet gebe es für je fünfzehn Obdachlose ein Bett. Das Obdachlosenproblem zerstöre unser aller Lebensqualität; die Steuergelder, die für Obdachlosenunterstützung verwendet würden, seien nur ein Tropfen auf dem heißen Stein; regionale Hilfszentren müßten errichtet und weitere Untersuchungen finanziert werden.

Untersuchungen, dachte ich ungläubig. *Noch mehr Geld, mit dem Menschen ernährt werden könnten, auf nutzlose Untersuchungen verwenden?*

Ich dachte an meinen eigenen Collegeabschluß in Soziologie und daß – wenn mehr daraus geworden wäre als ein mit Vinyl überzogenes Diplom, von dem ich nicht wußte, wo ich es hingesteckt hatte – ich es hätte sein können, die da im Radio Probleme analysierte und zerpflückte. Dann dachte ich an Rudy Goldring und Bob, seinen obdachlosen »Türwächter«, und an Goldrings naiven und gleichzeitig praktischen Kommentar, daß die Dinge besser stünden, wenn sich jede Firma südlich von Market eines Obdachlosen annähme. Unter diesem Aspekt begann mich das Soziologengeplapper zu deprimieren. Ich schaltete um auf die KSUN-Sendung »Licht der Bucht«.

Mein Exfreund, Diskjockey Don Del Boccio, schwätzte über ein Rockkonzert, das KSUN in der nächsten Woche im Oakland-Kolosseum veranstaltete. Er und der Wunderbus des Senders seien dabei, zusammen mit Tina, der tollen Verkehrsreporterin. Die ersten einhundert Paare würden kostenlos KSUN-T-Shirts und Poster bekommen. Jeder Zuschauer nehme auf Grund seiner Eintrittskarte automatisch an einer Lotterie teil – der Hauptpreis sei eine Verabredung mit dem beliebtesten Diskjockey. Dann wären da noch...

Ich schaltete auf den Sender mit klassischer Musik um. Don zuzuhören war fast so niederschmetternd wie die unmenschliche Diskussion über die Armen und Mittellosen der Stadt. Nicht weil wir im Bösen auseinandergegangen wären; unsere Beziehung war nicht mehr so eng gewesen, daß die Trennung Erbitterung ausgelöst hätte. Auch nicht, weil er mir fehlte; ich vermißte ihn nicht. Als er aus meinem Leben verschwand, war ich eher erleichtert gewesen. Aber als ich seine übersprudelnde Stimme und sein glattes Geschwätz hörte, erinnerte mich das an alles, was zwischen uns schiefgelaufen war – daran wie leicht Menschen körperliche Anziehung und die Bewunderung von Eigenschaften, die sie selbst nicht besitzen, für Liebe halten.

Don ist ein fröhlicher, extrovertierter Mann, der mehr das Gute als das Schlechte in der Welt sieht, eine kleine Berühmtheit, der seinen Ruhm leicht tragen kann. Ich beneidete ihn um seine sorglose Lebenseinstellung und dachte, daß er mir helfen könnte, die Dinge etwas lockerer zu sehen; er beneidete mich um meine Zielstrebigkeit und dachte, daß ich ihm helfen könnte, einen ernsthafteren Berufsweg einzuschlagen.

Aber nach einigen Jahren zeigte sich, daß Don und ich zu verschieden waren. Sein Optimismus erschien mir seicht; er ging mir auf die Nerven; er ärgerte sich über meinen Zynismus und meine eifersüchtig bewachte Privatsphäre. Er fand meine Fälle zu frustrierend und wollte nicht darüber sprechen. Ich fand selbst die tiefgründige Talkshow, zu der er den Sender überredet hatte, noch oberflächlich; ich begleitete ihn nur ungern zu den Schickimicki-Werbeveranstaltungen von KSUN. Schließlich flüchteten wir uns beide in unsere langen, unregelmäßigen Arbeitszeiten und ließen unsere Beziehung im Sande verlaufen.

Vor sechs Monaten hatten wir uns getrennt. Ich hatte noch keinen Ersatz gefunden, suchte auch nicht richtig. Nun fragte ich mich, was mit Don war. Wer war denn Tina, die tolle Verkehrsreporterin? Hatte er von ihr nicht mit mehr als seiner üblichen Begeisterung gesprochen?

Einen Augenblick lang erwog ich, nochmals KSUN einzuschalten und Don zuzuhören. Vielleicht gelänge es mir, seine Gefühle und Lebensumstände über den Äther zu ergründen. Dann lachte ich laut. War ich etwa ein bißchen eifersüchtig? Nein, beschloß ich, eigentlich nicht. Don war für immer aus meinem Leben verschwunden. Aber ich war neugierig, wie ich es bei jedem Exlover gewesen wäre.

Trotzdem drehte ich nicht an den Radioknöpfen. Der Sender, den ich gerade hörte, spielte Brahms, einen meiner Lieblingskomponisten, seit Don, der in der Eastman School of Music zum

Konzertpianisten ausgebildet worden war, meine Begeisterung für Klassik geweckt hatte. Die Stunden vergingen, während Brahms von Mendelssohn und dann von Tschaikowski abgelöst wurde. Der Nebel blies mittlerweile so dicht wie Schnee. Gegen Mitternacht döste ich fast ein, und so stieg ich aus und ging zweimal den Häuserblock auf und ab und atmete die feuchte Luft ein. Es war jetzt wärmer, der Nebel hatte sich wie eine Wärmedecke auf die Stadt gelegt. Ich bewegte mich schnell, kreiste mit den Armen und fühlte mich nach einer Weile wieder munterer.

Nun, eine Stunde und vierzig Minuten später, ging das Licht in Zimmer 209 an. Ich sah, wie sich hinter den Vorhängen ein großer Schatten bewegte. Kurz darauf trat Wilkonson mit einer kleinen Reisetasche in der Hand heraus. Während er zu seinem Ranchero ging, ließ ich mein Auto an. Er wendete und fuhr an mir vorbei in Richtung Stadtzentrum. Ich blieb zurück, damit ihm meine Scheinwerfer nicht auffielen; da zu dieser Stunde nur wenig Verkehr war, konnte ich ihn kaum aus den Augen verlieren.

Er führte mich schließlich zu dem Gewerbegebiet südlich von Market, wo ich am Freitag Rudy Goldring besucht hatte. Die Straßen waren verlassen und so schmutzig, daß selbst der Nebel schmuddelig wirkte. Lagerhäuser und Sattelschlepper zeichneten sich in der Dunkelheit ab. Meine Scheinwerfer huschten über das Gitterwerk der Maschendrahtzäune. Vor mir glitzerten Bahnschienen, die das Pflaster kreuzten. Es waren keine anderen Fahrzeuge in Sicht, und ich hatte allmählich Angst, Wilkonson würde merken, daß ihm jemand folgte. Doch dann kamen wir in eine hellerleuchtete Gegend. Plötzlich verstopften Autos, Laster und Menschen die Straße. Verblüfft bremste ich ab. Es war, als ob wir den Schauplatz eines schrecklichen Unglücks erreicht hätten. Dann sah ich ein grünweißes Neonschild mit der Aufschrift KALIFORNISCHER BLUMENMARKT.

Der Blumenmarkt an der Kreuzung von Fifth und Brannan Street – nicht weit vom Justizpalast entfernt – gehört ebenso zu San Francisco wie Cost Plus, aber er ist lange nicht so bekannt. Während der Rest der Stadt noch schläft, treffen sich hier an fünf Tagen in der Woche Großhändler aus dem Norden des

Bundesstaates, um den örtlichen Floristen, Einzelhändlern und Straßenverkäufern ihre Waren anzubieten. Ich war noch nie zuvor hier gewesen – nur Leute aus dem Blumenhandel waren hier vertreten. Aber in einer Zeitschrift hatte ich einmal einen Artikel gelesen, in dem der Markt als »unglaublich emsiger Bienenkorb« bezeichnet wurde. Die Beschreibung hätte nicht zutreffender sein können.

Lastwagen parkten in zweiter und dritter Reihe und verstopften die Straße vor mir. Vor den Hintertüren der Stände luden Männer und Frauen Kisten, Schachteln und Steigen mit Blumen ebenso wie Bäume und Sträucher auf Handkarren und Gabelstapler. Nur Zentimeter vor meiner Stoßstange überquerten Leute die Straße, ohne auf das fahrende Auto zu achten. Wilkonson vor mir hatte ähnliche Schwierigkeiten, vorwärts zu kommen: Er umfuhr einen Lastwagen, legte eine Vollbremsung hin, um nicht mit einem mit Schößlingen beladenen Handwagen zu kollidieren, fuhr im Schrittempo an einer Gruppe Männer vorbei, die mitten auf der Straße Kaffee tranken. Es war ein Stau wie vorhin im Wharf-Viertel, nur noch viel schlimmer, und ich befürchtete einen neuerlichen Wutausbruch. Aber Wilkonson fuhr weiterhin langsam und schlängelte sich an den Hindernissen vorbei. Ich verlor den Ranchero kurz aus den Augen, als er auf die Brannan Street abbog, dann holte ich ihn wieder ein, als er an einem belebten, hellerleuchteten Etablissement mit Namen ›Flower Mart Restaurant‹ vorbeifuhr. Auf der anderen Seite der Sixth Street fand er einen fast legalen Parkplatz. Ich entdeckte weiter unten eine Parklücke, wurde aber von einem alten Chevy ausgebootet. Schließlich ließ ich den MG beim Ladedeck einer Kugellagerfabrik zurück und eilte durch das Menschengewühl in Richtung Markteingang.

Ein Schild an der Tür besagte, daß der Eintritt nur Personen mit Ausweis erlaubt sei. Vor mir sah ich Wilkonson; er zeigte dem Wachmann irgendeinen Ausweis und wurde hineingewinkt. Ich schob mich zu seinem Posten vor, wartete auf eine Lücke in der gleichmäßig vorwärtsdrängenden Schlange und zeigte ihm meinen Ausweis. Der Wachmann war jung, und meine Lizenz beeindruckte ihn. Mich hätte sie seinerzeit, als ich meinen Lebensunterhalt damit verdiente, die Eingänge und

Hallen von Bürogebäuden zu kontrollieren, genauso beeindruckt. Er telefonierte kurz mit seinem Vorgesetzten und gab mir dann den Hörer. Ich stellte mich vor und sagte, daß ich einen ihrer Ausweisinhaber beschatte; es handele sich dabei um einen zivilrechtlichen Fall, und für die Kunden bestehe keine Gefahr. Der Aufseher war bereit, meiner Bitte nachzukommen, und wollte noch mal mit dem Wachmann sprechen; nachdem er aufgelegt hatte, gab mir der Wachmann einen vorläufigen Ausweis.

Die überfüllte, längliche Halle war mit Neonröhren hell ausgeleuchtet. An den Seiten reihte sich ein mit Blumen und Pflanzen beladener Stand neben den anderen; Berge von Kisten, Steigen und Schachteln türmten sich in der Mitte. Der Markt erstreckte sich über einen ganzen Häuserblock, wobei ein Großteil im Freien unter dem dunklen, nebelverhangenen Himmel lag. Mein Blick schweifte über Rosen und Gladiolen, Nelken und Chrysanthemen, während ich Wilkonson suchte. Leute in Arbeitskleidung, die meisten dick vermummt gegen die kalte Morgenluft, liefen hin und her, untersuchten die Farbe der Blüten und prüften die Frische der Blätter mit den Fingerspitzen. Nach einem Augenblick sah ich Wilkonson, der langsam die rechte Seite abging und an jedem Stand stehenblieb. Sein Gang war nicht mehr steif vor gebändigtem Zorn; er ging fast schlafwandlerisch dahin, hielt bei jedem Stand inne und betrachtete vor dem Weitergehen jedes Gesicht – von Käufern und Verkäufern.

Ich folgte ihm zweimal um den Markt herum, aber er schien nicht die Absicht zu haben, schon zu gehen. Nach einer Weile schien er aufzuwachen, aber die Spannung des vergangenen Tages war von ihm gewichen. Er schien fast resigniert, so als ob er keine Hoffnung habe, daß seine Suche erfolgreich sein könnte. Als er seine dritte Runde begann, stellte ich mich neben einen kleinen Wald aus Eiben und beobachtete ihn von dort.

Um mich herum herrschte ein geschäftiges Treiben. Die Verkäufer brachten immer mehr Waren. Die Käufer gingen rasch von Stand zu Stand, untersuchten die Pflanzen und Blumen, prüften kritisch, ob sie frisch seien, tauschten Freundlichkeiten und gutmütige Scherze aus, feilschten mit großer Begeisterung. Ein großer Mann kam vorbei, besah sich gründlich die

Eiben und versperrte mir den Blick auf Wilkonson. Eine Frau gesellte sich zu dem Mann, schüttelte den Kopf und zog ihn fort. Als sie weitergingen, sah ich Wilkonson vor einem Meer von Schleierkraut stehen. Sekunden später ging er weiter zu einem Stand, wo Dutzende von Farnbündeln an Drähten von der Decke hingen. Er klapperte die Stände methodisch ab; jetzt machte er sich nicht mehr die Mühe, die Verkäufer zu betrachten, sondern beäugte nur noch die Käufer.

Sein Verhalten bestätigte meinen Verdacht, daß er jemanden suchte, der mit dem Blumengewerbe in Verbindung stand; nur Professionelle hatten zu diesem Markt Zutritt. Aber welche Verbindung hatte Wilkonson? Er hatte dem Wachmann einen Ausweis gezeigt. Rudy Goldring hatte doch gesagt, daß er auf einer Ranch arbeite. Auf was für einer Ranch...?

»Sharon McCone!«

Ich machte einen Satz. Eine dicke Frau in einem grellgrünen Sackkleid stand neben mir. In den wilden Locken ihres grauen Haares steckte eine rosa Nelke, und sie grinste mich mit ihrem lückenhaften Gebiß an.

»Sallie Hyde«, sagte ich.

Sallie baute sich vor mir auf und streckte mir ihre fette Hand entgegen.

»Was machst denn du hier?«

Sie versperrte mir die Sicht auf Wilkonson. Ich nahm sie bei der Hand und zog sie zur Seite. Wilkonson stand vor einem Turm aus Kisten, der von irgendwelchen mir unbekannten roten exotischen Blüten gekrönt wurde. »Ich arbeite«, sagte ich.

Sallies Gesicht nahm einen schlauen, wissenden Ausdruck an. Ich hatte sie kennengelernt, als ich vor ein paar Jahren an einem Fall im Tenderloin-Hotel arbeitete, wo sie wohnte.

»Dann verzieh' ich mich wohl besser.«

»Nein, bleib und unterhalte dich mit mir. Du...« Ich unterbrach mich, da ich fast etwas Unhöfliches über ihre Leibesfülle, hinter der ich mich verstecken konnte, gesagt hätte.

Sallie fühlte sich aber in ihrer Haut durchaus wohl. »Ich eigne mich gut als Deckung, stimmt's?«

»Stimmt.«

»Ich helfe gern. Wie kommst du hier rein?«

»Der Aufseher hat mich reingelassen.«

Dann fiel mir ein, daß dies auch ein ungewöhnlicher Ort für Sallie war. Als ich sie das letzte Mal gesehen hatte, arbeitete sie als Verkäuferin an einem der Blumenstände am Union Square. »Hast du dir eine neue Arbeit gesucht?«

»Ich arbeite immer noch für die gleichen Leute, aber bin jetzt selbst so eine Art Aufseherin. Ich beaufsichtige unsere verschiedenen Stände und mach' den Einkauf für die Menottis.«

»Sallie, das ist ja toll!« Es gibt nur zwölf Blumenstände in der Stadt, und die Lizenzen sind in den Händen weniger Familien, die seit Generationen im Geschäft sind. Wenn einer dieser Lizenzinhaber Sallie mit dieser Aufgabe betraut hatte, dann war sie eindeutig auf dem aufsteigenden Ast.

Sie wurde rot vor Freude. »Ja. Ich liebe die Arbeit, und ich lerne das Geschäft von der Pike auf. Eines Tages habe ich vielleicht einen eigenen Laden.«

Wilkonson kam nun in unsere Nähe. Er schob sich gerade an einem Stand vorbei, der mit getrockneten und künstlichen Blumen vollgepackt war. Ich quetschte mich zwischen Sallie und die Eibe; die Stacheln des Baumes piekten mich in die Wange.

»Wohnst du immer noch im Globe Hotel?«

»Ja. Eigentlich könnte ich mir eine bessere Gegend leisten. Aber ich bin schon so lange dort, daß es mein Zuhause geworden ist.«

»Und die Vangs?« Das war eine vietnamesische Flüchtlingsfamilie, die mein Hauptkontakt gewesen war, als man mich beauftragte, die eigenartigen Vorfälle im Hotel zu untersuchen.

»Haben sich ein Haus in Richmond gekauft.«

Das war ihr Traum gewesen – ein Traum, den sie mit vielen Flüchtlingen in der Stadt teilten. »Wie schön für sie. Haben sie das Restaurant noch?«

»Sicher. Damit zahlen sie das Haus ab.«

Wilkonson war hinter Sallie vorbeigegangen, ohne sie eines Blickes zu würdigen. Das bedeutete vielleicht, daß die Person, die er suchte, keine Frau war – oder zumindest keine dicke Frau. Als er ein paar Schritte entfernt war, deutete ich auf ihn und fragte sie: »Kennst du den Mann?«

»Den Kerl in der Wildlederjacke?«

»Ja.«

Sie kniff die Augen zusammen und betrachtete ihn prüfend.

Ihre Augen verschwanden dabei vollständig in den fleischigen Falten ihres Gesichtes. »Ich kenne ihn nicht. Aber ich habe ihn hier schon mal gesehen.«

»Wann?«

»Letzte Woche? Vorletzte Woche? Ich kann es nicht sicher sagen.«

»Seit wann kaufst du hier ein?«

»Fast ein Jahr.«

»Aber er kommt erst seit ein paar Wochen?«

»Vielleicht, vielleicht auch nicht. Ich weiß, daß ich ihn diesen Monat ein- oder zweimal gesehen habe. Zuvor kann ich mich nicht erinnern. Ich weiß aber, daß er kein Stammkunde ist.«

Ich wollte sie gerade fragen, ob es eine Möglichkeit gebe, mehr über die Ausweisinhaber zu erfahren, als sie von einem Mann mit einem mit Bambuspflanzen beladenen Handkarren angerempelt wurde. Sie taumelte gegen mich, und ich fiel in die Eiben hinein.

Sallie streckte mir die Hand hin, um mich hochzuziehen, und warf den Sträuchern einen giftigen Blick zu. »Verdammte Friedhofsbäume«, sagte sie.

Die Worte jagten mir einen kleinen Schauer über den Rükken, eine etwas übertriebene Reaktion, wie mir schien. »*Was für* Bäume?« fragte ich.

»Ich nenne sie Friedhofsbäume. In Europa pflanzt man sie auf Friedhöfen, so behaupten wenigstens die Menottis. Ich hab sie auch hier schon auf Gräbern gesehen. Ich glaub', es stimmt schon. Ich *hasse* sie.«

Ihr Ton war so bösartig, und sie warf den harmlosen Bäumchen einen solch haßerfüllten Blick zu, daß mir plötzlich wieder einfiel, daß Sallie Hyde ja eine Mörderin war – verurteilt, eingesperrt und auf Bewährung freigelassen. Als sie mir wieder in die Augen schaute, muß sich diese Erinnerung in ihnen gespiegelt haben, denn sie wechselte abrupt das Thema, schwatzte über ihre neue Arbeit und die Zukunftsaussichten. Dann sagte sie, daß sie sich allmählich ans Einkaufen machen müsse. Bevor sie wegging, gab sie mir ihre Karte und bat mich, von mir hören zu lassen. Ich versprach es, hatte aber meine Zweifel. Wie Dutzende anderer Leute überall in der Stadt hatte ich auch Sally während meiner Arbeit an einem Fall kennengelernt: Und außer der Gewalttat, durch die wir uns kennengelernt hatten, hatten wir nichts gemein.

Es war fast fünf Uhr morgens, und meine Energie war vollkommen abgeflaut, als Wilkonson endlich dem Ausgang zustrebte. Auf bleiernen Beinen folgte ich ihm auf die Brannan Street und zu seinem Ranchero. Dann holte ich den MG. Ein paar Häuserblocks entfernt war eine Auffahrt auf die Autobahn I-80. An der Auffahrt holte ich den Ranchero ein. Ich folgte ihm eine Weile, bis ich sah, daß er an der Bundesstraße 101, die in südlicher Richtung aus der Stadt hinausführt, wieder abfuhr.

An der Army Street verließ ich die Autobahn. Ein endlos langer Arbeitstag war vorüber.

4

Um zehn Uhr morgens traf ich in der Kanzlei ein. Der Nebel hing nun regungslos und schwer über der Stadt und ließ die Spielgeräte in dem dreieckigen Park jenseits der Straße fremd und etwas bedrohlich aussehen. Für das große, braune viktorianische Haus in Bernal Heights, in dem die Kanzlei All Souls seit mehr als zwölf Jahren untergebracht war, war der Nebel von Vorteil: Er verhüllte die Blasen der abblätternden Farbe und ließ die Fassade makellos erscheinen; die schlechtgeflickten Schindeln und das eingesunkene Dach trugen eine stattliche Perücke aus grauem Dunst. Für mich wirkte das Gebäude oft wie eine alte Dame, die ihre letzten Tage im ständigen Kampf gegen die Würdelosigkeit durch Armut verbringt. Heute schien sie sich mit zerlumpter Pracht geschmückt zu haben, und die Schlacht war für den Augenblick gewonnen.

Als ich durch die Eingangstür kam, schaute unser Sekretär, Ted Smalley, von seinem fast fertigen *New York Times*-Kreuzworträtsel auf. »Etwas spät heute, was?«

»Etwas.« Ich schaute auf das Rätsel und runzelte die Stirn. Es machte mich verrückt, daß er das Selbstvertrauen besaß, es mit Tinte auszufüllen.

Ted legte die Hand über die Zeitung. Er haßt es, das Kreuzworträtsel mit jemandem gemeinsam zu lösen, und fragt nur, wenn er wirklich mit seinem Latein am Ende ist.

Ich schob seine Hand zur Seite. »Was ist das?«

»Was ist was?«

»Das. Nummer zweiundsiebzig quer. Ein Wort mit acht Buchstaben, es beginnt mit einem k und hört mit einem s auf. Der vierte Buchstabe ist ein f.« Es war eines von den wenigen, die er noch ausfüllen mußte.

Er funkelte mich an und seufzte dann. »Schwach.«

»Schwach. Das wäre einfach – so fühle ich mich heute. K... f... s... kraftlos.«

»Kraftlos.« Er hakte die Nummer mit der Spitze seines Füllers ab.

Während ich die Treppen hinaufging, begann er das Wort einzutragen. »Gern geschehen«, sagte ich.

»Du weißt, daß ich es hasse, wenn du dich da einmischst.«

»Deshalb tue ich es ja.« Auf halber Höhe blieb ich stehen. »He, Ted, würdest du Rae anrufen und sie bitten, in mein Büro zu kommen.«

»Sie ist noch nicht da.«

Unpünktlichkeit war einer der wenigen Fehler meiner neuen Assistentin, Rae Kelleher, aber ein besonders nervtötender. Es ärgerte mich besonders, da ich den Verdacht hatte, daß ihre Unpünktlichkeit hauptsächlich auf die Ansprüche ihres Ehemanns Doug, eines ewigen Studenten, zurückzuführen war.

Ted war offensichtlich der gleichen Ansicht. »Vielleicht mußte sie für Dougie einen Aufsatz tippen oder ihn für eine Prüfung abhören.«

Ich zog eine Grimasse. »Wenn sie kommt, sag ihr doch bitte, daß ich mit ihr sprechen muß.« Dann ging ich hoch in mein neues Büro.

Nach dem Eintreten blickte ich um mich – wie fast jeden Tag in den letzten vier Monaten – und bewunderte mein neues Interieur. Das Zimmer – die Hälfte eines ursprünglich herrschaftlichen Schlafzimmers – befand sich im vorderen Teil des Hauses, und es hatte einen Erker mit *Aussicht*. Es war keine von jenen spektakulären Aussichten, für die San Francisco berühmt ist; ich konnte weder die Bucht noch die Golden-Gate-Brücke oder einen der Wolkenkratzer in der Stadtmitte sehen. Was ich sah, war das Outer-Mission-Viertel: Die Dächer waren so geflickt und abgesunken wie das der Kanzlei; die Häuser waren genauso schäbig; die Straßen waren gleichförmig und baumlos; die Gossen waren mit Abfall verstopft; die gebeugte Körperhaltung der ärmlich gekleideten Leute drückte Abwehr aus. Aber es *war* immerhin eine Aussicht, und das Büro war wesentlich größer als mein ehemaliger umgebauter Schrank unter der Treppe. Außerdem paßte das, was ich von meinem Schreibtisch, der im Erker stand, sah, zu meiner Arbeit; dies war mein Revier, und einer von diesen Leuten könnte mein Klient sein.

Ich hatte diese prächtigen vier Wände beziehen dürfen, weil mein Chef Hank Zahn im letzten Frühjahr eine der Anwältinnen, Anne-Marie Altman, geheiratet hatte und zu ihr in ihre Wohnung in Noe Valley gezogen war. Hank, der die Kanzlei kurz nach Abschluß seines Jurastudiums gegründet hatte, hatte all die Jahre in diesem Zimmer gewohnt. Ich hatte anscheinend meiner Trauer darüber, daß er so weit wegzog und nicht mehr zu jeder Tages- und Nachtzeit für Ratschläge und Gespräche zur Verfügung stand, so stark Ausdruck verliehen, daß er mir den Raum als Büro vermachte und dabei einige andere enttäuschte, die schon lange danach gelechzt hatten. Es war zwar kein Ersatz für die langen Abende, an denen wir bei einem Gläschen über Gott und die Welt sprachen, und auch nicht dafür, daß Anne-Marie, meine beste Freundin in der Kanzlei, jetzt verheiratet war und nach Hause verschwand, um den Abend bei Kerzenlicht mit ihrem Mann zu verbringen. Aber nachdem ich es mit einem neuen Parsons-Schreibtisch und einem alten Orientteppich aus dem Speicher ausstaffiert und ein paar von meinen Lieblingsfotografien aufgehängt hatte... fing ich an, mich als einigermaßen wichtige Karrierefrau zu betrachten und nicht mehr als unterbezahlter Lakai, dessen Arbeit eh niemand zu schätzen wußte.

Meine Metamorphose zu einer bedeutenden Mitarbeiterin wurde vor zwei Monaten vollendet, als Hank und die anderen Teilhaber zu der Einsicht gelangten, daß ich zu viele ernstzunehmende Aufgaben hatte, als daß ich mich weiterhin mit zwar wichtigen, aber zeitraubenden und im Grunde anspruchslosen Arbeiten, wie der Überprüfung von Dokumenten im Rathaus und der routinemäßigen Befragung möglicher Zeugen, aufhalten konnte. Such dir eine Assistentin, sagten sie.

Ich rief andere Detekteien und Bekannte bei Sach- und Personenschutzfirmen an, und jemand empfahl mir schließlich Rae Kelleher. Rae war fünfundzwanzig und hatte ein Psychologiediplom von meiner alten Alma mater in Berkeley. Sie hatte einen Ehemann zu ernähren, der an seiner Doktorarbeit zimmerte. Sie hatte einen Job als »Wachfrau«, genau wie ich nach meinem völlig nutzlosen Diplom. Wir hatten uns getroffen, und ihre Begeisterung und ihr freundliches Wesen, ihre beachtliche Intelligenz und ihre Bereitschaft, schlechtbezahlte Sträflingsarbeit zu leisten, um das Handwerk zu lernen und schließlich eine Lizenz als Detektivin zu erhalten, hatten mir gefallen. In den zwei Monaten, seit sie für mich arbeitete, hatte sie sich als umgänglich erwiesen, mit einer guten Auffassungsgabe, und hatte nie geklagt. Das einzige Problem war ihr Mann und die Ansprüche, die er an ihre Zeit stellte – Zeit, die sie auf ihre Arbeit verwenden sollte.

Ich verbannte die Gedanken an Rae aus meinem Gehirn, setzte mich an den Schreibtisch und begann, meine Aufzeichnungen über Frank Wilkonson durchzusehen. Meine Augen brannten, weil ich nicht genug geschlafen hatte – es waren nur zwei Stunden gewesen –, und ich hatte leichte Kopfschmerzen.

Ich griff nach meiner Tasche, um ein Aspirin zu suchen; auf dem Grund meiner Tasche fand ich nur noch ein Tylenol in einer verbeulten Dose. Ich schluckte die Tablette ohne Flüssigkeit und sah weiter meine Aufzeichnungen durch. Als ich fertig war, hatte ich die wesentlichen Bestandteile meines Berichts, aber keine Antworten und auch keine rechte Vorstellung, wie ich Goldrings mangelnde Ehrlichkeit in bezug auf Wilkonson angehen sollte. Schließlich beschloß ich, nur das zusammenzuschreiben, was ich hatte, und rief dann sein Büro an.

Die Frau, die ans Telefon kam, sagte, daß Goldring nicht im Haus sei, und fragte mich, ob ich eine Nachricht hinterlassen wolle.

Ich hinterließ meinen Namen und erklärte, daß ich am späten Nachmittag, etwa zur gleichen Zeit wie am letzten Freitag vorbeikommen würde. Falls Mr. Goldring diese Zeit ungelegen sei, solle er mich anrufen.

Ich legte auf und sah mir die Akten auf meinem Schreibtisch an. Es waren nur vier, von denen ich zwei an Rae weitergeben wollte – vorausgesetzt, daß sie je zur Arbeit erschien. Um die anderen beiden mußte ich mich selbst kümmern, da bei diesen Fällen untergetauchte Zeugen aufzuspüren waren und Rae damit noch keine Erfahrung hatte. Unwillig holte ich mir das Telefon her und versuchte einige Leute anzurufen, aber ich erreichte niemanden. Es war fast Mittag, und ich ging nach unten.

Ted war nicht an seinem Schreibtisch; er war wahrscheinlich beim Mittagessen. Ich steckte den Kopf in mein ehemaliges Büro unter der Treppe – das Rae so aufgepeppt hatte, wie ich es nie für möglich gehalten hätte –, aber es war leer. Dann ging ich den Flur hinunter zu Hanks Büro; er war zwar da, hing aber am Telefon. Als er aufsah, stellte ich fest, daß er unnatürlich blaß war, unter seinen Augen zeichneten sich dunkle Ringe ab, die auch seine dicke Hornbrille nicht verdecken konnte. Brütete er etwas aus? fragte ich mich. Oder war dies ein Symptom für etwas Schlimmeres als eine ausbrechende Erkältung oder Grippe? Wenn ich so darüber nachdachte, fiel mir auf, daß weder er noch Anne-Marie in der letzten Zeit besonders gut ausgesehen hatten.

Meine Lippen formten das Wort »Essen« in seine Richtung. Er schüttelte den Kopf und deutete auf einen Haufen Ordner, die vor ihm lagen. Ich zuckte die Achseln und ging zu dem Stapel Zeitschriften, die Hank – der Zeitungen und andere Magazine hortet – in einer Ecke seines Zimmers aufbewahrt. Ich schaute auf das Datum der obersten Zeitung, stellte fest, daß sie von gestern war, und zog den rosa Teil heraus. Als ich sie fragend in die Höhe hielt, nickte Hank sein Einverständnis, ich konnte sie haben. Dann sagte er am Telefon: »Hören Sie, dieser Punkt ist nicht verhandlungsfähig, es sei denn, Sie haben etwas verdammt Gutes anzubieten.«

Ich nahm den Veranstaltungskalender mit in die große Küche im hinteren Teil des Hauses. Ein paar Rechtsanwaltskollegen saßen an dem runden Eichentisch am Fenster beim Mittagessen. Ich grüßte und warf dann einen Blick in den Kühlschrank. Er war brechend voll mit lauter gesunden Sachen – Spinat, Karotten, Tofu, Hüttenkäse, Joghurt. Seufzend dachte ich an die guten alten Zeiten, als Hank noch hier lebte und immer ein Topf übriggebliebener Spaghettis oder Chili darauf wartete, aufgewärmt zu werden. Schließlich begnügte ich mich mit einer Tasse Kaffee und trug sie in unser kombiniertes Wohn- und Wartezimmer hinüber.

Beim Hinausgehen hörte ich an der Tür, wie einer der Anwälte sagte: »McCone hat mal wieder ihren asozialen Tag.«

Ich ärgerte mich über diese unfaire Bemerkung. Ich mag die warmherzige, freundliche Atmosphäre bei All Souls und fühle mich wohl in der Gesellschaft der anderen. Aber manchmal wird mir diese erzwungene Nähe einfach zuviel. Die Gründung der Kanzlei geht zurück auf eine politische Bewegung in den siebziger Jahren zugunsten juristischer Hilfeleistung für die Armen; doch von Armut scheinen eher die Angestellten und Teilhaber betroffen zu sein als die Mandanten, die ihre Zahlungen ihrem Einkommen entsprechend entrichten müssen. Einige Kollegen leben auf Grund ihrer Einkommenslage mietfrei in Zimmern im ersten Stock. Die meisten Mitarbeiter nehmen ihre Mahlzeiten hier ein, und auch diejenigen, die woanders wohnen, scheinen mehr Zeit in der Kanzlei zu verbringen als zu Hause. Niemand beklagt sich über den Mangel an Privatsphäre. Im Gegenteil – alle scheinen es zu genießen, ausgiebig über Mandanten und Fälle diskutieren zu können, Details aus ihrem Privatleben auszubreiten und ständig gemeinsame Aktivitäten zu planen. Für einen Menschen wie mich wäre solch ein Leben unerträglich.

Aber die meisten Kollegen bei All Souls sind zugleich auch meine Freunde. Ich lasse mich meistens überreden, zu ihren Parties zu gehen, und wenn ich Gesellschaft brauche, komme ich hierher. Auch wenn die Bemerkung nicht böse gemeint war, traf sie mich doch – um so mehr, so vermutete ich, weil es die gleiche Art von Kritik war, mit der mich Don gegen Ende unserer Beziehung bombardiert hatte.

Ich fragte mich auch, ob die Leute mich wirklich so sahen – kratzbürstig, unabhängig, ein Mensch, der niemanden brauchte. Wenn ja, dann hatten sie unrecht; die Leere, die ich seit meiner Trennung von Don spürte, bewies es. Ich dachte an Frank Wilkonson, und wie mich sein depressiver, schlurfender Gang an den Kristofferson-Song über einsame Sonntage erinnerte. Dann dachte ich daran, wie ich kürzlich an einem Sonntag niedergeschlagen den nebligen Strand entlanggewandert war. Nein, ich war nicht die Frau, für die mich meine Freunde und Kollegen hielten, die sich selbst genügte. Ich brauchte jemanden – aber es mußte jemand sein, bei dem ich ich selbst sein konnte, der mir Luft zum Atmen ließ und mich nicht umkrempeln wollte. Und solch ein Mensch war nicht leicht zu finden.

Ich schüttelte die düsteren Gedanken ab und ließ mich auf der kaputten Couch im Wohn-Wartezimmer nieder. Der große Raum ist meist voll von Mandanten, aber nun, während der Mittagszeit, war er verlassen. Spielsachen aus der Truhe neben dem Kamin – für die Kinder der Mandanten, die ihre Sprößlinge zu ihren Anwaltsterminen mitbringen müssen – waren über den abgetretenen Orientteppich verstreut. Angeschlagene Keramiktassen und schmutzige Aschenbecher standen auf dem Kaffeetisch; ich mußte mir einen Platz freiräumen, um meine Tasse abzustellen. Dann schlug ich den Veranstaltungskalender auf und blätterte ihn durch.

Die Kategorien »Nachtleben« und »Kino« ließ ich aus und konzentrierte mich auf die Überschrift »Ausstellungen«. Da war es – die Pflanzenauktion in der Blumenhalle. Ich ging zu Teds Schreibtisch hinüber und schlug die Gelben Seiten in seinem Branchentelefonbuch auf. Unter dem Stichwort »Baum- und Pflanzenschulen – Einzelhandel« fand ich vier Spalten und zahlreiche Werbeanzeigen. Dies war wahrscheinlich das andere Blatt, das Wilkonson in seiner Jackentasche gehabt hatte.

Nachdem ich das Telefonbuch zurückgelegt hatte, überlegte ich, ob ich hoch gehen und die Fahndungen in Angriff nehmen oder ob ich mir in meiner Lieblingstacqueria einen Burrito holen sollte. Beides war nicht besonders verlockend.

Der Fall Goldring hat mit dem Blumenhandel zu tun. Aber was? Und warum? Und ging mich das überhaupt noch etwas an? Ich hatte meinen Bericht für Rudy Goldring abgeschlossen; diesen Nachmittag wollte ich ihn abgeben. Und das wär's dann gewesen, vorausgesetzt, er nähme meinen Bericht entgegen und erklärte die Sache für beendet. Wenn er weitere Informationen haben wollte, könnte ich die verschiedenen Gartencenter, die Wilkonson besucht hatte, abklappern und herauszufinden versuchen, wonach er die Angestellten gefragt hatte. Aber bevor ich weiter für Goldring arbeitete, müßten wir zuerst besprechen, was er mir verschwiegen hatte. Ich würde mehr Informationen über Wilkonson brauchen. Vielleicht wäre es klug, die Hebel in Bewegung zu setzen, bevor ich zu meiner Verabredung mit Goldring ging. Ich hatte Wilkonsons Autokennzeichen; ich könnte ihn durch eine Freundin bei der Zulassungsstelle überprüfen lassen. Oder vielleicht wäre es noch besser, jemanden, den ich bei der Polizei kannte, zu bitten, festzustellen, ob etwas über ihn vorlag...

Die Eingangstür öffnete sich, und Rae Kelleher kam herein.

Rae ist klein, etwa einssechzig, mit kurzen, lockigen, kastanienbraunen Haaren, einem runden, sommersprossigen Gesicht und einem athletisch gebauten Körper. An diesem Nachmittag trug sie Jeans, einen schäbigen braunen Mantel, dessen Machart mit Sicherheit bereits Anfang der sechziger Jahre aus der Mode gekommen war, und einen blau-gold gestreiften Schal, wie der, den ich zu den Fußballspielen in Berkeley getragen hatte. Sie begann, sich den Schal vom Hals zu wickeln, entdeckte dann mich, erschrak und machte eine entschuldigende Handbewegung. Ich schaute auf die Uhr, es war Viertel vor eins. Schweigend wartete ich auf eine Erklärung.

Sie sagte: »Ich habe keine Entschuldigung.«

»Toll.«

»Ich meine, ich kann es schon erklären, aber es ist nicht annehmbar.«

»Versuch es doch mal.«

Der Schal glitt zu Boden, und sie begann ihren Mantel aufzuknöpfen. »Ich glaube nicht, daß du es hören willst.«

»Laß mich das mal entscheiden.«

»Also gut, Doug hatte...«

»Du hast recht. Ich will es wirklich nicht hören.«

»Sharon, er brauchte...«

»Spar es dir, Rae.«

Ich hatte das mehr oder weniger erwartet und war nicht wirklich wütend auf sie. Aber es nervte mich, wie sie ihre eigene Zukunft aufs Spiel setzte, indem sie pausenlos Dougs Wünschen nachgab. War denn dieser Frau nicht klar, daß sie genauso wie ihr Mann ihren Weg gehen mußte? Wußte sie denn nicht, daß Ehemänner bleiben oder gehen konnten, daß aber ein

Beruf, in dem sie aus ihren Begabungen Nutzen ziehen konnte, ihr das ganze Leben lang zustatten kommen würde?

Rae schaute mich an. Ihr Gesicht war verkniffen, ihre Sommersprossen hoben sich von ihrem blassen Gesicht ab. Ich nahm an, sie rechnete damit, daß ich sie hinauswarf.

Schließlich sagte ich. »Hör mal, wir sollten uns mal unterhalten.«

»Ja, ich weiß. Jetzt?«

Ich zögerte. Ich war müde und gereizt. In der Verfassung wollte ich kein heikles Gespräch anfangen. »Nein, nicht jetzt. Ich muß dir ein paar Akten übergeben, und dann habe ich selbst zu tun und dazu noch einen Termin gegen vier.«

Sie schien erleichtert. »Danach vielleicht?«

»Ja. Ich sag' dir was: Es gibt da eine alte All-Souls-Tradition, in die ich dich einführen möchte. Zumindest ist es eine McCone-Zahn-Tradition. Treffen wir uns um halb sechs in der Remedy Lounge?«

»Die schmierige Bar unten an der Mission Street?«

»Richtig.«

Die meisten Leute hätten mit Widerwillen oder zumindest zaudernd reagiert. Aber wieder erwies sich, daß Rae meine Kragenweite hatte. Ihr rundes Gesicht verzog sich zu einem erfreuten Grinsen, und sie sagte: »Junge, Junge. Ich hab' mich schon gefragt, wann einer von euch mich mal einladen würde!«

»Also dann um halb sechs. Und keine Ausreden – auch wenn Doug anruft und etwas will.«

»Versprochen.« Nun streckte sie doch glatt die Finger der rechten Hand zum Pfadfindergruß.

»Gut, dann heb den Schal auf, leg den Mantel ab und komm mit nach oben. Ich muß dich in diese beiden Fälle einführen.«

Auf dem Weg in mein Büro haderte ich mit mir, weil ich genauso geklungen hatte wie meine Mutter. Nun, nicht ganz so – meine Mutter hätte noch gesagt, sie solle den Mantel aufhängen, ihre Haare kämmen und sich die Hände waschen.

5

Diesmal saß der obdachlose »Türwächter« nicht auf der Treppe im Eingang zu Rudy Goldrings Firma; also ging ich einfach hinein. Als ich auch in Goldrings Büro niemanden vorfand, rief ich auf dem Flur seinen Namen. Eine grauhaarige Frau in einem gestreiften Kittel, dessen Revers mit Nadeln gespickt war, kam aus dem hinteren Zimmer.

»Sie sind sicher die Frau, die heute morgen angerufen hat«, sagte sie. »Er ist immer noch nicht da. Ich bin Mrs. Halvorsen, seine Büroleiterin. Kann ich Ihnen helfen?«

»War er denn heute überhaupt schon da?«

»Nur heute früh, ein oder zwei Stunden, er ist schon vor zehn weggegangen. Er hat gesagt, er sei verabredet.« Sie hielt inne, runzelte die Stirn und spielte mit den Nadeln. »Und das ist komisch – normalerweise ruft er an. Er hat eine Anprobe mit einem neuen Kunden verpaßt, die für ein Uhr angesetzt war, und erste Anproben sind Mr. Goldring wichtig. Er macht daraus immer ein feierliches Ereignis.«

»Vielleicht hat er sich nicht wohl gefühlt und ist nach Hause gegangen.«

»Sein Zuhause ist hier, oben im ersten Stock. Er hätte mir Bescheid gesagt. Außerdem habe ich versucht, ihn oben anzurufen, als der neue Kunde kam. Er hat sich nicht gemeldet, und er war auch nicht in der Fabrik.«

»Wissen Sie, mit wem er verabredet war und wo?«

Sie schüttelte den Kopf.

»Na ja, er wird schon wieder auftauchen. Würden Sie ihn bitten, mich anzurufen, sobald er kommt?« Ich gab ihr meine Karte und ging zurück in Richtung Ausgang.

In der Eingangshalle blieb ich stehen und sah ärgerlich und ratlos auf die Tür, die zu der oberen Wohnung führte. Vielleicht war Rudy Goldring jetzt zu Hause; die Frau hatte nur gesagt, sie habe ihn einmal angerufen, und das vor etwa drei Stunden. Ich wollte gerade auf die Klingel drücken, als die Tür aufflog und eine große Gestalt in einem Regenmantel herausstürzte und in mich hineinrannte.

Ich stolperte nach hinten und griff nach der Person, um nicht die Treppe hinunterzufallen. Es war eine Frau in meinem Alter mit leuchtend kastanienfarbenem Haar, das sich auf ihrem Kopf türmte. Ihre feinen Gesichtszüge – gerade, zarte Nase, hohe Wangenknochen, voller Mund und ungewöhnlich große blaue Augen – waren schön, aber jetzt angstverzerrt. Sie starrte mir wild ins Gesicht und auf meine Hand, mit der ich mich an ihrem Unterarm festklammerte. Dann versuchte sie sich frei zu machen. Ich hielt sie fest.

»Was ist los?« fragte ich. »Was ist passiert?«

»O Gott!« Ihre Zähne klapperten; sie legte eine Hand an die Wange, als könnte sie damit das Klappern stoppen.

»Was ist los? Ist etwas mit Mr. Goldring?«

»O Gott!« Nun umklammerte sie *meinen* Arm. Ihre Finger bohrten sich schmerzhaft in mein Fleisch. »Sie kennen ihn, Sie müssen ihm helfen!«

»Wo ist er? Zeigen Sie mir den Weg.«

Sie warf einen panischen Blick auf die Straße, und ich war darauf gefaßt, sie an einem weiteren Fluchtversuch hindern zu müssen. Dann schaute sie auf die offene Eingangstür zurück. »Da... da oben... in der Küche.«

»Bringen Sie mich zu ihm.«

Wortlos führte sie mich mit gebeugtem Kopf und hängenden Schultern ins Haus hinein und die steile Treppe hinauf. Die obere Wohnung war genauso gestrichen und ausgelegt wie die Büros unten. Im vorderen Teil befand sich das Wohnzimmer, für das man wahrscheinlich die Wand zwischen zwei kleineren Zimmern herausgerissen hatte; das doppeltverglaste Erkerfenster war voll von hängenden Farnen. Die Frau ging am Schlafzimmer und Bad vorbei in den hinteren Teil der Wohnung. Am Ende des Flurs lag eine altmodische Küche – wie wir sie auch bei All Souls haben, mit einem schwarzweißen Linoleumfußboden, einem Ausguß mit einem Abtropfbrett und einem schwarzen Eisenungetüm von Gasherd.

Rudy Goldring lag auf dem Rücken vor dem Herd, mit weit ausgebreiteten Armen. Es sah aus, als sei er gestürzt und habe sich den Kopf an einem der geschwungenen Beine angeschlagen.

Ein nervöses Prickeln lief über meine Haut; ich kniete neben ihm nieder, griff nach seinem Handgelenk und versuchte seinen Hemdsärmel hochzuziehen, um seinen Puls zu fühlen. Das

Hemd hatte französische Manschetten, die mit goldenen Manschettenknöpfen zugehalten wurden. Während ich einen öffnete, betrachtete ich sein blutleeres, bleiches Gesicht, dann sah ich, daß Blut von seinem Kopf auf das Linoleum gesickert war. Es war schon fast trocken. Schließlich hatte ich den Manschettenknopf entfernt und ergriff sein Handgelenk. Sein Fleisch war kalt, und sein Körper wurde schon steif; die Totenstarre setzte ein. Rudy Goldring war schon seit mehreren Stunden tot.

Ich ließ sein Handgelenk los und schaute die Frau an. Sie hatte sich an den alten Kühlschrank gelehnt und beobachtete mich mit Entsetzen in den Augen; ihre Hände hatte sie vor den Mund gepreßt. Als sie in meinem Gesichtsausdruck die Bestätigung las, gab sie einen wimmernden Laut von sich, und ihre Knie gaben nach. Hastig erhob ich mich und ging zu ihr hinüber, drehte sie von dem Toten weg und schob sie in Richtung Flur. Sie klapperte wieder mit den Zähnen und zitterte am ganzen Körper; schwer lehnte sie sich gegen mich. Als ich sie jetzt den Flur entlangführte, begann ich selbst zu zittern.

Im Wohnzimmer setzte ich sie in einen Lehnsessel. Sie legte ihre Hände nebeneinander und starrte auf sie herab; sie zitterten heftig. Dann schaute sie mich an. In ihren ungewöhnlich blauen Augen standen Tränen, sie ließ den Kopf sinken und zwang ihre bebenden Hände ineinander. »Er ist... tot?«

»Ja, seit ein paar Stunden.«

Sie gab einen eigentümlichen Laut von sich – halb Schluchzen, halb Seufzer. Ich schaute auf ihren Kopf hinunter, auf das locker zu einem kunstvollen Zopf verschlungene Haar. Einige Strähnen hatten sich gelöst und hingen herab, was sie zerzaust aussehen ließ und hilflos.

»Sind Sie in Ordnung?«

»Ich... ja... nein. O Gott, ich habe immer befürchtet, daß es soweit kommen würde.«

»Sie meinen Mr. Goldrings Tod?«

Sie schwieg.

»Meinen Sie *das*?«

Keine Antwort. Ich suchte in dem Zimmer, in dem im Gegensatz zu Goldrings Büro peinliche Ordnung herrschte, nach einem Telefon. Es stand auf einem Abstelltisch neben dem Sofa.

Die Frau hob den Kopf. Ihre Stimme klang beunruhigt. »Was machen Sie da?«

»Ich rufe die Polizei.«

»Nein!« Sie stand auf, kam auf mich zu, drehte sich dann um und lief zur Treppe.

»Kommen Sie zurück! Sie haben Mr. Goldrings Leiche gefunden; Sie können doch nicht einfach weglaufen...«

»Bitte!« Sie drehte sich um und suchte am Geländer Halt. Sie war kalkweiß gewesen, doch nun breitete sich vom Nacken her eine hektische Röte – fast wie ein Ausschlag – über ihr Gesicht aus. »Das verstehen Sie nicht. Wenn das bekannt wird, wenn mein Name in der Zeitung steht. Das darf nicht sein, besonders nachdem...« Und dann hetzte sie die Stufen hinunter.

Ich rannte ihr nach, aber sie war schneller und hatte zuviel Vorsprung. Als ich die Vortreppe erreichte, sprang sie gerade in einen weißen BMW, der etwas weiter die Straße hinunter parkte. Ich erhaschte gerade noch einen Blick auf das Kennzeichen – 1 GDJ 326 –, als sie von der Stillman-Street auf die Third Street abbog.

»Eins, GDJ, drei, zwei, sechs«, sagte ich laut. Es klang wie ein Fluch. Auf dem Weg zum Haus zurück wiederholte ich die Zahlen und Buchstaben immer wieder, bis ich meine Handtasche fand und das Kennzeichen aufschreiben konnte. Die Handtasche lag auf der Küchenablage; komisch, ich konnte mich nicht erinnern, sie dort liegengelassen zu haben. Ich ergriff sie, ohne Rudy Goldrings Leiche anzuschauen, und machte mich auf den Weg ins Wohnzimmer, um zu telefonieren.

Aber auf halbem Weg zur Tür stach mir etwas ins Auge: ein abgetragener, verzierter Lederbeutel mit Fransen, wie ich ihn zuletzt bei Bob, dem obdachlosen »Türwächter«, gesehen hatte. Der Beutel lag auf dem Boden vor dem Spülbecken, nur ein paar Zentimeter von der Leiche entfernt.

Der Leiter der Mordkommission, der den Anruf entgegennahm, hieß Gallagher, Ben Gallagher. Ich kannte ihn seit langem. Als ich ihn kennengelernt hatte, war er ein eulenähnlicher, etwas unbeholfener junger Mann gewesen, der mich heftig – aber wortlos – anhimmelte. Eine Zeitlang hatte er bei der Abteilung Sitte und Einbrüche gearbeitet und war dann wieder zur Mordkommission zurückversetzt worden; er hatte immer noch Ähnlichkeit mit einer Eule, was hauptsächlich auf seine Nickelbrille zurückzuführen war, aber die Unbeholfenheit war verschwunden. Vermutlich bewunderte er mich immer noch, denn seine Augen leuchteten auf, wenn er mich sah, aber sein Schweigen hatte nun einen Grund – er trug einen breiten, goldenen Ehering.

Ich wartete im Wohnzimmer, während Gallagher den Tatort untersuchte und mit dem Leichenbeschauer und den Labortechnikern sprach. Als er fertig war, erzählte ich ihm, was seit meiner Ankunft in diesem Haus passiert war. Ich erwähnte auch die verängstigte Frau sowie Marke und Kennzeichen ihres Autos. Ben machte sich Notizen und hielt dann den befransten Lederbeutel in die Höhe, der nun in einer Plastiktüte für Beweismaterial steckte.

»Gehört der ihr?«

»Nein, dem Obdachlosen, der unten auf der Treppe sitzt, glaube ich. Zumindest hatte er letzten Freitag so einen Beutel bei sich.«

»In Anbetracht des Inhalts ergibt das auch mehr Sinn. Achtunddreißig Cents, ein Springmesser und keine Kreditkarten passen nicht so recht zu einer Dame, die einen BMW fährt. Erzählen Sie mir, was Sie sonst noch von dem Obdachlosen wissen.«

»Rudy Goldring nannte ihn Bob. Der Mann fungierte als so eine Art Türwächter für ihn. Er bekommt Bier für seine Dienste. Er ist mittelgroß, hat graues Haar und einen Bart; als ich ihn sah, trug er alte Tarnhosen von der Armee.«

»Typische Beschreibung eines Obdachlosen.«

»Ja, das stimmt. So genau habe ich ihn mir nicht angeschaut, um ehrlich zu sein; er sah so aus wie die meisten Penner, die man hier in der Gegend so sieht.« Und das, dachte ich, von jemandem, der sich erst vor kurzem über eine Talk Show im Radio aufgeregt hat, in der die Obdachlosen auf reine Statistiken reduziert wurden! Ich konzentrierte mich und versuchte mich an etwas zu erinnern, das Bob von den anderen unterscheiden könnte. Gallagher wartete.

Nach einem Augenblick sagte ich: »Er konnte sich ziemlich gewählt ausdrücken. Höflich. Als er mir die Tür öffnete, benahm er sich wie ein Butler. Oh – und zum Abendessen geht er in die Kirche St. Anthony. Ich weiß das, weil Goldring ihn erinnerte, daß es Zeit sei, sich anzustellen, und er sich dann in die Richtung aufmachte. Vielleicht weiß man dort oder in Goldrings Büro mehr über ihn.«

»Vielleicht.« Gallagher beendete seine Aufzeichnungen und schaute zu mir hoch. »Jetzt sagen Sie mir mal, was Sie hier machen.«

Da Rudy Goldring mich über seinen Anwalt beauftragt hatte, war ich zur Vertraulichkeit verpflichtet. Aber Goldring war tot, und Gallaghers Fragen entnahm ich, daß die Polizei seinen Tod als Mord behandeln würde, zumindest vorläufig. Das enthob mich meiner Verpflichtung zu vertraulicher Behandlung, und so erzählte ich Ben von meinem Auftrag.

Als ich geendet hatte, sagte er: »Wir werden diesen Frank Wilkonson aufsuchen und feststellen, was er über Goldring zu sagen hat. Wahrscheinlich hat es nichts zu tun mit dem, was hier passiert ist.«

»Sie glauben also, daß Goldring ermordet wurde?«

»Das ist wahrscheinlich. Der Leichenbeschauer sagt, daß es Anzeichen eines Kampfes gibt – blaue Flecken, der Zustand seiner Kleidung und so. Es sieht ganz nach Totschlag aus – ein Streit, der außer Kontrolle geriet. Vielleicht hat er die Bierration des Penners gekürzt, oder irgend so etwas.«

»Was ist mit der Frau, die hier war? Sie sagte: ›Ich habe befürchtet, daß es soweit kommen könnte.‹«

»Vielleicht hat sie von dem Penner gesprochen. Wissen Sie, es ist nicht das Klügste, solche Leute unter seine Obhut zu nehmen. Doch wir werden sie ausfindig machen und fragen, was sie gemeint hat.« Gallagher schloß sein Notizbuch und stand auf. »Wir brauchen eine formelle Aussage; Sie kennen den Ablauf ja. Sind Sie immer noch bei dem gleichen Verein?«

»All Souls? Ja.« Ich stand auch auf und gab ihm eine meiner Karten.

Gallagher studierte sie und schaute mich dann wieder an. Er guckte jetzt ein bißchen verschmitzt, und ich fragte mich, ob er wohl auch an die alten Zeiten dachte. Seine Worte bestätigten meine Vermutung: »Sehen Sie den Lieutenant noch manchmal?«

Er meinte Greg Marcus, meinen damaligen Freund. »Wir gehen manchmal zusammen essen, aber das ist alles.«

»Komisch, ich dachte immer, daß Sie beide ein gutes Paar abgäben.«

»Das war auch so – damals.« Ich schaute auf die Uhr. Halb sieben. Ich hatte Rae gesagt, daß ich sie vor einer Stunde in der Remedy Lounge treffen wollte.

»Kann ich das Telefon benutzen?«

»Sicher, Goldring hätte bestimmt nichts dagegen.« Ben hob grüßend die Hand und verließ das Zimmer.

Ich starrte auf den leeren Türrahmen. Das war eine Bemerkung, die er früher nicht gemacht hätte – und die ich früher nicht akzeptiert hätte – nicht ohne Ärger und Protest. Aber im Laufe der Jahre waren wir beide ruhiger geworden und hatten uns mit Zynismus gepanzert. Das war unser einziger Schutz gegen den Schmerz, die einzige Rüstung, die es uns erlaubte, immer weiterzumachen.

Ich wandte mich ab und schaute durch die Farne aus dem Fenster nach vorn raus. Neblige Dämmerung lag über der Stadt, viel zu früh für September, die Botin eines langen, dunklen, harten Winters. Mit den länger werdenden Schatten sank auch meine Stimmung. Für mich war San Francisco immer eine helleuchtende Stadt, und dieses Leuchten ging hauptsächlich von den Menschen aus. Aber in der letzten Zeit hatte ich den Eindruck, daß immer mehr Lichter ausgingen; erst heute war wieder eines ausgelöscht worden. Der Verlust von Rudy Goldrings Freundlichkeit und Wärme – die ich kaum eine Stunde lang gespürt hatte – erfüllte mich mit schmerzvoller Leere.

Ich zwang mich, zum Telefon zu gehen und die Remedy Lounge anzurufen. Brian, der Barmixer, sagte mir, daß Rae vor etwa fünfzehn Minuten gegangen sei und ihn gebeten habe, mir auszurichten, daß ich sie später anrufen solle. Nein, ärgerlich sei sie nicht gewesen. Sie habe die Zeit damit verbracht, Bier zu trinken und sich mit einem der Stammkunden, Joey Corona, zu unterhalten, der an der Mission Street eine Autoreparaturwerkstätte besaß.

Ich mußte lächeln. Ich stellte mir Raes verrosteten alten Rambler American vor; wie ich sie kannte, hatte sie Joey wahrscheinlich überredet, ihn ihr billig zu reparieren.

Der Gedanke war tröstlich. Solange es Männer gab, die man zu Sachen überreden konnte, und solange es Frauen gab, die das wollten und konnten... konnte es nicht so schlecht um die Welt stehen...

Oder doch?

6

Ich wollte nicht heim, noch nicht. Ich hatte fast nichts Eßbares mehr im Haus; mein Kater war ein Rumtreiber geworden und würde wahrscheinlich nicht dasein, um mich zu begrüßen; mein Haus, das seit einer Weile schon einer nie fertig werdenden Baustelle ähnelte (ich hatte vor kurzem begonnen, meine hintere Veranda umzubauen, um sie als Schlafzimmer zu benutzen; aber dann war mir das Geld ausgegangen), war eine äußerst ungastliche Stätte. Außerdem war ich immer noch deprimiert – es war keine tiefe Niedergeschlagenheit, aber ein nagendes Gefühl der Unzufriedenheit, dem eine eigenartige, deutlich spürbare Trauer zugrunde lag –, und ich wollte mit Leuten zusammensein, die mich verstehen würden. Zum Beispiel mit Jack Stuart, Rudy Goldrings Anwalt, und wenn ihn die Polizei noch nicht benachrichtigt hatte, dann sollte er die Nachricht vom Tod seines Mandanten von mir erfahren. Ich fuhr nach Bernal Heights in die Kanzlei.

Es war nach sieben, als ich an der Spitze des dreieckigen Spielplatzes parkte. In dem dichten Nebel drang nur wenig Licht durch die Fenster auf die Straße. Die Häuser hier in Bernal Heights sind großenteils Einfamilienhäuser und wenige Mehrfamilienhäuser. Hier wohnen in dichter Nachbarschaft Arbeiterfamilien, Neo-Yuppies und so komische Typen wie die Leute bei All Souls. Ich schaute in die Fenster eines nahe gelegenen Hauses und sah eine Familie beim Abendessen vor dem Fernsehgerät, ein Paar deckte den Tisch für ein Kerzenlicht-Dinner, und ein Streichquartett probte neben einem Flügel, dessen Deckel mit McDonalds-Tüten übersät war.

Es war ruhig in der Kanzlei. Ich zog den Mantel aus und legte ihn aus alter Gewohnheit auf dem Schreibtischstuhl in meinem ehemaligen Büro ab. Dann ging ich weiter in die Küche. Hank und Jack Stuart waren noch da. Sie saßen mit Weingläsern in der Hand ins Gespräch vertieft an dem runden Tisch beim Fenster. Als ich hereinkam, blickten beide zur Tür, und als sie mein Gesicht sahen, zeigte sich Sorge auf ihren düsteren Mienen.

»Shar, was ist los?« fragte Hank.

Trotz meiner eigenen Sorgen erkannte ich mit Schrecken, daß er furchtbar aussah. So erschöpft und müde hatte Hank seit langem nicht ausgesehen. Ich blickte Jack an; seine Augen gingen von mir zu Hank und zurück: Ich glaubte eine Warnung zu erkennen: *Sag nichts, das ihn aufregen könnte.*

Ich hielt mich daran. »Nichts von Bedeutung. Ich muß nur mit Jack sprechen.«

Hank kannte mich seit langem sehr gut; er spürt es, wenn ich Halbwahrheiten erzähle. Aber an diesem Abend schien er mir glauben zu wollen. Er nickte, leerte sein Glas, nach dem letzten Schluck schien ihm leicht übel zu sein, und stand auf. »Nun, ich muß sowieso gehen.« Zu Jack meinte er: »Danke dir«, und ging mit unsicheren Schritten in Richtung Tür.

Meine eigenen Sorgen waren kurzzeitig meiner Sorge um Hank gewichen. Ich wandte mich Jack zu und öffnete fragend den Mund. Er schüttelte den Kopf – Hank war noch in Hörweite – und führte mich in eine andere Ecke der Küche, wo ein Krug mit billigem Wein auf dem Abtropfbrett der Spüle stand. Er nahm ein schmuddeliges Glas, füllte es und reichte es mir.

»Was ist los?« fragte er.

»Rudy Goldring ist tot.«

Für einen Augenblick erstarrte er, dann zuckte sein Mundwinkel.

»Wie?«

»Er fiel mit dem Kopf gegen den Herd in seiner Küche. Die Polizei vermutet Totschlag – oder ein Unfall während eines Streits.«

»Ein Streit mit wem?«

»Kennst du den Penner, der seinen Vordereingang bewacht?«

»Mein Gott, nicht Bob. Wann?«

»Heute morgen, zwischen zehn und zwölf, würde ich sagen. Nach der Leichenstarre zu urteilen…«

»Du warst bei ihm?«

»Ja, ich... verdammt.« Plötzlich war mir übel und schwindelig. Ich ärgerte mich über mich selbst. »Komm, ich möchte mich hinsetzen.«

Jack deutete auf den Tisch, und ich nahm meinen Lieblingsplatz am Fenster ein, von wo man die herrlichen Lichter der Innenstadt von San Francisco leuchten sieht. Nur leuchteten sie heute nicht – sie waren schmuddelig vom Nebel und düster. Und sie waren überhaupt nicht herrlich. In meinem gegenwärtigen Gefühlszustand empfand ich sie nur als Ausdruck der Geldgier von Immobilienmaklern, die meine Stadt immer mehr zubauten und zerstörten.

Ich sah Jack an.

Jack war unser letzter Neuzugang bei den Rechtsanwälten und vor etwa einem Jahr zu uns gestoßen. Wir hatten seit langem einen Fachmann für Strafrecht gesucht – das war Jacks Fachgebiet –, und nachdem Gilbert Thayer, ein unsympathischer junger Mann, der aussah wie ein Kaninchen mit Magenweh und sich wie die sprichwörtliche falsche Natter aufführte, gekündigt hatte, brauchten wir auch jemanden, der Verträge abwickelte. Im Gegensatz zu dem allgemein verhaßten Gilbert paßte Jack hervorragend in unser Team. Auch er war – wie Hank und Anne-Marie und die anderen langjährigen Teilhaber – ein Veteran aus den Kriegen gegen die Armut, Abteilung Los Angeles. Er und Hank hatten jahrelang in Briefkontakt gestanden und teilten die gleichen Ansichten, wenn es um den Betrieb einer Kanzlei ging. Als Hank hörte, daß Jack umziehen wollte, weil seine Frau, eine Anwältin, ein gutes Angebot von einer bekannten Firma an der Montgomery Street erhalten hatte, bat er ihn sofort, zu uns zu kommen. Jack hatte genauso schnell angenommen und sich in die Arbeit gestürzt, als gehörte er schon immer dazu. Er konnte gut mit den Mandanten umgehen; er bearbeitete seine Verträge mit der gleichen Begeisterung wie seine strafrechtlichen Fälle und schien sich in einem dreiteiligen Anzug bei einer Aufsichtsratssitzung ebenso wohl zu fühlen wie in Jeans und Wollhemd bei einer Besprechung im Hinterzimmer einer Wäscherei.

Aber nach sechs Monaten ging seine Ehe in die Brüche, und Jack war in eines der Zimmer im ersten Stock der Kanzlei gezogen. Niemand hatte viel davon gesprochen, aber ich hatte erfahren, daß die Ehe seit langem in einer Krise gesteckt und der Belastung durch den großen Umzug und die beruflichen Veränderungen der beiden Ehepartner nicht standgehalten hatte.

Jack selbst machte einen etwas verlorenen Eindruck. In seiner Freizeit ging er durchs Haus und suchte nach Leuten, mit denen er reden konnte; er fing immer wieder Bücher an, legte sie halb gelesen irgendwohin, bis sie Staub ansetzten und jemand anders sie wegräumte. Die, die es wissen mußten, sagten mir, daß solche Lustlosigkeit und die Unfähigkeit, sich zu konzentrieren, typische Probleme von frisch Geschiedenen seien, und ich war sicher, daß Jack sich bald wieder fangen würde – bei der liebevollen Betreuung, die er von den anderen Kollegen erfuhr.

Nun fuhr er sich mit der Hand durch sein dichtes graues Haar. Sein hageres Gesicht war ausdruckslos, er versuchte aufzunehmen, was ich ihm gerade gesagt hatte. Er ließ seine Hand einige Sekunden auf seinem Kopf liegen, dann legte er sie auf meine.

»Hast du seine Leiche gefunden?« fragte er.

»Mehr oder weniger. Ich hatte eine Verabredung, um meinen Bericht abzugeben und...«

»Bist du in Ordnung?«

»Deprimiert, aber es wird schon gehen. Es war ein Schock – aber das ist es jedesmal.«

Jack nahm seine Hand weg und griff nach seinem Wein. »Ist man sicher, daß Bob es war?«

»Nein, aber sein Beutel lag am Tatort. Du weißt schon – das Lederding mit den Fransen, das er herumträgt.« Ich probierte meinen Wein. Sein bitterer Geschmack war auf eigenartige Weise tröstlich. »Kanntest du Rudy gut?«

»Nicht besonders. Aber ich mochte ihn sehr. Ich kümmerte mich um seine geschäftlichen Angelegenheiten – Verträge mit Lieferanten, der Nähergewerkschaft –, nicht gerade Dinge, bei denen man sich sehr nahekommt.«

»Hat er dir was über den Auftrag erzählt, für den er mich haben wollte?«

»So gut wie nichts. Worum ging es da überhaupt?«

Ich erklärte es ihm und fügte hinzu: »Du kannst dir ein besseres Bild machen, wenn du meinen Bericht liest. Sag mal – hast du ein Testament für ihn erstellt?«

»Nein, aber es gibt eines. Ich weiß nicht, ob sich Gilbert Thayer darum gekümmert hat oder Hank.« Hank ist unser Fachmann für Familienrecht; die meisten Anwälte verweisen Kunden mit derartigen Aufträgen zu ihm.

»Da wir gerade von Hank sprechen«, sagte ich, »ist dir aufgefallen, daß er in letzter Zeit nicht gerade gut aussieht?«

Jack zögerte. »Ja, schon.«

»Ihr beide habt ein ernstes Gespräch geführt, als ich hereinkam. Weißt du, was los ist?«

Wieder zögerte er. »Zum Teufel, es gibt keinen Grund, warum du es nicht wissen solltest – du bist besser mit den beiden befreundet als ich. Hank hat Schwierigkeiten zu Hause. Darum hat er mit mir gesprochen – weil ich das auch durchgemacht habe.«

»Schwierigkeiten zu Hause? Jetzt schon! Sie wollen sich doch nicht scheiden lassen...«

»Nein. Um Gottes willen nicht. Sie haben nur erkannt, daß irgendwas schiefgelaufen ist.«

»Aber was?«

»Sie sind beide ziemlich festgefahren. Hank ist, wie alle hier in der Kanzlei, ein ungezwungenes – vermutlich zu ungezwungenes – Leben gewöhnt.«

»Anne-Marie hat auch hier gelebt. Sie war genauso.«

»Damals, ja. Aber nachdem sie das Haus mit den zwei Wohnungen in Noe Valley gekauft hatte, hat sie angefangen, dort ihre Ordnung einzuführen. Hank hat Schwierigkeiten, sich da anzupassen.«

»Sich an was anzupassen?«

»Nun, die abendlichen Mahlzeiten bei Kerzenlicht. Die allwöchentlichen Verabredungen mit dem Paar, das die obere Wohnung von ihnen gemietet hat. Regelmäßige Arbeit im Haushalt. Du weißt schon. Nichts gegen Anne-Marie. Ich persönlich würde so ein Leben lieben; habe es geliebt. Aber Hank...«

»Ich verstehe.« Ich hatte Anne-Marie immer um ihr schönes Heim beneidet und habe bei ihr so manches elegante Abendessen genossen, aber ich konnte mir vorstellen, warum dieser

Lebensstil sich nicht so recht mit Hanks lockerer – sagen wir es ehrlich, manchmal schlampiger – Lebensart vertrug.

»Sie hat alles systematisiert«, fuhr Jack fort, »sogar wer was macht. Sie macht die Wäsche, Hank putzt das Bad. Sie bereitet alle Mahlzeiten zu, und es fehlt ihm, daß er seine Spaghetti und sein Chili nicht mehr kochen darf. Jeder ist für verschiedene Einkäufe zuständig: Sie zahlt die Papierwaren, die Putzmittel und das Fleisch; er soll sich um Gemüse, Grundnahrungsmittel und alkoholische Getränke kümmern.«

»Du lieber Himmel, wie machen sie das bloß, wenn sie einkaufen gehen?«

»Sie haben zwei Wagen.«

»Als ich mit meinem Freund einkaufen ging, kamen wir kaum mit einem Wagen zurecht! Was will Hank unternehmen?«

»Nichts, bis jetzt. Wie ich schon sagte, er hat gerade die Mekkerphase. Ehrlich gesagt, glaube ich, daß ein Teil des Problems darin liegt, daß ihm die Kanzlei fehlt.«

»Uns fehlt er auch allen, aber diese Ehe ist wichtig. Beide haben in einem Alter ein Risiko auf sich genommen, das nur wenige von uns wagen würden, und sie haben sehr viel von sich selbst in diese Beziehung gesteckt. Sie lieben sich. Außerdem« – ich lächelte und versuchte Jack aufzumuntern, denn sein Gesichtsausdruck sagte mir, daß er sein eigenes Versagen erneut durchlebte – »wäre es besser für ihn, wenn er die Kanzlei nicht zu sehr vermißte. Ich gebe ihm mein Büro nicht mehr zurück.«

Jack schien die Bemerkung nicht witzig zu finden – und das konnte ich ihm, ehrlich gesagt, auch nicht verdenken. Er kippte sein Weinglas, um an die letzten Tropfen zu kommen, und ging dann zur Spüle, um sich nachzuschenken. »Vielleicht finden sie eine Lösung. Leute, die festgefahren sind, können sich ändern.«

»In unserem Alter? Da bin ich mir nicht so sicher.« Ich hatte mich nicht Dons wegen ändern können, genausowenig wie er sich meinetwegen hatte ändern können. Ich hoffte, daß sich Anne-Marie und Hank nicht so wie wir trennen würden. Jack bot mir noch Wein an, aber ich lehnte ab und holte meinen Mantel aus Raes Büro. Heute war es wohl besser, wenn ich zu Hause schmollte, wo ich mit meiner Laune niemanden belästigen würde.

Als ich heimkam, sahen die Dinge besser aus. Ich stellte fest, daß mein vagabundierender Kater, Watney, zurückgekommen war und sich mitten auf meinem Bett zusammengerollt hatte. Als ich das Licht anmachte, schaute er auf und fing zu schnurren an. Ich ging in die Küche und stöberte im Gefrierfach; ich war mir sicher, daß noch irgendwo eine Packung meiner geliebten Makkaroni mit Käse steckte. Während ich sie erhitzte, räumte ich in der Küche etwas auf und schloß die Tür, so daß ich die Baustelle auf meiner hinteren Veranda nicht mehr ansehen mußte. Dann nahm ich das Essen mit ins Bett und kuschelte mich mit einem guten Buch unter die Decke. Als ich aufgegessen hatte, versuchte ich Watney dazu zu verleiten, öfter nach Hause zu kommen, indem ich ihn die Käsereste von der Alufolie lecken ließ.

Während ich mich um meine Arbeit für die nächsten Tage kümmerte, versuchte ich, nicht an Rudy Goldrings Tod zu denken. Ich hatte wirklich genug um die Ohren. Rae tauchte weder am Dienstag noch am Mittwoch zur Arbeit auf; sie rief an und sagte, sie habe eine Erkältung, aber ihre Stimme klang nicht krank. Ich führte ihre Abwesenheit auf ihre fortwährende Unfähigkeit zurück, sich gegen ihren Mann durchzusetzen. So türmten sich auf meinem Schreibtisch die Fälle; ein Verhör, das ich ihr übergeben hatte, erforderte eine Fahrt nach Sacramento, wodurch ich einen halben Tag verlor. Meine Aussage bei der Polizei zu Goldrings Tod kostete einen ganzen Morgen. Erst am späten Donnerstag kam ich zum Atemholen, und ich wollte gerade Ben Gallagher bei der Polizei von San Francisco anrufen, um herauszufinden, ob er mit dem Fall weiterkäme, als das Telefon läutete und Ben am Apparat war.

Ohne Einleitung sagte er: »Haben Sie die Autonummer von dem BMW dieser Frau aufgeschrieben?«

»Ja, sie muß in meinem Notizbuch stehen. Bleiben Sie einen Augenblick dran.« Ich griff nach meiner Handtasche und wühlte darin. »Eins, GDJ, drei, zwei, sechs.«

»Scheiße. Ich hatte gehofft, Sie hätten sie mir nur falsch vorgelesen. Aber Sie müssen sie durcheinandergebracht haben.«

»Warum?«

»Wir haben die Besitzerin des Autos gefunden. Und sie ist

nicht mit der Frau identisch, von der Sie erzählt haben. Sie hat ausgesagt, daß sie an dem Tag zu Hause eine Besprechung gehabt und das Auto in ihrer Einfahrt gestanden habe.«

»Vielleicht lügt sie.«

»Nein, die Beschreibung, die Sie mir gaben, paßt nicht auf sie. Und dann hat sie Zeugen von der Besprechung, die sagen, daß das Auto da war. Außerdem ist sie nicht eine Frau, die irgendeiner Art von Publicity aus dem Weg geht.«

»Wer ist es denn?«

»Vicky Cushman.«

»Oh.«

Vicky Cushman mied das Rampenlicht mit Sicherheit nicht. Sie war eine der bekanntesten Vertreterinnen der Bürgerbewegung in der Stadt und setzte sich beständig für irgendeine gute Sache ein – mal ging es um die Rettung der Büffel im Park, dann um den Abriß der häßlichen Embarcadero-Autobahn. In den letzten Jahren hatte sie ihr Augenmerk hauptsächlich auf Angelegenheiten gerichtet, die das Haight-Ashbury-Viertel betrafen, wo sie wohnte.

Ich war Vicky ab und zu bei irgendwelchen Veranstaltungen begegnet. Ihr Ehemann Gerry arbeitete in einem bekannten Architektenbüro im Stadtzentrum und war eng mit einem Teilhaber von All Souls befreundet. Außerdem stehen liberale Aktivisten wie Vicky immer hoch auf der Liste der Kanzlei. Gallagher untertrieb, wenn er sagte, sie habe keine Ähnlichkeit mit der Frau, die ich bei Goldring getroffen hatte: Vicky war zierlich, hatte taillenlanges blondes Haar und Gesichtszüge, die wir in der High-School neidisch als »niedlich« bezeichnet hatten.

»Vielleicht hatte sie ihr Auto verliehen, und die Zeugen lügen.«

»Nein, Sie haben die Nummer durcheinandergebracht. Haben Sie sie gleich aufgeschrieben, als die Frau wegfuhr?«

»Es verging etwas Zeit, bis ich mein Notizbuch fand, aber ich habe die Nummer pausenlos vor mich hingesagt.«

»Aha.«

»Also gut, vielleicht stimmt die Reihenfolge nicht ganz. Warum versuchen Sie nicht...« Aber dann wurde mir die Vielzahl der statistischen Möglichkeiten bewußt, die sich bei der Überprüfung dieser sieben Buchstaben und Zahlen ergab. Und dann war da ja auch noch die legendäre Unfähigkeit der Zulassungsstelle.

»Warum versuche ich was nicht?«

»Nichts. Ich war im Begriff, etwas Dummes zu sagen. Wie steht es mit Frank Wilkonson? Haben Sie ihn gefunden?«

»Ja, er arbeitet auf einer Rinderranch in der Nähe von Hollister. Der dortige Sheriff hat ihn verhört. Er sagt, er habe noch nie von Rudy Goldring gehört.«

Hollister war in der Nähe von San José, nicht King City. Wieder eine von Goldrings Lügen. »Hat ihn der Sheriff gefragt, warum er sonntags in die Stadt fährt?«

»Er sagt, er arbeitet sechs Tage in der Woche auf der Ranch und kommt hierher, um sich zu entspannen.«

»Er entspannt sich, indem er in den Botanischen Garten und zum Pflanzenmarkt geht und jedes Gartencenter in der Stadt besucht?«

»Das sagt er jedenfalls.« Ich konnte mir vorstellen, daß Ben die Achseln zuckte. Nach einem Augenblick fügte er hinzu: »Der Kerl hat sechs Kinder, Sharon. Wenn ich sechs Kinder hätte, würden mir Pflanzen vielleicht auch gefallen.«

»Vielleicht«, sagte ich zweifelnd. »Ich nehme an, Sie haben Bob, den Penner, noch nicht aufgestöbert.«

»Sein vollständiger Name ist Robert Choteau, und er ist verschwunden. Das allein ist schon ein Hinweis auf seine Schuld.«

»Oder auf Angst.«

»Wie auch immer. Wir werden ihn finden, aber es wird etwas dauern. Er ist unsere einzige Spur, nachdem Sie die Autonummer verpatzt haben.«

Ich war nahe daran, ihm zu sagen, daß er zur Hölle fahren sollte. Aber ich hielt mich zurück. Gallagher war überarbeitet und müde; ich war überarbeitet und müde; er hatte es nicht so gemeint.

»Halten Sie mich auf dem laufenden«, sagte ich.

»Ja, das mach' ich.« Er legte auf.

Ich schob meinen Stuhl zurück und starrte durch das Fenster auf die flache, graue Weite von Outer Mission. Verdammt, ich glaubte einfach nicht, daß ich die Autonummer durcheinandergebracht hatte. Ich hatte ein gutes Zahlengedächtnis; ich mußte eine Telefonnummer nur ein- oder zweimal wählen, und schon wußte ich sie auswendig. Vielleicht logen Vicky Cushman und ihre Zeugen wirklich; der Grund war vielleicht ganz harmlos, oder sie taten es einfach aus Perversion. Liberale Aktivisten haben Bullen noch nie recht gemocht…

Ich glaubte, Vicky gut genug zu kennen, um sie anrufen und sie fragen zu können, was sie der Polizei erzählt hatte. Vielleicht wäre es sogar noch besser, sie einfach in der merkwürdigen Behausung zu besuchen, die sie und Gerry auf dem Hügel oberhalb von Haight besaßen. Wenn meine Fragen auf einen zufälligen, spontanen Impuls zurückzugehen schienen, würde sie mir gegenüber wahrscheinlich ehrlich sein. Ich könnte sagen, daß ich einfach um meines inneren Friedens willen feststellen wollte, ob das Auto wirklich ihr gehörte. Ich könnte sagen, daß ich mich um die Frau sorgte, der ich bei Goldring begegnet war, daß ich sicherstellen wollte, daß es ihr gutgehe.

Ja, das hielt ich für die beste Idee. Und es war um meines inneren Friedens willen; ich haßte den Gedanken, daß ich etwas so Einfaches wie eine Folge von sieben Buchstaben und Zahlen verpatzt hatte. Ich würde sofort dorthin fahren – sobald ich meine Freundin bei der Zulassungsstelle angerufen und sie um Frank Wilkonsons genaue Adresse in Hollister gebeten hatte.

7

Das Haight-Ashbury-Viertel ist wegen der euphorischen sozialen Bewegung, die hier in den sechziger Jahren ihren Ausgang nahm, bestens bekannt. Aber seine Geschichte umfaßt mehr als diese kurze Hippie-Ära. Die Gegend wurde ursprünglich von Viehzüchtern besiedelt, die ihre zwei bis vier Hektar großen Grundstücke auf den ruhigen Landstrichen östlich des Golden-Gate-Parks absteckten; als sich der städtische Eisenbahnverkehr dann bis in diese Gegend ausweitete, kamen die Leute aus der Stadt und errichteten hier ihre Häuser im viktorianischen Stil, die heute so hoch im Kurs stehen. Gegen 1880 sorgte *The*

Chutes, ein Vergnügungspark an der Haight Street, mit seiner tollkühnen Achterbahn für Aufregung gesünderer Art als die LSD-Trips heute. Lange bevor die Hippies die Gegend entdeckten, zogen Künstler und Studenten wegen der billigen Mieten hierher; nach dem Weggang der Hippies wurde das Viertel von Drogensüchtigen und Drogenhändlern übernommen.

Heute wirkt Haight-Ashbury wie ein Viertel auf der Suche nach seiner Identität. Aufgemöbelte viktorianische Häuser stehen neben verfallenen Mietskasernen. Haight Street selbst – das gewerbliche Zentrum – weist eine komische Mischung aus Tante-Emma-Läden, die schon seit Generationen hier sind, schicken neuen Boutiquen, Pensionen und den Handelsketten, die sich überall breitmachen. Modisch gekleidete Kauflustige aus den Vorstädten und den wohlhabenden Stadtvierteln bestimmen zusammen mit Punks, Junkies und hier wohnenden Müttern mit ihren Kleinkindern das Straßenbild. Einige Anwohner fürchten, daß Pizzarestaurants und Läden, die rund um die Uhr geöffnet sind, den Charakter dieses Viertels zerstören werden; andere – großenteils ältere Leute mit kleinen Renten – sind froh über die billigen Einkaufsmöglichkeiten in den Handelsketten. Alle Leute ärgern sich darüber, wie die medizinische Fakultät der University of California sich immer mehr von Parnassus Heights herunterschiebt und die besten Immobilien verschlingt. Im Haight-Viertel herrscht ein beständiges Tauziehen zwischen Verbesserung der Lebensqualität und sozialer Verantwortung. Es bietet mannigfache Möglichkeiten für Aktivisten wie Vicky Cushman, die sich für ihre Gemeinde engagieren.

An der Seventeenth Street kreuzte ich Buena Vista Heights und fuhr die Ashbury hinunter. Es war einer von jenen Tagen, an denen man erkennt, daß der Sommer in den Herbst übergeht: Der Himmel zeigte das klare Blau des herbstlichen San Francisco, und die Färbung der Blätter deutete den Wechsel der Jahreszeiten an. Als ich von der Ashbury in die Sackgasse der Cushmans oberhalb der Frederick Street abbog, stand ich einer Reihe hoher Pappeln gegenüber, deren leuchtendgelbes Blattwerk so überwältigend schön war, daß es mir fast den Atem raubte. Direkt dahinter befand sich die efeubewachsene Ziegelmauer des Anwesens, das die Leute hier schon immer

»die Schlösser« nannten. Jetzt waren es die Cushman-Schlösser.

Die »Schlösser« waren eine Gruppe von sechs kleinen, mit Türmchen versehenen Gebäuden, die auf einem Hektar Waldland angeordnet waren. Da eine hohe Mauer die gesamte Anlage umgab, sah man von der Straße aus nur die dunklen Ziegeltürmchen mit ihren verschlafenen, steil abfallenden Schieferdächern und die unterteilten oberen Fenster. Jedes Gebäude hatte eine andere Funktion: Wohnbereich, Schlafzimmer, Kinderzimmer, Künstlerstudio, Gesindehaus und Garage. Sie waren nur durch Steinpfade, die über die Gärten und Rasenflächen verliefen, verbunden. Gerry Cushmans Freund bei All Souls hatte mir erzählt, daß die »Schlösser« in den dreißiger Jahren von irgendeinem unbedeutenden Zeitungsverleger, der sich für einen potentiellen William Randolph Hearst hielt (aber bald darauf bankrott gegangen war), erbaut worden waren. Diese Gebäude waren wahrscheinlich als Generalprobe für San Simeon gedacht. Im Laufe der Jahre war das Anwesen durch viele Hände gegangen, bis die Erben des letzten Besitzers es in den siebziger Jahren leerstehen ließen und es von Hausbesetzern übernommen wurde. Anfang der achtziger Jahre hatte Gerry Cushman das Grundstück für den reinen Landwert erworben. Nach einem langwierigen Prozeß, der nötig war, um die Hausbesetzer zu vertreiben, zogen Gerry, Vicky und ihre zwei Kinder in die »Schlösser« ein und ließen sie wieder in ihrem früheren Glanz erstehen.

Ich parkte meinen MG unter den Pappeln und ging zu dem metallbeschlagenen Holztor hinauf. Neben dem Tor war eine Sprechanlage; ich drückte den Knopf. Als eine verzerrte Frauenstimme antwortete, stellte ich mich vor und fragte nach Vicky. Es folgte eine Pause, und dann sagte die Stimme: »Das bin ich. Ich kenne Sie, oder? Von All Souls?«

»Ja. Ich glaube, das letzte Mal haben wir uns bei der Weihnachtsfeier gesehen.«

»O Gott, ja. Sie sind die Detektivin mit dem Rezept für diesen hinterhältigen Bourbon-Punsch, von dem wir alle so betrunken wurden.«

»Schuldig.«

»Warten Sie einen Moment. Ich lasse Sie herein. Ich bin im

Hauptgebäude – das große Haus am Ende des Weges. Die Tür ist offen, kommen Sie einfach herein.«

Der Türöffner ertönte, und ich drückte gegen das Tor. Es öffnete sich auf einen breiten gefliesten Weg, der von Eukalyptusbäumen gesäumt war. Die Rinde der Bäume löste sich in großen, rissigen Streifen und hing wie herabfallende Locken an den Stämmen; die Blätter glitzerten silbrig, wenn sie von der leichten Brise bewegt wurden. Ich konnte kaum glauben, wie ruhig es auf dieser Seite der Mauer war. Man fühlte sich in eine andere Welt versetzt.

Ich folgte der Kurve des Weges. Vor mir stand das größte der »Schlösser«, ein einstöckiges Gebäude mit Türmen auf jeder Seite. Von hier aus wirkte es weniger eindrucksvoll als von der Straße her; die Türmchen waren zu hoch, und der Mittelteil war zu gedrungen; es sah irgendwie unproportioniert aus. Eine metallbeschlagene Holztür, die dem Tor ähnelte, war in einen vorgebauten Eingangsbereich zurückgesetzt; ich klopfte und trat ein.

Der Eingang war mit Schiefer ausgelegt, und von dort führten zwei Stufen in ein Wohnzimmer hinunter. Ich hatte mir nicht vorzustellen versucht, wie das Schloß wohl innen aussehen mochte. Aber diesen Anblick hatte ich nicht erwartet. Das Dekor des Raumes war ultramodern, eine Wand ganz aus Glas öffnete den Blick auf einen symmetrisch angelegten Garten, mit Blick auf zwei der anderen Schlößchen. Die Möbel in Weiß und Braun mit hellgrünen Akzenten, aus Metall, Glas und Leder und mit vielen scharfen Winkeln und in – nach meinem Geschmack – verrückten Formen. Der Teppich war schokoladenbraun, so daß man jede Staubfluse sah. Und nicht nur Staubflusen: Erdnußschalen bedeckten den Boden vor dem Sofa; Asche bildete einen grauen Halbkreis vor dem Kamin; in einer Ecke lag etwas, das aussah wie Sägespäne – bis ich den Kratzbaum entdeckte. Dann erkannte ich die Katzenminze und entdeckte das Tier, das sich daran gütlich getan hatte – eine fette Siamkatze, die sich unten am Kratzbaum zusammengerollt hatte und in einen betäubten Schlaf gefallen war. Die Katze war so benebelt, daß sie ihre Schnauze in dem tiefen Teppich vergraben hatte; die Farben paßten perfekt zusammen. In der Ecke hinter dem Baum lag ein hoher Stapel gefalteter weißer

Tüten. Obenauf lag eine offene Tüte, deren rote Aufschrift verkündete: »ICH HABE IN DER NACHBARSCHAFT EINGEKAUFT!«

»Sharon, es freut mich, Sie wiederzusehen!«

Das war Vicky Cushmans Stimme, die vom Kamin herkam. Ich drehte mich um und erlebte die nächste Überraschung.

Vicky schaute nicht mehr wie das hübsche High-School-Mädchen aus. Sie hatte ihr taillenlanges Haar abschneiden und in Dauerwellen legen lassen. Aber es war eine schlechte Dauerwelle – die Locken waren zu schwach und zu lang. Außerdem schienen die Haare schon eine Weile nicht mehr gewaschen worden zu sein. Sie hatte auch Gewicht verloren, sie war knochig, ihr Gesicht wirkte hager. Sie trug ein Baumwollkleid in staubigem Rosa; das Oberteil wurde statt mit einem Knopf mit einer Sicherheitsnadel zusammengehalten. Es hatte einige unidentifizierbare Flecken. Der Saum des Kleides war hinten aufgerissen und hing fast bis zu ihren bloßen Fersen herab. Vickys Stimme aber war so fröhlich und warm, wie ich sie in Erinnerung hatte. Ich nahm an, daß ich sie nur in einem schlechten Moment erwischt hatte.

»Ich freue mich auch, Sie zu sehen. Aber ich hätte vorher anrufen sollen.«

»Unsinn.« Sie ging zum Sofa, auf dem sich Zeitungen türmten, schob sie auf den Boden auf die Erdnußschalen und bot mir einen Platz an. »Ich weiß, hier herrscht ein schreckliches Durcheinander, aber ich habe viel um die Ohren, und die verdammte Haushaltshilfe ist nicht aufgetaucht, und die Kinder sind gerade von meiner Mutter zurückgekommen – also, wollen Sie etwas trinken? Oder einen Joint? Was nehmen Sie denn – Alkohol oder Rauschgift? Oh, ja, ich erinnere mich – Sie haben den Punsch gemacht.«

Ich nahm an, daß sie plapperte, weil es ihr peinlich war, daß ich sie in einem solchen Zustand angetroffen hatte. Ich sagte: »Eigentlich habe nicht ich ihn gemacht. Ich habe Hank Zahn das Rezept gegeben, und er hat all die gefährlichen Zutaten verdoppelt. Aber wenn Sie Weißwein hätten, würde ich gerne ein Glas trinken.«

»Ich auch. Ich habe den ganzen Tag telefoniert. Wir sind am Organisieren, Sie haben es wahrscheinlich in der *Chron* gelesen. Die Uni muß gebremst werden, sie breitet sich immer weiter aus. Und dann muß ich mich darum kümmern, wie das Projekt läuft, wo früher die Poly High-School war, und dann der Kampf gegen die Handelsketten.« Sie winkte in Richtung der rot-weißen Einkaufstüten. »Das ist unsere neueste Idee. Die sind gerade aus der Druckerei gekommen. Die Händler hier im Viertel werden sie auslegen. Ich hole unsere Drinks, bin gleich wieder da. Entspannen Sie sich, lassen Sie es sich gutgehen.«

Sie verschwand durch den Türbogen, durch den sie hereingekommen war. Ich schaute dort hinüber und schloß aus dem gefliesten Boden, daß dort die Küche sein müsse. Als ich einen Blick auf den Kamin warf, bestätigte das meine Vermutung: Es war ein zweiseitiger Ofen, der in beiden Räumen eine Öffnung hatte, und dahinter erspähte ich einen Teil eines Eßtisches und Stühle.

Ich schaute mich um, trotz der Unordnung war der Raum schön. Wie es wohl wäre – überlegte ich mir –, ein solches Anwesen zu besitzen? Wie fühlte sich jemand wie Vicky – eine Frau, die keiner bezahlten Arbeit nachging, eine Haushaltshilfe hatte, die (normalerweise) Erdnußschalen und Katzenspreu aufsaugte? Eine Frau, die von einem erfolgreichen Ehemann unterhalten wurde und sich für die Dinge einsetzen konnte, für die sie sich interessierte?

Meine Überlegungen waren eher spekulativ, ich war nicht neidisch. Ich hatte mit Vickys Lebensstil kaum Erfahrung, und er erschien mir auch nicht wirklich erstrebenswert.

Ich war mir auch nicht sicher, was ich von Vickys Aktivitäten halten sollte. Sie hatte in den letzten Jahren gute und schlechte Kritiken geerntet. Ihre Gegner nannten ihre Aktionen »NIMBYismn« – ein Akronym für »Not in my back yard«. Sie behaupteten, daß die NIMBYs aus purem Eigennutz handelten, weil ihre Lobbyisten bei Genehmigungsbehörden und Planungskommissionen Bestimmungen durchdrückten, durch die ihre Wohnviertel für Angehörige unterer Einkommensklassen unerschwinglich wurden. Man warf ihnen vor, daß es ihnen im Grunde nur um Wahrung ihrer Immobilienwerte gehe. Und einige Aktionen waren sicher Ausdruck reinen Elitedenkens. So hatte man kürzlich durch einen Volksentscheid den Bau einer Wohnanlage für ältere und behinderte Mitbürger verhindert. Dieses Projekt hätte einige Anwohner um ihren Meeresblick gebracht.

Andererseits setzten sie sich für mehr Lebensqualität ein. Sie bemühten sich, eine zu dichte Bebauung und Parkplatznot zu verhindern und Freiflächen für das ökologische Gleichgewicht zu bewahren. Sie kämpften dagegen an, daß kleine Einzelhändler von großen Handelsketten verdrängt und erschwingliche Mietwohnungen von Konzernen oder Immobilienfirmen verschlungen wurden. Sie waren einsatzfreudig, oft sogar kämpferisch, und schienen im Moment wie Pilze aus dem Boden zu schießen.

Während Vicky in der Küche herumkramte, nahm ich mir vor, zu erklären, daß ich mit den NIMBYs sympathisiere, falls sie mich fragte. Als Hausbesitzerin – mein kleines Erdbebenhäuschen war mein einziger Vermögenswert –, die dreißig Prozent ihres Bruttoeinkommens für Hypothekenzahlungen aufwendet, will ich schließlich nicht, daß der Wert meiner Immobilie sinkt und meine Lebensqualität schwindet.

Dennoch fühlte ich mich mit dem NIMBYismus nicht ganz wohl und hatte mich unlängst vor einer Anwohnerbesprechung gedrückt. Aber das war typisch für mich: In den sechziger Jahren habe ich auch sehr viel gegen den Vietnamkrieg geredet, aber nur selten an Protestdemonstrationen teilgenommen. Nun hoffte ich einfach, daß jemand anders sich schon um den Wert meines Eigentums kümmern werde. Ich war nicht stolz auf mich, aber ich hatte wenig Hoffnung, mich zu ändern.

Vicky brachte zwei große Ballongläser mit einer blaßrosa Flüssigkeit herein. »Wir haben keinen Weißwein mehr«, sagte sie. »Ich hoffe, Sie mögen Rosé. Er ist ziemlich gut, aber ich kann Ihnen die Marke nicht nennen. Gerry wüßte den Namen.« Sie stellte mein Glas vor mich auf die gläserne Tischplatte. Ich bemerkte Flecken am Rand des Glases – wahrscheinlich diese »unansehnlichen Stellen«, über die in den Werbespots für Spülmittel immer geklagt wird.

»Danke. Ich mag Rosé«, sagte ich.

Vicky ließ sich auf der anderen Seite des Sofas nieder. Wenn sie ernst war, zeigten sich zwischen ihren Augenbrauen tiefe Furchen, und sie verzog ihre Mundwinkel, so daß ihre Lippen wie eine verblühte Rosenknospe aussahen. Mit ihrem Alice-im-

Wunderland-Haar und ihrem runden, vollen Gesicht hatte diese Eigenart früher anziehend gewirkt; jetzt, mit ihrer struppigen, fettigen Dauerwelle und den hageren Gesichtszügen, sah sie aus, als ob sie verzweifelt versuchte, etwas zu verstehen.

Ich nippte an meinem Wein. Er war wirklich gut.

»Ständig diese neuen Sachen. Neue Stile, neue Weine, neue Musik. Meine Kinder kennen sich da aus. Ich kenne nicht einmal die Namen der Sänger und verstehe auch nicht, warum man sich solche Musik überhaupt anhören sollte. Oder die kalifornische Küche, zum Beispiel: Ist Pastasalat immer noch in oder schon wieder out? Oder Jogging? Oder östliche Religionen? Und die neue Nüchternheit. Ich habe mich gerade erst an Kokain gewöhnt. Ich weiß nicht, ich komme nicht mehr viel raus. Zumindest nicht in die – wie Gerry es ausdrückt – richtigen Kreise. Und wenn, dann weiß ich nicht, was ich mit diesen Leuten reden soll. Ich bemühe mich zu verhindern, daß Supermarktketten und Konzerne und die verdammte Uni mein Viertel völlig kaputtmachen, und die reden über exotische Variationen von grünem Salat. Oder ist Designersalat jetzt auch schon out? Vielleicht war das im letzten Jahr...«

Ich wußte, was sie meinte. Aber im Gegensatz zu ihr ist es mir schnurzegal, was in oder out ist. Und ich traf mich auch nicht mit Leuten, denen so was wichtig war.

Vicky setzte ihr Glas ab und griff in eine mit Schnitzereien verzierte Elfenbeindose auf dem Tisch. Sie nahm einen Joint heraus und fragte: »Rauchen Sie?«

»Nein, nicht mehr. Meine Droge ist der Alkohol.«

»Stört es Sie, wenn ich rauche?«

»Nein, warum?«

Sie nickte, schaute mich wieder schrecklich ernst an und zündete den Joint an. »Das ist nett«, sagte sie, nachdem sie den Rauch inhaliert und wieder ausgeatmet hatte. »Heutzutage scheinen sich die Leute an allem zu stören – ganz gleich, was man tut. Ich kann es nicht ändern, das sage ich auch Gerry. Bei all den Sachen, die ich um die Ohren habe, und bei der ganzen Verantwortung werde ich so nervös. Diese Frau, die für mich arbeitet, sagt, ich sollte mir ein Hobby zulegen – etwas Entspannendes, bei dem ich mit meinen Gedanken allein sein könne. Aber meine Gedanken – mein Gott, wenn ich darüber nachdenke, was alles so vor sich geht, werde ich erst recht nervös.«

Sie machte mich ganz nervös. Ich fragte mich, ob sie schon immer so war oder ob irgend etwas schiefgelaufen war, seit ich sie das letzte Mal gesehen hatte. Bei den Festen von All Souls war sie mir überdreht erschienen, aber auch nicht mehr als die meisten unserer Mitarbeiter. Sie war mit Sicherheit nicht so zappelig und kurz vor dem Zusammenbruch gewesen.

Ich beschloß, meine Fragen zu stellen und mich wieder aus dem Staub zu machen. »Vicky«, sagte ich, »ich brauche Ihre Hilfe.«

Sie atmete den Rauch aus. »Ja, sicher. Worum geht es?«

Ich erklärte ihr alles, so wie ich es geplant hatte: Rudy Goldrings Tod, erzählte ihr von der Frau, die davongelaufen war, von dem Autokennzeichen und daß ich sicherstellen wollte, daß die Frau in Ordnung war. Vicky hörte zu, nickte und saugte an ihrem Joint. Als ich fertig war, hatte sie ausgeraucht und legte die Kippe in einen Aschenbecher.

»Sharon«, sagte sie mit jetzt sanfter Stimme. »Ich kann Ihnen nur das sagen, was ich der Polizei schon erzählt habe. Es ist mein Auto und mein Kennzeichen, aber ich hatte während der fraglichen Zeit hier in meinem Wohnzimmer eine Besprechung meines Ausschusses in der Sache gegen die Uni. Das Auto stand in der Einfahrt.«

Ich schaute durch die Glaswand; von hier aus sah man keine Einfahrt und kein Auto. »Ich verstehe nicht, wie Sie es von hier aus sehen konnten.«

»Das konnte ich auch nicht, aber die Garage ist innerhalb der Anlage, und Autos können nur durch das Tor herein- oder hinausfahren. Es wird von einer elektrischen Schließanlage gesteuert, die nur Gerry und ich in Betrieb nehmen können.«

Die Frau, der ich bei Rudy Goldring begegnet war, hatte auf mich nicht wie eine Kriminelle gewirkt, aber trotzdem fragte ich: »Könnte jemand über die Mauer klettern und die Anlage betätigen?«

»Keinesfalls. Die Mauer ist verkabelt, wie auch der Rest des Grundstücks. Gerry bestand auf einem sehr guten Alarmsystem, und es ist immer in Betrieb. Gerry ist sehr auf Sicherheit bedacht. Ich mußte sogar schießen lernen. Wir haben eine .22er in unserem Schlafzimmer; ich finde das schrecklich. Aber das ist alles wegen des Ärgers, den wir mit diesen verdammten Hausbesetzern hatten. Sie versuchten noch *zwei Jahre*, nachdem wir eingezogen waren, in das Haus einzudringen...«

»Mami, wir sind wieder da! Dürfen wir...«

»Betsy, Liebling!« Vicky drehte sich in Richtung Eingang. Freude vertrieb die Furchen aus ihrem Gesicht.

Auch ich wandte mich um. Ein etwa zehn Jahre altes Mädchen stand da. Sie war für ihr Alter groß und stämmig. Ihr Haar war blond und glatt, wie das von Vicky vor ihrer schrecklichen Dauerwelle, aber es war in Schulterhöhe abgeschnitten worden; ihre Himmelfahrtsnase und die Augen mit den dichten Wimpern erinnerten auch an Vicky, aber das Kinn des Mädchens war stark und eckig – wie Gerrys? Ja, wie Gerrys.

»Mami, hör mal«, sagte sie, »dürfen Rina und Lindy und ich Popcorn machen?«

Vicky schaute in Richtung Küche, als ob sie Angst habe, daß ihre Tochter und ihre Freundinnen ein Durcheinander anrichten könnten. Das, so dachte ich, war vermutlich unmöglich. Nach dem Zustand des Wohnzimmers zu urteilen, mußte man hinter dem Türbogen mit dem Schlimmsten rechnen.

Vicky sagte: »Nein, jetzt nicht, Schatz. Ich habe Besuch.«

»Aber, Mami...«

»Ich sagte, nicht jetzt, Schatz.«

»Mami, bitte...«

»Nein, verdammt noch mal!« Die Heftigkeit ihrer Antwort überraschte mich. »Ihr dürft nicht! Geht in euer Spielzimmer, zu den Schaukeln, zu Rina, ganz gleich wohin, aber laßt mich in Ruhe. Ich habe Besuch von einer Freundin und entspanne mich endlich mal. Ich will nicht gestört werden – von keinem von euch. Sag Rina das. Hast du mich verstanden?«

Vicky hatte sich ganz herumgedreht und schaute Betsy fest an. Das kleine Mädchen verschränkte die Arme über ihrem T-Shirt und umklammerte ihre Ellbogen.

»Hast du mich verstanden?« wiederholte Vicky.

»Ja.« Betsy drehte sich um, rannte aus dem Zimmer und knallte die Tür hinter sich zu.

Vickys Gesicht war gerötet, und sie atmete schwer. Sie nahm ihre frühere Stellung wieder ein, zog die Beine hoch und legte die Hände auf die Augen. Ihre Ellbogen ruhten auf ihren Knien.

»Du lieber Gott«, murmelte sie, »was zum Teufel, mache ich nur mit meinen Kindern.«

Ich versuchte gerade, eine Antwort zu formulieren – so in der Art, daß jeder einmal einen schlechten Tag hat –, als das Telefon läutete. Vicky funkelte den Apparat an und ging dann, den Hörer abheben. Ihr kurzes »Ja« ging in ein sanftes »Hallo« über, und sie griff in die beschnitzte Holzschachtel, die auf dem Tisch neben ihr stand, holte wieder einen Joint raus und zündete ihn an. Ich fragte mich, ob sie wohl im ganzen Haus kleine Vorratslager hatte. »Was hast du?« fragte sie. Nahm einen tiefen Zug an ihrem Joint. »Oh, ja, das habe ich vergessen. Ich verstehe. Nein, das ist in Ordnung...«

Dann folgte eine lange Pause.

»Nein, das tue ich nicht, Gerry«, sagte sie schließlich.

»Ich entspanne mich nur mit einer Freundin. Was ist daran falsch? Kann ich nicht auch Freunde haben?«

Aus ihrer Stimme klang ein kindliches Wimmern, und ich beschloß, daß diese Begegnung zu peinlich wurde – für jeden von uns. Ich war gekommen, um Informationen zu erhalten und nicht um meine Nase in eine offenbar angespannte Ehe zu stekken. Ich stand auf.

Vicky bedeutete mir zu bleiben, aber ich flüsterte ihr zu: »Ich werde Sie anrufen« und eilte zur Tür.

Draußen war der Tag jetzt rosagolden, und es dämmerte – ein weiterer Vorbote des Herbsts. Irgendwo im Eukalyptushain krächzte ein Rabe. Aus mehreren Gründen – einige davon lagen auf der Hand, andere waren rein persönlicher Natur – assoziierte ich diesen Vogel immer mit Tod. Ich hörte ihm zu, während die Blätter der Bäume in der leichten Abendbrise erzitterten und ihre silbrigen Unterseiten aufleuchteten. Sei nicht dumm, sagte ich mir. Diese Leute haben vielleicht Schwierigkeiten. Aber sie werden schon damit fertig.

Dann schaute ich auf die Uhr. Es war fast halb sieben, und heute hatte Rae versprochen – mit ihrem Pfadfinderehrenwort –, daß sie um sieben in die Remedy Lounge kommen werde. Ich vergaß Vicky, Gerry, die unglückliche Betsy und selbst die Bedrohung, die meine Alma mater für Haight-Ashbury darstellte, und fuhr zurück ins Mission-Viertel.

8

»Sharon, ich verstehe, daß du mit meiner Arbeit nicht zufrieden bist, wirklich. Aber Doug braucht mich im Moment so sehr.« Rae hatte das in diesen oder ähnlichen Worten bereits viermal gesagt. Sie war angetrunken; ich nahm an, sie hatte sich mit etwas aus dem Kühlschrank in der Kanzlei gestärkt, bevor sie in die Remedy Lounge heruntergestiefelt war.

Ich wiederholte, was ich auch schon dreimal gesagt hatte: »Ich bin nicht unzufrieden mit deiner Arbeit – *wenn* du sie machst.«

Sie schob ihr Glas auf dem Tisch herum. Dabei hinterließ sie kleine feuchte Kreise, denn das Bier war übergelaufen, und am Fuß des Glases hatte sich Flüssigkeit angesammelt. »Aber das versuche ich dir ja zu erklären. Es ist eine wirklich schwierige Zeit für Doug. Er muß sich entscheiden, ob er seine Doktorarbeit schreiben oder einen Magisterabschluß machen will. Der Magisterabschluß hat so etwas Endgültiges.«

Ich wollte mich nicht auf eine Diskussion über Dougs Studiengänge einlassen. Ich nippte an meinem Wein, um Zeit zum Nachdenken zu gewinnen, und sagte schließlich: »Rae, was willst du mit deinem Leben machen?«

»Mit meinem... was?«

»Mit deinem Leben. Hast du einen Traum?«

»Ich? Ja, natürlich.«

»Und der ist?«

»Nun, ich glaube, ich will so werden wie du.«

Das verblüffte mich. Ich war noch nie ein Vorbild gewesen. Als ich nicht antwortete, warf mir Rae einen leicht vorwurfsvollen Blick zu und trank ihr Bier aus. Sie schaute zur Bar hinüber, und Brian, der Barkeeper, signalisierte ihr, daß er noch ein Bud für sie zapfte. Das verärgerte mich etwas; das Remedy hat keinen Kellner, aber Brian hatte Rae das Bier an unseren

Tisch gebracht, als ob das so üblich wäre. In all den Jahren, in denen ich hierhergekommen war, hatte er sich nie in irgendeiner Weise um mich – oder irgendeinen anderen Gast – bemüht.

Ich betrachtete Rae: ihre ungepflegten, kastanienbraunen Locken, sie legte nie Make-up auf, der schäbige Mantel, der mottenzerfressene Pulli. Meistens sah sie aus wie Kraut und Rüben, und selbst an ihren guten Tagen ähnelte sie einer Halbtoten. Und doch hatte sie so viel zu bieten – so große Intelligenz und so viel Humor und Mut –, daß das sogar Brian aufgefallen war, der seit 1952 vermutlich keinen Gast der Remedy wirklich wahrgenommen hatte. Es war eine Schande, daß sie bereit war, ihr Leben dem »bedürftigen« Doug zu opfern. »Wenn du sagst, du möchtest so wie ich sein, meinst du wohl, daß du deine Lizenz willst und einen guten Job, der dir ein gewisses Maß an Freiheit und Flexibilität gibt.«

Sie nickte und nahm Brian das Bier ab.

»Wie steht es mit Doug? Will er das auch für dich?«

»...ja, ich glaube schon.«

Ich versuchte eine andere Taktik. »Hat Doug auch einen Traum?«

Kaum hatte ich diese Worte ausgesprochen, ging eine Veränderung in ihr vor: Ihr Gesicht wurde lebendig, und sie hielt sich sogar gerader. »Ja – er schreibt wundervoll. Er will Kurzgeschichten verkaufen, an Zeitschriften wie *The New Yorker*.«

Ich zuckte innerlich zusammen. Ich kannte ein paar Autoren von Kurzgeschichten; keiner von ihnen verdiente viel. Rae fuhr fort: »Das ist einer der Gründe, warum Doug erwägt, den Magisterabschluß zu machen. Er ist in einem Kurs für englische Literatur, aber das gefällt ihm nicht. Er möchte eigentlich in den Kurs ›Kreativ Schreiben‹ überwechseln.«

Ich dachte an das Gespräch, das ich mit Rae vor ein paar Monaten geführt hatte. Sie hatte mir erzählt, daß Doug, bevor er das Englischstudium an der San Francisco University begonnen hatte, in Berkeley Filmproduktion studiert hatte. Zwei Jahre zuvor, kurz nachdem sie geheiratet hatten, hatte er in Berkeley an einem Abschluß im Bereich Journalismus gearbeitet.

Mein Schweigen verriet Rae meine Gedanken. »Wenn er sich dafür entscheidet, dann ist das mit Sicherheit der letzte Wechsel. Er hat sich nun endlich selbst gefunden. Ich glaube das wirklich.«

Sie glaubte es wirklich. Ich konnte es in ihren Augen lesen, in ihrer Stimme hören. Und vielleicht hatte sie recht; sie kannte Doug schließlich besser als irgend jemand sonst. Aber es störte mich, daß sie so darauf versessen war, seinen Traum zu verwirklichen und nicht ihren eigenen.

Das war jedoch ein philosophisches Thema, über das wir die ganze Nacht diskutieren könnten, und ich hatte einige eher praktische Probleme zu lösen. »Rae, wieviel verdienst du im Monat?«

»Eintausend. Das weißt du doch.«

»Und wieviel zahlst du Miete?«

»Sechshundert, und dann sind da noch die ganzen anderen Sachen.«

»Somit bleiben dir ...?«

»Nun, nichts. Dazu kommen noch die Ausgaben fürs Auto, für Nahrungsmittel und die Nebenkosten. – Stell dir vor, der verdammte Vermieter will nun auch noch Geld für die Müllabfuhr und fürs Wasser. Ich glaube nicht, daß das legal ist, und ich werde Hank fragen ...«

»Rae, willst du immer von der Hand in den Mund leben?«

»Nein, natürlich nicht.«

»Und willst du weiterhin bei All Souls die Sklavenarbeit tun?«

Ihre Finger umklammerten das Glas, ihre Sommersprossen hoben sich dunkel von ihrem blassen Gesicht ab. »Wirfst du mich raus?«

»Um Gottes willen, nein! Antworte nur auf meine Frage.«

»Nein, natürlich nicht. Ich will meine Lizenz als Detektivin bekommen. Ich habe das wirklich gemeint, als ich sagte, ich wolle so werden wie du.«

»Ob du die Lizenz bekommst, hängt davon ab, ob du für mich gute Arbeit leistest.«

»Mein Gott, Sharon ...«

»Wimmere nicht. Ich kann Wimmern nicht ausstehen.« Ihre gerunzelten Brauen und ihr zitternder Mund zerrissen mir das Herz, und gleichzeitig verärgerten sie mich. Ich dachte, wenn sie ein Mann wäre, würde sie nicht eine solche Show vor mir abziehen. Und dann dachte ich, aber wenn sie ein Mann wäre, dann wären wir nicht in dieser Lage, denn nur sehr wenige Männer stellen ihre eigenen Interessen so hinter die ihrer Frauen, wie sie es mit Doug tut. Es ist ein Dilemma, das wir unserer Erziehung verdanken, und es ist nicht leicht, sich davon zu befreien.

»Hör mal«, sagte ich, »ich gebe dir noch mal eine Chance. Ich glaube, wir sind diese Sache falsch angegangen.«

Sie nickte, schaute mich hoffnungsvoll an und löste den Würgegriff, in dem sie das Glas gehalten hatte.

»Ich weiß«, sagte ich, »ich habe dir nur alltäglichen Kleinkram aufgeladen und mir nicht die Zeit genommen, dir beizubringen, was du wissen mußt. Von nun an werde ich dir zusätzlich zu den Routinearbeiten ein paar besondere Projekte übergeben.« Als sie etwas sagen wollte, hob ich die Hand. »Ich weiß, das klingt gut, aber du darfst nicht vergessen, daß diese Aufgaben zusätzliche Zeit erfordern, daß du lange und zu ungewöhnlichen Zeiten arbeiten wirst. Du mußt vielleicht Doug vernachlässigen, deshalb wäre es besser, wenn du es zuerst mit ihm besprichst.«

»Ich werde mit ihm reden, sobald ich heute abend heimkomme.«

»Gut. Und wenn du ein paar Projekte bearbeitet hast, unterhalten wir uns wieder, beurteilen deine Arbeit und stellen fest, ob du wirklich für diesen Beruf geeignet bist.« Ach du lieber Himmel, ich klang wie die typische Vorgesetzte. Ich konnte mir schon vorstellen, wie ich in einigen Jahren einen Stab Assistenten dirigierte und sie mit meiner grenzenlosen, in langen Berufsjahren erworbenen Weisheit beglückte.

»Was ist das erste Projekt?« fragte Rae.

Meine Zukunftsvision schwand. »Das weiß ich noch nicht. Wenn sich etwas ergibt, sage ich dir Bescheid. Könntest du in der Zwischenzeit einmal versuchen, morgen pünktlich zur Arbeit zu erscheinen?«

Ich merkte, daß sie enttäuscht war, daß ich kein bestimmtes Projekt zu bieten hatte, und ich hoffte, daß mein etwas schmeichelnder Ton nicht meine Autorität untergraben hatte. Es sollte sich jedoch herausstellen, daß ich mir keine Sorgen machen mußte, ob sie am nächsten Tag rechtzeitig in der Kanzlei erscheinen würde. Ich beschloß, daß sie etwas essen mußte, bevor sie heimfuhr, und so gingen wir zu All Souls zurück, und ich kochte uns einen Topf Spaghetti, wie das Hank in der guten alten Zeit immer getan hatte. Jack und ein paar andere Bewohner des ersten Stockes gesellten sich zu uns, wir tranken noch mehr Bier und Wein, und bevor ich mich umsah, war Rae auf dem Sofa im Wartezimmer eingeschlafen. Ich deckte sie mit Jacks Reservedecke zu und ging Doug anrufen – es bereitete mir ein grenzenloses, sadistisches Vergnügen, ihm zu sagen, daß Rae erst morgen nach der Arbeit wieder nach Hause käme.

Der tiefblaue Morgenhimmel versprach, daß dieser Freitag so schön werden würde wie der Vortag. Ich nahm meinen Kaffee und meine Zeitung mit auf die Veranda, wobei ich die Rosenkohlpflänzchen, die Zwiebeln, die Erde und die Düngemittel, die ich am Samstag gekauft und auf den Stufen zu meinem verwilderten Garten abgestellt hatte, geflissentlich übersah. (Die Crassula und die Pavianblume standen im Wohnzimmer.) Watney, der seine Ausflüge nur für kurze Zeit eingestellt hatte, kam aus dem Gebüsch geschossen; als er sah, daß ich nichts für ihn zu fressen hatte, verzog er sich wieder. Ich ließ mich mit dem *Chronicle* nieder und fand nach einer Weile auf einer der Innenseiten eine Spalte mit der Überschrift SUCHE NACH MORDVERDÄCHTIGEM KONZENTRIERT SICH AUF DEN PARK.

In dem Artikel wurde berichtet, daß Robert Choteau, den man im Zusammenhang mit dem Mord an dem Hemdenfabrikanten Rudy Goldring suchte, von verschiedenen Zeugen im Golden-Gate-Park gesehen worden sei. Die Polizei konzentrierte ihre Suchaktion nun auf dieses Gebiet. Das überraschte mich nicht. In den letzten Jahren ist der Park zu einer Wohnstätte für viele Obdachlose der Stadt geworden; nach Schätzungen sollen bis zu einhundert Menschen diese Grünanlage zu ihrem festen Heim gemacht haben.

Natürlich hat der Park schon immer Einsiedlern Unterschlupf geboten; einer der Zeugen, der berichtete, Bob gesehen zu haben, war ein Bettler namens John. Dieser behauptete, schon seit einem Dutzend Jahre dort zu leben, und wollte nach seinen eigenen Worten nicht, daß kriminelle Elemente die Ökologie seines Zuhauses zerstörten. Nach Aussagen der Mitarbeiter der Parkverwaltung hat John vielleicht recht. Das Problem ist heute ernster als je zuvor, ernster als zu der Zeit, als die Hippies sich Ende der sechziger Jahre im Park ausbreiteten. Viele der neuen Bewohner haben schlimme Alkohol- oder Drogenprobleme, andere sind einfach zerstörungswütig, und man kann kaum etwas daran ändern. Wenn sie vertrieben oder verhaftet werden, kommen sie früher oder später einfach wieder zurück.

Ein Parkbeamter, den ich bei einer Party bei All Souls kennengelernt hatte, meinte, daß sich die Lage erst bessern werde, wenn sich die Gesellschaft selbst bessere. Ich hatte ironisch »Viel Glück« gewünscht.

Ich legte meine Zeitung auf die Seite, holte mir noch etwas Kaffee und dachte über Bob Choteau nach. Mein Bauch – was ich Ben Gallagher gegenüber nie im Leben erwähnt hätte – sagte mir, daß Bob Goldring nicht getötet hatte. Zwischen den beiden Männern war zu viel echte Zuneigung gewesen; ich dachte daran, wie Bob Goldring als »Captain« angesprochen hatte. Und was noch wichtiger war, Bob hatte von dem Mord keinen Vorteil. Solange Rudy lebte, hatte er einen Biervorrat, wahrscheinlich ein kleines Taschengeld, eine Stufe, auf der er sitzen konnte, und damit hatte er sicherlich ein gewisses Ansehen in der Obdachlosengesellschaft genossen. Ohne Rudy war Bob nur ein Penner unter vielen, ein Niemand.

Aber wenn es nun eine Affekthandlung gewesen war? fragte mein eigener Widerspruchsgeist. Vielleicht hatte Bob mehr Bier gewollt, und Rudy hatte keines? Oder mehr Geld als Rudy bereit war, ihm zu geben? Es schien keine vorsätzliche Tötung gewesen zu sein. Der tödliche Schlag war vermutlich impulsiv erfolgt, im Zorn ausgeführt worden. Aber die Person, die zugeschlagen hatte, mußte nicht Bob gewesen sein. Rudy hatte an jenem Tag noch eine Verabredung gehabt; das hatte mir zumindest seine Büroleiterin, Mrs. Halvorsen, gesagt, als ich im Büro nach ihm fragte. Sie hatte angenommen, das Treffen sollte außerhalb des Hauses stattfinden, aber vielleicht hatte sie das auch nur vermutet. Vielleicht war es in seiner Wohnung geplant.

Ich spielte mit der Kaffeetasse und versuchte mir die Situation auszumalen.

Erstens, dachte ich, Rudy hat eine Verabredung. Irgendwann

zwischen zehn – nachdem er das Büro kurz vor der vollen Stunde verlassen hatte – und ein Uhr, denn um diese Zeit hatte er mit einem neuen Kunden einen Termin zu einer Anprobe vereinbart. Er soll diese Person also oben in seiner Wohnung treffen. Vielleicht will er nicht, daß seine Angestellten wissen, daß er sich mit dieser Person trifft – entweder weil man ihn oder sie hier kennt, oder weil er will, daß niemand hört, was er mit dieser Person zu reden hat. Auf jeden Fall verläßt er das Büro und geht nach oben. Die Person trifft ein, sie streiten, die Person tötet ihn und verschwindet.

Was dann? fragte ich mich. Wann war Goldring gestorben? Ein paar Stunden, bevor ich kam, nach der Leichenstarre zu schließen. Und sicherlich, bevor seine Angestellte kurz nach eins anrief, um zu erfahren, warum er nicht zur Anprobe erschienen war. Ob Gallagher jetzt wohl schon eine einigermaßen genaue Schätzung der Todeszeit hatte? Vermutlich. Ich wollte ihn anrufen und fragen.

Aber ich zwang mich, die Szene zuerst zu Ende zu denken.

Dann traf vermutlich Bob ein. Er ging nach oben – vielleicht weil er sah, daß die Tür offenstand. Er fand Goldrings Leiche, ließ seinen Beutel fallen und flüchtete in den Park. Im Gegensatz zu Gallagher glaubte ich nicht, daß seine Flucht zwangsläufig ein Schuldeingeständnis war. Ein Mann von der Straße wie Bob Choteau wußte sicherlich, daß er der Hauptverdächtige wäre, und der mehr als fünfhundert Hektar große Park erschien ihm wohl als das geeignete Versteck. Er kannte möglicherweise andere Leute, die dort lebten, ihm Zuflucht boten und ihm ihre Überlebenstricks verrieten.

Und dann war die Frau in Vicky Cushmans BMW eingetroffen. Instinktiv mißtraute ich Vickys Behauptung, der Wagen habe zu dieser Zeit innerhalb der Schloßanlage gestanden. Vielleicht log sie, vielleicht war sie selbst hinters Licht geführt worden, aber ich war überzeugt, daß sie die Frau kannte, die ihren Wagen gefahren hatte. Warum hätte sie sonst in ihrer Marihuana-Sanftmut die Nerven verloren, als ihre Tochter unser Gespräch unterbrach?

Vickys Ausbruch dem Kind gegenüber hatte in keinem Verhältnis gestanden zu der schlichten Bitte, mit Freundinnen Popcorn machen zu dürfen. Ich hatte gespürt, daß sie als Reaktion auf den Druck durch meine Fragen so heftig wurde. Sie richtete ihre Panik oder Feindseligkeit oder was auch immer gegen ein bequemes und hilfloses Opfer.

Da war sie also – die Szene, und alles stimmte, lediglich die beiden Schlüsselrollen waren unbesetzt. Wer war die Person, mit der Rudy Goldring eine Verabredung hatte? Und wie hieß die hübsche, dunkelhaarige Frau? War es ein und dieselbe Person? Möglicherweise, wenn die Frau ihn getötet hatte und dann in der Wohnung geblieben war. Aber angesichts des panischen Zustandes, in dem ich sie vorgefunden hatte, zweifelte ich, daß sie dazu in der Lage gewesen wäre.

Einer könnte mir vielleicht helfen, ein bißchen Licht in das Dunkel zu bringen. Frank Wilkonson. Schon wieder etwas, wogegen sich mein Gefühl sträubte: daß Wilkonson angeblich in die Stadt kam, um sich zu »entspannen«.

Ich ging ins Haus und holte das drahtlose Telefon. Ben Gallaghers Leitung bei der Justizbehörde war belegt. Ich rief meine Freundin Sheila bei der Zulassungsstelle an; sie rief Wilkonsons Adresse für mich ab: c/o Burning Oak Ranch, Postfach 1349, Hollister. Ich ging zurück ins Haus und wühlte durch meine Sammlung von Straßenkarten, um zu sehen, ob ich von der Gegend eine hatte. Aber ich hatte keine, und auf der Karte von Kalifornien war Hollister nur ein Punkt etwa sechzig Kilometer südöstlich von San José. Das einzige, was ich von Hollister wußte, war, daß es in den späten vierziger Jahren von einer Motorradbande terrorisiert worden war. Dieser Vorfall war die Vorlage gewesen für den klassischen Motorradfilm *Der Wilde* mit Marlon Brando.

Ich legte die Karte weg und versuchte es noch mal bei der Justizbehörde. Dieses Mal antwortete Gallagher. Er war offensichtlich beschäftigt und kurz angebunden, aber er gab mir die Informationen, die ich brauchte: Der Leichenbeschauer hatte in seiner vorläufigen Untersuchung festgestellt, daß Rudy Goldring an einer Gehirnblutung gestorben war, die entstanden war, als er am Montagmorgen etwa um elf Uhr mit dem Kopf gegen seinen Küchenherd geschlagen war. Der vollständige Autopsiebericht würde erst in zwei oder mehr Wochen vorliegen – was bewies, wie überarbeitet und unterbesetzt die Gerichtsmedizin war. Gallagher sagte, daß die Suche nach Bob

Choteau Fortschritte mache, daß es aber eine Weile dauern würde, ihn im Park aufzustöbern.

»Aber wir kriegen ihn schon«, fügte er hinzu – vermutlich mit mehr Optimismus, als er empfand. »Die Leute, die schon lange im Park leben, wollen ebensowenig wie Sie oder ich, daß ein Mörder in ihrer Umgebung frei herumläuft.«

Es lag mir auf der Zunge zu sagen, daß ich nicht glaubte, daß Bob Rudy getötet hatte, aber er erhielt einen anderen Anruf und brach das Gespräch abrupt ab.

Es war fast neun und Zeit, bei All Souls aufzukreuzen und Rae von ihrem, wie ich annahm, Schmerzensbett – in diesem Fall wohl eher Schmerzenssofa – aufzuscheuchen. Heute schien mir nicht der geeignete Tag zu sein, meine neuen Pläne mit ihr in Angriff zu nehmen, deshalb beschloß ich, ihr eine von meinen Vermißtenfahndungen zu übertragen. Dann konnte sie beweisen, wie findig sie in ihrem Katerzustand war. Ich hatte noch Gesprächsnotizen ins reine zu schreiben, meine wöchentliche Spesenabrechnung zu machen und drei Leute zurückzurufen – was ich schon seit mindestens zwei Tagen hätte tun sollen.

Und was dann? Ich könnte die Route vom vergangenen Sonntag noch mal abfahren und mit den Leuten in den Pflanzencentern reden, um herauszubekommen, nach wem Frank Wilkonson gesucht hatte. Das wäre jedoch sehr aufwendig, gemessen am zu erwartenden Erfolg. Ich konnte nicht sicher sein, daß dieselben Leute heute Dienst hatten, und selbst wenn ich sie antraf, waren die Chancen recht mager, daß sie sich nach dem Kundenandrang der letzten Woche gerade an Wilkonson erinnerten. Es wäre wohl besser, mit Wilkonson selbst anzufangen. Wenn ich gut vorankäme, wäre ich mit meiner Schreibtischarbeit bis Mittag fertig, und dann könnte ich zur Burning Oak Ranch in der Nähe von Hollister düsen.

9

Hollister erwies sich als altes Bauernstädtchen am östlichen Rand des flachen Ackerlandes, das sich von der Autobahn 101 bis zu den Ausläufern der Diablo-Kette erstreckt. Das Land war bedeckt mit Walnußhainen und Zwiebelfeldern, in der Stadt selbst fühlte man sich in die Vergangenheit zurückversetzt. Die Vororte wurden, wie heutzutage fast überall, von Restaurantketten und Tankstellen beherrscht. Kipplaster, die Obst und Gemüse in die Verpackungsfabriken der Gegend transportierten, rollten durch die Straßen im Gewerbegebiet. Aber in der Innenstadt gab es lauter alte Häuser mit Stein- und Ziegelfassaden, von denen eines einen hübschen Glockenturm hatte. Durch die Wohngebiete mit ihren gepflegten Häusern und großen Grundstücken führten schattige Alleen. Ich fuhr langsam durch die Stadt und hielt schließlich an einer Spirituosenhandlung, um nach dem Weg zur Burning Oak Ranch zu fragen. Der Angestellte kannte den Weg, und meine Frage schien ihn zu überraschen. Er zeichnete mir auf einer Papiertüte in groben Zügen eine Landkarte auf.

»Sie folgen der Bundesstraße fünfundzwanzig durch die Stadt und an den neuen Siedlungen vorbei«, sagte er. In seiner Stimme lag etwas Verachtung, die mir verriet, was er von den neuen Siedlungen hielt. »Die Straße biegt an einem brandneuen Einkaufszentrum ab, und sie fahren weiter durch Tres Pinos und Paicines, vorbei am Rummelplatz und den Almaden-Weingärten. Von da ab sehen sie dann weidendes Vieh und dann auch bald auf einer Kuppe oben ein Ranchhaus. Sie können es gar nicht verfehlen.«

Ich dankte ihm, kaufte eine Flasche eiskaltes Seltzer und ging zum MG zurück. Nachmittags wurde es in diesem Tal im Landesinneren recht heiß, vermutlich so um die dreißig Grad. Ich trank das Wasser und prüfte den Temperaturanzeiger des Autos – der Motor lief gerne heiß. Dann fuhr ich los.

Der Typ in der Spirituosenhandlung hatte recht gehabt, als er von »all« den neuen Siedlungen sprach. Die Bebauung zog sich über Kilometer hin: Wohnblöcke und Einkaufszentren von steriler Gleichförmigkeit, in die selbst unterschiedliche Bauweisen, was Materialien und Farben betraf, kaum Abwechslung brachten. Ich fühlte mich erleichtert, als ich wieder freies Land vor mir hatte und auf einer zweispurigen Straße zu den sonnenverbrannten Vorbergen hinauffuhr. Aber der Fortschritt war auch bis hierher gekommen; ich kam an »Landgütern« und einem Golfplatz vorbei. Und dann kündigte ein Schild das kleine Dorf (500 Einwohner) Tres Pinos an. Wären da nicht die Autos und Laster gewesen, man hätte sich ins neunzehnte Jahrhundert zurückversetzt fühlen können.

Das Dorf bestand aus Holz- und Adobebauten, von denen einige verlassen waren und die anderen vom Alter bezwungen wurden. Die zwei Restaurants und der Saloon sahen touristisch aus – und das waren sie vermutlich auch, weil diese Straße zum Pinnacles National Monument führte. Aber dazwischen standen normale Häuser mit Nebengebäuden, eine hübsche Kirche mit Friedhof und ein winziges Postamt. Auf der rechten Seite der Straße gab es einen verwitterten braunen Bau mit einer falschen Westernfassade und einem Schild mit der Aufschrift WALTS TAVERNE. Ein dicker Mann mit der Schürze eines Barkeepers – Walt selbst? – lehnte an einem der Pfosten, die die durchgetretene Veranda stützten, und schaute auf die Straße. Dies war das ländliche Pendant der Remedy Lounge, und ich beschloß, auf dem Heimweg hier ein Bier zu trinken. Ich wurde in meinem Entschluß noch bestärkt, als der Mann mir freundlich zuwinkte.

Ich folgte weiter der Straße, passierte den Rummelplatz und ein noch kleineres Dorf – Paicines –, das aus einer Kolonialwarenhandlung mit Zapfsäulen bestand. Dann verbreiterte sich das Tal. Links verlief ein überwuchertes Flußbett. Die Hügel auf beiden Seiten hatten die Farbe von Weizen. Vereinzelt sah ich Zwergeichen und graubraunen Beifuß. Die höheren Gipfel im Hintergrund waren dicht bewaldet, und eine nackte Felsenklippe ragte wie eine häßliche Narbe aus dem Grün der Bäume hervor. Ich roch die trockene Luft und dachte an Brandgefahr; als ich um die nächste Kurve bog, sah ich einen verkohlten Hügel mit toten Bäumen in einem rostigen Orange. Aber dann erreichte ich die Almaden-Weinberge von Paicines. Üppig grüne Weinstöcke bedeckten die sanften Hügel bis in die Niederungen. Nun hielt ich Ausschau nach Rindern und dem Ranchhaus auf der Kuppe.

Rinder tauchten bald auf beiden Seiten der Straße auf, aber ich entdeckte kein Ranchhaus. Die Hügel wurden ein bißchen flacher, und die goldenen, buckeligen Weideflecken, wo die fetten Ochsen grasten, erstreckten sich bis zu den fernen Gipfeln. Das Land war eingezäunt; überall standen Schilder mit der Aufschrift BETRETEN VERBOTEN; ich warf einen Blick auf den Kilometerzähler. Bis der Zaun in eine weißgetünchte Adobemauer überging, war ich mehr als fünf Kilometer gefahren. Die Mauer war fast einen Kilometer lang. Dann öffnete sie sich bei einem Säulenpaar mit einem filigranen schmiedeeisernen Bogen. Ich verlangsamte meine Fahrt und schaute zu der Kuppe hinauf. Sie war noch weit entfernt, mindestens einen halben Kilometer, und schien von herrlichen, terrassenförmig angelegten Gärten überwachsen zu sein. Ich konnte Obstbäume erkennen mit Früchten, orange und gelb, deren Last die Äste niederdrückte, und blühende Sträucher. Die geteerte Einfahrt war auf beiden Seiten von Palmen gesäumt und endete oben in der Nähe eines riesigen, weißen Hauses mit Ziegeldach. Es wurde von Eiben wie von stummen Totenwächtern flankiert – Sallie Hydes Bezeichnung, Friedhofsbäume, fiel mir ein.

Ich hielt vor der Einfahrt und warf einen Blick auf den Schriftzug in dem Filigranmuster des Torbogens: BURNING OAK RANCH. Dann legte ich den ersten Gang ein und fuhr langsam den Fahrweg hinauf. Er weitete sich zu einem großen halbkreisförmigen Parkplatz, aber es waren keine anderen Autos zu sehen. Ich ließ den MG auf der Schattenseite stehen, stieg aus und atmete die herrliche Luft ein. Ich konnte die einzelnen Düfte zwar nicht genau unterscheiden, aber ich glaubte, blühenden Jasmin und Lorbeer herauszuriechen.

Die Eingangstür befand sich in einem kleinen geziegelten Vorhof, der mit einem schmiedeeisernen Tor verschlossen war. Durch das Gitter konnte ich Blumenbeete sehen, die mit weißem Kies eingefaßt waren. Ich fand eine Klingel, drückte sie und wartete. Niemand antwortete. Ich läutete nochmals und drückte dann gegen das Tor. Es war verschlossen. Gerade, als ich zu meinem Auto zurückgehen wollte, vernahm ich ein Motorgeräusch, das über die Einfahrt heraufkam; es klang lauter als mein MG – der alles andere als leise ist –, aber wesentlich gesünder. Als ein alter, löffelförmiger Porsche mit dem persönlichen Nummernschild MR VET – Veterinär? – auftauchte, ging ich auf ihn zu.

Der Porsche hielt neben dem MG.

Der Mann, der ihm entstieg, war jung, gut einsfünfundachtzig groß, mit vollem, sonnengebleichtem Haar und passender Bräune. Sein muskulöser Körper mit den langen kräftigen Beinen kam in dem ärmellosen dunkelblauen Hemd und den khakifarbenen Shorts gut zur Geltung. Seine Augen waren leuchtend blau, seine Zähne gleichmäßig weiß, und er hatte auch noch ein Grübchen im Kinn. Der Traummann einer jeden Frau.

Ich fühlte mich sofort abgestoßen.

Ich beobachtete ihn wachsam, während er über den Teerweg auf mich zukam. Zuerst meinte ich in seinen Augen einen Anflug von Mißtrauen zu entdecken, aber nachdem er mich prüfend beäugt hatte, schien er sich zu entspannen. Seine kritische Begutachtung war nicht von der abschätzend sexuellen Art, wie das sonst bei diesen Typen so üblich ist, und ich schämte mich fast für meine instinktive Abneigung. Als er mich höflich fragte, ob er mir helfen könnte, befand ich, daß meine Reaktion wohl eher von weichen Knien als aus dem Bauch gekommen war.

Ich hatte mir eine plausible Geschichte ausgedacht und stellte mich als Alissa Hernandez, Schadensprüferin bei einer Versicherung vor. Das ist der Name einer Freundin, die für die Allstate arbeitet und mir immer ein paar von ihren Visitenkarten überläßt; da ich zu einem Achtel von Schoschonen abstamme, gehe ich bei nicht allzu kritischer Betrachtung als Chicana durch. Ich benutze die Karten – oder Alissas Identität – nur, wenn es wirklich notwendig ist; in diesem Fall war es notwendig. Die Leute des Sheriffs von San Benito hatten Frank Wilkonson verhört und vermutlich auch seinen Arbeitgeber; Ben Gallagher hatte ihnen möglicherweise den Namen der Detektei genannt, die mit Wilkonsons Beschattung beauftragt worden war, und sie hatten den Namen vielleicht weitergegeben.

Der Mann studierte die Karte, die ich ihm gegeben hatte. Aus der Nähe sah er älter aus, als ich zuerst angenommen hatte: eher Ende dreißig als Mitte zwanzig. »Wenn es um den Unfall mit dem Laster geht, müssen Sie mit meinem Verwalter sprechen.«

»Es geht um den Verwalter. Er heißt doch Frank Wilkonson?«

Der Mann nickte.

»Können wir uns im Haus unterhalten?« Ich deutete auf das Tor. »Ich habe geläutet, aber es ist wohl sonst niemand zu Hause.«

Er blickte, offensichtlich ängstlich, zum Haus hinüber.

»Wie lange sind Sie schon hier?« Das war keine höfliche Frage – er wollte eine Antwort.

»Fünf Minuten, vielleicht ein bißchen länger.«

»Und es hat sich niemand gerührt?«

»Nein.«

»Aha.« Er ging schnell zum Tor, rammte einen seiner Schlüssel ins Schloß und rüttelte heftig. Das Schloß blockierte. »Scheiße!« Er rüttelte nochmals. Dieses Mal bewegte es sich. Das Tor flog auf und schlug gegen die Einfassung eines Blumenbeetes. Er riß am Schlüssel, und als er ihn nicht sofort aus dem Schloß herausbekam, ließ er ihn mit einer angewiderten Bewegung los und schritt über den Vorhof zur Eingangstür. Ich folgte ihm.

Wir traten in eine große Halle, und der Mann sagte: »Sie müssen mich ein paar Minuten entschuldigen. Ich mache mir Sorgen um meinen Vater und muß nach ihm sehen. Er ist... krank und –. Warten Sie bitte hier.«

Am Ende des Raumes führte eine große Treppe nach oben; er lief hinauf und verschwand. Ich hörte seine Schritte im oberen Stockwerk.

Ich schloß die Eingangstür und schaute mich um. Außer einer schweren antiken Anrichte, auf der sich unwichtige Post und ganz eindeutig auch Staub angesammelt hatten, war der Raum unmöbliert. Die rauh verputzten Wände waren mit Indianerteppichen behängt; selbst meinem laienhaften Auge erschienen sie wertvoll. Auf einem Regal über der Anrichte standen indianische Keramikvasen. Ihre unterschiedlichen Formen und Farben ergaben ein reizvolles Muster. Der Raum war offensichtlich von einem Menschen mit beachtlichen Mitteln und gutem Geschmack eingerichtet worden; nur schade, daß er so verschmutzt war.

Entlang der Bodenleisten bewegten sich Staubflusen. Die Terrakotta-Fliesen waren so verdreckt, daß man überall Fußspuren sah. Ein Flecken in einer Ecke sah aus wie Erbrochenes von einer Katze. Die Vorhänge über den Fenstern neben der Treppe waren zerfetzt und ausgerissen – wahrscheinlich das Werk derselben Kreatur, die für die Schweinerei in der Ecke verantwortlich war. Die Türen auf beiden Seiten der Eingangshalle waren geschlossen. Das Haus machte einen unbewohnten Eindruck, in krassem Gegensatz zu der herrlichen Umgebung.

Ich hörte oben wieder Schritte, und dann sprang der Mann die Treppe herunter. »Verzeihen Sie die Verzögerung«, sagte er. »Haben Sie die ganze Zeit hier gestanden? Ich hätte Sie ins Wohnzimmer bitten sollen.«

»Geht es Ihrem Vater gut?«

Seine Miene umwölkte sich. Er sagte kurz: »Ja, danke«, öffnete eine Tür auf der linken Seite und führte mich in einen großen Raum, der auch im indianischen Stil mit Webteppichen, einer Sammlung Kachinapuppen und Keramiken und vielen einfachen Möbelstücken aus Holz und Leder eingerichtet war.

»Jemand in Ihrer Familie muß sich gut mit Indianerkunst auskennen, Mr....?«

»Johnstone. Hal Johnstone. Bitte, setzen Sie sich.«

Ich ließ mich in einen tiefen Sessel fallen, und Johnstone setzte sich mir gegenüber auf die andere Seite des roh behauenen Kaffeetisches. Bevor ich etwas sagen konnte, fragte er: »Ich hoffe, es gibt nicht schon wieder ein Problem mit Frank Wilkonson?«

»*Schon wieder* ein Problem?«

Er machte eine wegwerfende Geste. »Anfang der Woche hat es Schwierigkeiten gegeben, eine Verwechslung, aber das hat nichts mit Ihnen zu tun. Wie kann ich Ihnen helfen?«

Ich erzählte ihm die Geschichte, die ich mir auf der Herfahrt ausgedacht hatte: Einer von »unseren« Allstate-Versicherungsnehmern hatte letzten Sonntagnachmittag bei Cost Plus in Fisherman's Wharf in San Francisco geparkt. Während seiner Abwesenheit hatte jemand sein Auto angefahren und Fahrerflucht begangen; ein Zeuge hatte an seiner Windschutzscheibe einen Zettel hinterlassen, auf dem die Autonummer des geflüchteten Fahrzeuges stand: SDK 080. Wir hatten das Fahrzeug durch die Zulassungsstelle ermittelt und festgestellt, daß es auf Frank Wilkonson unter dieser Adresse zugelassen war.

»Wissen Sie, ob Mr. Wilkonson letzten Sonntag in San Francisco war?« fragte ich.

Hal Johnstone runzelte die Stirn. Er wußte offensichtlich nicht, ob er die Wahrheit sagen sollte – die er kennen mußte, nachdem er das andere »Problem« mit Wilkonson erwähnt hatte – oder ob er seinen Verwalter schützen sollte. Nach kurzem Zögern sagte er: »Es tut mir leid, ich weiß es nicht. Sonntag ist sein freier Tag, und ich kann nicht sagen, was er mit seiner Zeit anfängt.«

»Sonntag ist sein einziger freier Tag?«

»Ja. Eine Rinderranch kann am Wochenende nicht schließen. Frank hat einen Vertrag mit uns über eine Sechs-Tage-Woche mit einem entsprechend hohen Gehalt.«

»Aha. Er hat also frei von...?«

»Samstag abend bis Montag morgens um acht. Wie ich schon sagte, weiß ich nicht, was er während dieser Zeit macht.«

»Lebt Mr. Wilkonson auf der Ranch?«

»Ja. Sein Haus ist drüben beim Westtor – drei Kilometer südlich, auf der anderen Seite der Straße.«

»Vielleicht könnten Sie mir etwas über Mr. Wilkonson erzählen.«

»Miss... Es tut mir leid, ich habe Ihren Namen vergessen, und ich muß Ihre Visitenkarte oben liegenlassen haben.«

»Hernandez, Alissa Hernandez.«

»Miss Hernandez, ich verstehe nicht, was Ihre Frage mit der Überprüfung eines solchen Unfalles zu tun hat. Sollten Sie nicht einfach zu Frank Wilkonson gehen und ihn fragen, ob er das Auto Ihres Versicherungsnehmers angefahren hat?«

»Es wäre sicher das einfachste. Leider ist die Zuverlässigkeit des Zeugen etwas fragwürdig, und die Beweise sind nicht eindeutig. Sehen Sie, das Fahrzeug ihres Verwalters ist als grüner Ford Ranchero gemeldet, aber die Farbspuren auf dem Auto unseres Versicherungsnehmers deuten darauf hin, daß das Fahrzeug, das den Schaden verursachte, weiß war. Wenn ich mit Mr. Wilkonson spreche, und er glaubt, daß ich eine Anschuldigung erhebe, könnte er meine Firma in ziemliche Schwierigkeiten bringen. Er könnte sogar gerichtlich...«

»Aber bringen Sie Ihre Gesellschaft nicht in die gleiche Gefahr, wenn Sie zu seinem Arbeitgeber gehen und ihm im Grunde die gleichen Fragen stellen?«

Ich setzte mein treuherzigstes Lächeln auf und ließ meine Hände hilflos flattern. Dabei mußte ich aufpassen, es nicht zu übertreiben. »Sie haben wohl recht, Mr. Johnstone. Und normalerweise hätte ich nicht soviel gesagt, aber Sie schienen... nun, es tut mir leid, wenn ich zu weit gegangen bin...«

Sei vorsichtig, McCone, dachte ich. Du siehst nicht wie ein Dummchen aus, und wenn du so weitermachst, wird er dich durchschauen. »Auf jeden Fall«, fügte ich in geschäftsmäßigem Ton hinzu, »wäre ich Ihnen dankbar, wenn Sie mir Ihren Eindruck von Mr. Wilkonson sagen könnten – als Vorbereitung auf mein Gespräch mit ihm –, wenn das dann überhaupt noch notwendig ist.«

Johnstone nickte. »Ich verstehe. Und ich möchte Frank helfen, wenn ich kann. Der Mann hatte diese Woche schon genug Ärger.«

»Dieser Ärger...«

»Das hatte nichts mit der Sache zu tun, die Sie untersuchen. Ich erzähle Ihnen gerne alles, was in seiner Personalakte steht, aber über diesen Punkt kann ich nicht sprechen.«

»Beginnen wir doch damit, wie lange er schon für Sie arbeitet.«

»Er arbeitet für meinen Vater, Harlan Johnstone. Mein Vater ist der Besitzer der Ranch; ich helfe ihm nur. Wilkonson wurde vor« – er hielt inne, um nachzurechnen – »etwa drei Jahren eingestellt. Zuvor hatte er eine verantwortungsvolle Stellung auf einer großen Ranch in Texas, in der Nähe von Fort Worth. Er hatte die besten Empfehlungen, darum hat mein Vater ihm auch einen langfristigen Vertrag mit guten Bedingungen angeboten.«

»Sind Sie mit ihm zufrieden?«

»Sehr.« Er hatte das so schnell gesagt, daß ich mir nicht sicher war, ob es die Wahrheit war. »Die Gewinne sind um neunundzwanzig Prozent gestiegen, vor allem weil er die Ausgaben stark reduziert hat.«

»Und Sie sagen, daß Mr. Wilkonson auf der Ranch lebt? Gehört die Unterbringung zu den Vergünstigungen, die Sie erwähnten?«

»Das versteht sich für einen Ranchleiter von selbst.«
»Wie steht es mit den anderen Vergünstigungen?«
»Es tut mir leid, aber der Vertrag ist vertraulich.«
»Ist Mr. Wilkonson verheiratet?«
»Ja. Seine Frau heißt Jane.«
»Kinder?«
»Sechs, eines kam hier auf die Welt. Aber verlangen Sie bitte nicht, daß ich Ihnen ihre Namen alle aufzähle.«
»Schon gut. Meine Schwester hat auch sechs, und ich habe Schwierigkeiten, die Namen zu behalten. Sagen Sie, scheinen die Wilkonsons glücklich zu sein?«
»Was hat das mit Ihren Nachforschungen zu tun?«
»Es könnte sein, daß ich mit der Frau sprechen muß.«
»Oh. Ja, ich würde schon sagen. So glücklich, wie man eben sein kann, wenn der Mann sechs Tage in der Woche von früh bis spät arbeitet und die Frau ganz erledigt ist von diesen...« Seine Stimme verlor sich, aber ich hätte schwören können, daß er »Gören« hatte sagen wollen.
»Wissen Sie, ob Mr. Wilkonson letzten Sonntag irgendeinen Grund hatte, nach San Francisco zu fahren?«
Er schüttelte den Kopf.
»Oder an einem anderen Sonntag?«
»Nein.«
»Kam er am Montag morgen pünktlich zur Arbeit?«
»Soweit ich weiß.« Er dachte einen Augenblick nach. »Ich habe ihn gegen zehn im Ranchbüro gesehen.«
Zehn – kurz nachdem Rudy Goldring sein Büro verlassen hatte, um seinen Mörder zu treffen. Damit kam Wilkonson für den Mord nicht in Frage, aber ich hatte ihn eigentlich sowieso nicht verdächtigt.
»Wie würden Sie Mr. Wilkonson beschreiben – ich meine seine Persönlichkeit?«
»Er... ist so wie die meisten Cowboys, die wir einstellen, nur klüger. Er spricht langsam, gemächlich. Aber er ist sehr intelligent. Er kann mit den Arbeitern gut umgehen, weil er sie nicht von oben herab behandelt.«
»Also ein ruhiger Mensch?«
»... gewöhnlich.«
»Und sonst?«

Johnstones Gesicht umwölkte sich wie vorher, als ich mich nach dem Befinden seines Vaters erkundigt hatte. Die Fingerspitzen seiner rechten Hand drückten so fest gegen die hölzerne Armlehne seines Stuhles, daß sie ganz weiß wurden.

»Mr. Johnstone? Neigt Frank Wilkonson zu Gewalttätigkeit?«

»Warum fragen Sie das?« Aber die Frage schien ihn nicht wirklich zu überraschen.

»Der Zeuge des Unfalls in Fisherman's Wharf hat ausgesagt, daß ein Wutausbruch des Fahrers zu dem Zusammenstoß führte.«

Johnstone schwieg. Schließlich sagte er: »Ich glaube nicht, daß Frank ein gewalttätiger Mensch ist – ich weiß, daß er es nicht ist –, aber in letzter Zeit ist er öfter in die Luft gegangen.«

»Unter welchen Umständen?«

Johnstone schwieg.

»Aus welchem Grund glauben Sie?«

»Hören Sie, Miss Hernandez. Frank ist hier nur angestellt. Ich arbeite eng mit ihm zusammen, seit ich in den letzten paar Monaten für meinen Vater eingesprungen bin, aber ich kenne ihn nicht wirklich, nicht privat.«

»Nehmen Sie also an, daß die Probleme privater Art sind?«

Er zuckte die Achseln.

Ich wartete, und als er schwieg, sagte ich: »Gibt es irgend etwas, was ich wissen sollte, bevor ich mit Mr. Wilkonson spreche?«

Wieder schien er zu zögern.

»Mr. Johnstone?«

»Also gut, nur soviel: Seien Sie vorsichtig, wenn Sie mit ihm sprechen. Er hatte eine schlimme Woche. Ich möchte nicht, daß er Ihnen gegenüber ausfallend wird.«

10

Jane Wilkonson war eine große, schwere, kraushaarige Frau von etwa dreißig Jahren. Auf einem Kasernenhof hätte sie eine tolle Figur gemacht. Als ich bei ihrem langgestreckten weißen Holzhaus ankam, stand sie gerade auf einem verdorrten Rasen und befahl einer bunten Horde von neun Kindern, sofort aus dem Swimmingpool herauszukommen. Ihre Stimme mit dem texanischen Akzent war fast einen halben Häuserblock entfernt noch zu hören, wo ich hinter einem alten Honda-Kombiwagen geparkt hatte. Offenbar hatte jemand in den Pool gepinkelt, und ich war ganz froh, daß ich nicht mehr verstehen konnte.

Als ich mich ihnen näherte, deutete einer der älteren Jungen auf mich und sagte: »Scheiße, Mama, du sollst uns nicht anbrüllen, wenn wir Besuch haben.«

»Sag' nicht Scheiße zu mir, du kleiner...« Sie schlug sich mit der Hand auf den Mund und wirbelte zu mir herum, ihre rundlichen Wangen waren knallrot.

Auf ein Signal des Jungen, der geredet hatte, löste sich der Trupp auf, und die Kinder rannten schreiend auf das Haus zu. Mrs. Wilkonson rollte mit den Augen. Offensichtlich war sie immer noch verlegen. »Verdammt«, sagte sie, »ich versuche, streng zu sein, aber sie durchschauen mich alle. Schlaue, kleine Mistkerle.«

»Das scheinen sie tatsächlich zu sein – schlau, meine ich.«

»Ich hoffe nur, daß einer von ihnen schlau genug ist, reich zu werden – und mich genug liebt, um mich, wenn ich alt bin, zu versorgen.« Sie rieb sich die Hände am breiten Hinterteil ihrer roten Shorts und streckte mir dann die rechte hin. »Ich bin Jane Wilkonson. Suchen Sie mich oder Frank?«

»Eigentlich Sie beide.« Ich schüttelte ihre Hand und deutete mit dem Kinn zum Haus hin. »Sind das alle Ihre?«

»Nein, zum Glück nicht. Nur fünf – und das kleine Kind, das auf der Veranda schläft. Oder schlief, bevor sie alle hier herumlärmten. Die vier anderen Bengel sind Schulfreunde. Und wenn ihre Eltern sie nicht bald abholen, dann gibt es Ärger.« Sie lächelte, während sie das sagte, aber ich spürte die aufgestaute Frustration einer Mutter nach einem langen, anstrengenden Tag.

Ich holte eine von Alissas Karten heraus und reichte sie ihr. »Ich möchte Ihnen gern ein paar Fragen stellen.«

Sie studierte sie, wobei sie ihre Lippe nach unten zog und runzelte, wie das Kinder oft tun. »Allstate? Wir haben Allstate, glaube ich. Gibt es noch mehr Ärger wegen Franks Fahrt nach San Francisco letzten Sonntag?«

»Ich würde es nicht Ärger nennen, zumindest noch nicht. Wir können die Sache vielleicht recht schnell aufklären. Können wir uns irgendwo unterhalten?«

»Sie meinen, wo die uns nicht stören können?« Sie deutete auf das Haus.

»Ja.«

»Sie stehen vor einer Frau, die weiß, wie man jedem unter einundzwanzig entkommt. Folgen Sie mir.«

Ihr Zufluchtsort erwies sich als eine Weinlaube auf einem kleinen Hügel auf dem hinteren Teil des Grundstücks. Die Weinstöcke waren alt und knorrig und mit dem Gitterwerk zu einer Einheit verwachsen. Blätter und verkümmerte rosinenähnliche Trauben hingen herunter und verdeckten die dahinterliegende Sitzplanke fast völlig. Jane Wilkonson schlüpfte unter den Ranken hindurch und ließ sich auf die Bank fallen. Sie seufzte und zog eine Packung Camel aus ihrer Blusentasche. Ich setzte mich neben sie und lehnte dankend ab, als sie mir eine Zigarette anbot. Sie zündete sich eine an, inhalierte tief und ließ den Rauch in einem langen, genießerischen Atemzug entweichen.

»Ich weiß, daß sie schlecht für mich sind«, sagte sie. »Ich höre das pausenlos von Frank – er mag es nicht, daß ich rauche. Aber eine Frau braucht auch irgendeine Freude im Leben.«

Ich schaute auf den festgetretenen Boden vor der Bank; er war mit Zigarettenkippen übersät. Jane Wilkonson flüchtete sich offenbar oft in diese Laube – und allein, da ihr Mann nicht wollte, daß sie rauchte.

Sie sah meinen Blick und fügte hinzu: »Ich kann nicht trinken – sonst würde ich mit den Kindern nicht mehr fertig werden. Ich spiele nicht, und ich esse nicht zuviel – trotz meiner Figur. Und nun, das mit Frank... Worum geht es also mit dieser Versicherung? Überprüfen Sie einen Schadensfall?«

Ich fragte mich, was sie wohl über ihren Mann hatte sagen wollen. War Sex auch eine ihrer verlorenen Freuden? »Ja«, antwortete ich, »ich untersuche einen Fall von Fahrerflucht.« Dann erzählte ich ihr die gleiche Geschichte wie Hal Johnstone.

Während ich sprach, vertieften sich die Falten um ihren

Mund. Sie drückte ihre Zigarette auf der Erde aus, warf der Packung, die zwischen uns auf der Bank lag, einen sehnsüchtigen Blick zu und verschlang dann die Finger ineinander.

»Das ist mal wieder typisch«, sagte sie bitter.

»Wie bitte?«

»Oh, nichts. Nur etwas Unsinniges, das mir gerade einfiel. Ihr Zeuge glaubt also, daß diese Person, die sein Auto angefahren hat, mein Mann war?«

»Sein Bericht ist nicht ganz klar. Es handelt sich um die Autonummer Ihres Mannes, aber der Zeuge beschrieb einen Laster, nicht einen grünen Ranchero. Und die Farbspuren auf dem anderen Auto sind weiß, nicht grün.«

»Aha.« Sie warf wieder einen Blick auf die Zigaretten, dann holte sie eine heraus und zündete sie fast trotzig an.

»*War* Ihr Mann am Sonntag in San Francisco, Mrs. Wilkonson?«

Sie zuckte ärgerlich die Achseln. »Das muß wohl so sein? Mich brauchen Sie da nicht fragen. Ich weiß nicht, wo er an seinem freien Tag hinfährt. Es ist sein einziger freier Tag, und ein Mann hat das Recht – oh, verdammt.«

Ich wartete; als sie nicht fortfuhr, fragte ich: »Fährt Ihr Mann an seinem freien Tag immer weg?«

»In der letzten Zeit schon. Er ist mit der Arbeit im Ranchbüro samstags so gegen acht Uhr abends fertig – er muß vorher noch die Vorfälle der Woche mit Mr. Johnstone besprechen. Dann bringt er die Kinder ins Bett, und wir essen zu Abend. Ich versuche immer, es etwas festlich zu machen, und er bleibt auch immer zum Essen. Das muß ich ihm anrechnen. Wissen Sie, es ist unsere einzige Mahlzeit ohne die Kinder. Jede Woche denke ich, daß er es sich vielleicht anders überlegt und bleibt. Aber gleich nach dem Essen packt er eine kleine Tasche und fährt weg.«

»Und Sie haben ihn nie gefragt, wohin er fährt? Oder warum?«

Sie schüttelte den Kopf.

»Oder ob es eine andere Frau gibt?«

Ihre Lippen zuckten, und sie nahm einen tiefen Zug aus ihrer Zigarette – absichtlich, um Zeit für eine Antwort zu gewinnen. »Ich wünschte, es wäre nur das. Eine Frau lernt es, solche Sachen durchzustehen, damit fertig zu werden. Aber dies... Wir führen keine Ehe, in der man viele Fragen stellt. Oder zumindest stelle ich sie nicht.«

Offenbar nicht, dachte ich. Ich kannte nicht viele Frauen, die sich mit solchen Fahrten abgefunden hätten, ohne eine Erklärung zu verlangen. Ich selbst halte zwar einen gewissen Freiraum auch in der engsten Beziehung für wichtig, aber an Jane Wilkonsons Stelle hätte ich Frank gnadenlos gepiesackt, bis er mir alles erzählt hätte. Ich fragte: »Wann kommt er gewöhnlich zurück?«

»So daß er am Montag rechtzeitig zur Arbeit kommt. Er kommt nie zu spät, er scheint nie getrunken zu haben...«

»Wie lange geht das schon so?«

»Nicht lange. Letzten Sonntag das fünfte Mal. Ich weiß es, denn am Sonntag vor sechs Wochen sind wir ins Aquarium in Monterey gegangen – nur wir beide, weil ich Geburtstag hatte. Das war das letzte Mal, daß wir richtig Spaß zusammen hatten.« Sie schaute mir voll ins Gesicht, ihre braunen Augen waren schrecklich ernst. »Fünf Wochen ist nicht so lang. Darum habe ich beschlossen abzuwarten, was passiert.«

»Glauben Sie, daß ihn irgend etwas belastet, daß er wegfahren muß, um darüber nachdenken zu können?«

Sie schüttelte den Kopf. Aber das war keine Verneinung, sondern Ausdruck ihrer Entmutigung. »Es muß wohl so sein, aber er spricht nicht mit mir darüber. Es fällt uns nicht leicht, über Dinge zu sprechen, die wichtig sind. Aber er ist erst seit letztem Jahr so, etwa um die gleiche Zeit...« Und dann wurde sie plötzlich ganz still, als ob ihr etwas bewußt geworden wäre, das ihr bis dahin entgangen war.

»Etwa zur Zeit ihres Geburtstags?«

»Nein«, sagte sie mehr zu sich selbst als zu mir. »Das kann nicht sein.« Sie blieb weiter in sich selbst versunken sitzen, dann schüttelte sie den Kopf, als ob sie sich wachschütteln müsse.

»Was wollten Sie gerade sagen, Mrs. Wilkonson?«

»Nichts, das irgendwelchen Sinn ergibt.« Aber Sinn oder Unsinn – was sie gedacht hatte, verstörte sie schrecklich. Sie warf ihre Zigarette auf den Boden und zertrat sie zornig mit der Spitze ihres Turnschuhs.

Ich versuchte eine andere Taktik. »War Ihr Mann in der letzten Zeit schlecht gelaunt? Ist er mit Ihnen oder den Kindern zornig geworden?«

»Er hat uns noch nie weh getan.«

Das hieß ja. Aber nun hatte sie sich daran erinnert, daß ich in einer quasi offiziellen Mission hier war, denn ihre Stimme klang härter, als sie sagte: »Was soll das denn überhaupt mit dem angeblichen Unfall zu tun haben?«

Ich erzählte ihr von dem gewalttätigen Ausbruch, den der »Zeuge« bei Cost Plus beobachtet hatte. Dabei fühlte ich mich ein bißchen wohler, denn dies war die Wahrheit, und die sollte sie wissen.

Jane Wilkonson studierte einen Augenblick lang den Boden, dann seufzte sie. »Das überrascht mich nicht.«

»Hat es andere solche Vorfälle gegeben?«

»Nicht mit dem Auto, nein.«

»Womit dann?«

Sie zögerte. Offensichtlich mußte sie mit jemandem – mit einer Frau – sprechen, sonst hätte sie mir nicht schon so viel erzählt. Während sie noch schwieg, stellte ich mir ihr Leben hier vor: Selbst von den kleinen Dörfern war sie durch Kilometer und Aberkilometer Weideland getrennt; sie stand über den Frauen der Männer, die für ihren Mann arbeiteten, und unter den Johnstone-Frauen – falls es welche gab. Und sie hatte einen Mann, der über »Dinge, die wichtig sind« nicht sprechen konnte; sie war umgeben von Kindern, die zu klein waren, um zu verstehen, warum Mami bekümmert war.

»Es muß wohl eher heißen: mit wem. Frank hatte in letzter Zeit mehrmals Auseinandersetzungen mit Mr. Johnstone – Hal Johnstone. Ziemlich heftige Auseinandersetzungen, habe ich gehört.« Das erklärte, warum Johnstone mich gewarnt hatte, vorsichtig zu sein, wenn ich mit Wilkonson sprach. »Worüber?«

»Wie soll ich das wissen? Die Rancharbeiter und ihre Frauen haben dafür gesorgt, daß ich es erfahre, aber sie waren ganz vorsichtig bei dem, was sie sagten.« Ihr Mund zuckte, und sie warf den Zigaretten einen zornigen Blick zu, so als ob sie und nicht das Gespräch für den schlechten Geschmack in ihrem Mund verantwortlich wären.

»Niemand hier sagt mir je etwas«, sagte sie. »Die doofe Jane –

das denken sie von mir. Die Zuchtstute, die sich nur um ihre Kinder kümmert. Ich bin Franks Frau und Randys Mutter und so weiter. Aber wenn man Frank und Randy und die anderen wegläßt, dann bin ich niemand. Und deshalb erzählt mir niemand etwas.«

Nach dieser bitteren Litanei hatte ich nicht die Nerven, sie weiter zu befragen. Ich sagte – und ich meinte es wirklich: »Mrs. Wilkonson, es tut mir leid, wenn ich Sie aufgeregt oder traurig gemacht habe.«

Sie schüttelte den Kopf und rieb die Hände schnell an ihren dicken, nackten Schenkeln. »Das ist nicht Ihre Schuld. Wenn jemand daran schuld ist, dann ich. Es hat mir sogar ganz gutgetan zu reden.« Dann nahm sie ihre Zigaretten, stand auf und trat aus der Laube.

Ich schlüpfte unter den tiefhängenden Weinranken durch. Von dem Hügel, auf dem die Laube stand, konnte man die Weite des sonnenverbrannten Weidelandes und die Straße, die sich wie ein graues Band darüber schlängelte, sehen. Das rote Ziegeldach des Johnstone-Hauses war zu sehen, und auch die Friedhofsbäume vor dem Eingang.

Jane drehte sich zu mir, ihr Gesicht hatte einen besorgten Ausdruck, so als ob sie mich aufgeregt hatte und nicht ich sie. »Sie haben mich nicht traurig gemacht«, sagte sie. »Nicht wirklich.« Dann ging ihr Blick zu dem fernen Ranchhaus zurück, und ein Gefühl, das ich nicht recht zu deuten wußte, zeichnete sich auf ihrem Gesicht ab.

»Das hier ist ein trauriger Ort, das ist alles«, fügte sie hinzu.

Bevor ich wegfuhr, erklärte Jane mir noch den Weg zum Büro, wo ich ihren Mann finden würde. Es lag ein paar Kilometer entfernt, auf der Straße nach Paicines und Tres Pinos, direkt am Nordtor der Ranch. Mitten auf einem Kiesparkplatz standen ein paar blaue und weiße Wohnwagen umgeben von Autos und Lastern. Wilkonsons Ranchero stand in der Nähe des ersten Wohnwagens, und ich parkte den MG daneben.

Ich klopfte an die geschlossene Jalousie der Wohnwagentür, und eine weibliche Stimme bat mich einzutreten. Innen war es kühl; eine Klimaanlage summte laut. Eine junge Frau saß hinter einem L-förmigen Schreibtisch mit einem Stapel Akten und einem Textverarbeitungsgerät. Der Wohnwagen war ein langer Raum mit drei weiteren Schreibtischen, Aktenständern und einem Kopiergerät. Eine Karte der Ranch, mit vielfarbigen Nadeln bespickt, nahm eine ganze Wand ein. Zwei der Schreibtische waren nicht besetzt, am dritten saß Frank Wilkonson, direkt unterhalb der Landkarte. Er war am Telefon. Seine Füße, die in Stiefeln steckten, hatte er auf den Rand des Schreibtisches gelegt, sein Drehstuhl war nach hinten gekippt. Er schaute mich an, aber er schien mich nicht wiederzuerkennen.

Die junge Frau – ein stupsnäsiger Teenager mit sandfarbenem Haar – guckte erwartungsvoll. Ich gab ihr eine von Alissas Karten und sagte ihr, daß ich mit ihrem Chef sprechen wolle. Sie drückte die Lippen nervös aufeinander – vermutlich wegen des Besuchs, den Wilkonson früher von den Männern des Sheriffs erhalten hatte – und brachte ihm die Karte.

Ich hatte eine Art Geräteschuppen erwartet und war überrascht, ein Büro vorzufinden, das wie der kaufmännische Bereich eines kleinen Herstellungsbetriebs aussah. Natürlich, dachte ich, war eine Rinderranch im Grunde nichts anderes: ein kleiner Herstellungsbetrieb – in diesem Fall von Steaks, Bratenfleisch und Hamburgern.

Der Teenager besprach sich mit Wilkonson. Er schaute die Karte an, schüttelte den Kopf und deutete auf den Telefonhörer. Sie kam zurück und sagte, daß Mr. Wilkonson etwas länger bräuchte. Ob ich einen Termin ausmachen wollte? Nein, antwortete ich, ich sei die ganze Strecke von San Francisco hergekommen, und es wäre unpraktisch, den Weg noch einmal zu machen. Würde sie ihm bitte ausrichten, daß ich nur ein paar Minuten seiner Zeit in Anspruch nehmen würde? Sie sagte ihm das, und er sprach noch eine halbe Minute weiter und hängte dann auf.

Wilkonson erhob sich und steckte sein rotkariertes Cowboyhemd in seine ausgebleichten Jeans. Er bewegte sich locker und lässig, er machte einen gelasseneren Eindruck als bei seinem Besuch in San Francisco. Ich verspürte eine eigenartige Überheblichkeit, die sich immer einstellt, wenn ich einem Menschen, den ich beschattet habe, gegenüberstehe. Ich wußte eine ganze Menge über Wilkonson, und das gab mir ein Gefühl von Macht.

Bevor er mit mir sprach, sagte er zu seiner Sekretärin: »Es ist schon fast fünf, Ginny. Du kannst deine Sachen für heute zusammenpacken.«

Ginny warf mir einen Blick zu, so als ob sie Angst hätte, ihren Chef meinen Krallen zu überlassen. Dann schaute sie auf die Uhr – es war erst gegen halb fünf –, und die Freude über den frühen Feierabend siegte über ihre Beschützerinstinkte. »Danke, Frank«, sagte sie und räumte ihren Schreibtisch auf.

Wilkonson schaute auf die Karte in seiner Hand. »Miss Hernandez, richtig? Allstate?«

»Ja. Mr. Wilkonson?« Ich streckte ihm die Hand hin. Sein Händedruck war schlaff, als ob er es nicht gewohnt war, jemandem – oder zumindest einer Frau – die Hand zu schütteln. »Was kann ich für Sie tun?« fragte er. Stärker als bei seiner Frau hörte man bei ihm den texanischen Akzent heraus.

»Ich überprüfe einen Fall von Fahrerflucht«, begann ich und wiederholte meine nun schon oft erzählte Geschichte. Wilkonson hörte zu und warf seiner Sekretärin nervöse Seitenblicke zu. Als ich fertig war, wartete er mit seiner Antwort, bis sie den Wohnwagen verlassen hatte.

»Ihr Zeuge hat meine Autonummer aufgeschrieben?« fragte er.

»Ja.«

»Um welche Zeit am Sonntag ist das passiert?«

»Gegen fünf.«

»Aha.« Er blickte auf seinen Schreibtisch und begann, einen Stapel von Ausdrucken geradezurichten. Als er mich ansah, las ich Verwunderung in seinen Augen. »Ich *war* am Wharf, Miss Hernandez, das kann ich nicht leugnen. Und ich muß zugeben, ich habe gewendet. Aber ich könnte beschwören, daß ich kein anderes Auto angefahren habe – ich hätte den Aufprall spüren müssen.«

»Der Zeuge sagte, Sie schienen wütend gewesen zu sein. Vielleicht haben Sie es nicht gemerkt...?«

»Nein«, sagte er fest, »ich bin mir sicher, daß ich es gemerkt hätte.« Ich spürte, wie seine Anspannung wuchs, wie er dagegen ankämpfte, genau wie am Sonntag.

»Nun«, sagte ich, »vielleicht hat sich der Zeuge getäuscht. Er hat vielleicht nur geglaubt, daß Sie das andere Auto angefahren haben, denn man hat auch keine grünen Farbspuren entdeckt.

Meine Theorie ist, daß der Wagen schon früher angefahren worden war und Ihr... Fahrmanöver seine Aufmerksamkeit erregte. Ich werde mir diesen Fall wohl genauer ansehen müssen, als ich erwartet hatte.«

Was ich gesagt hatte, schien ihn nicht zu erleichtern. »Wieviel würde die Reparatur kosten?«

Ich wählte eine Zahl, von der ich annahm, daß sie ihm hoch erscheinen würde. »Mindestens achthundert Dollar.«

Seine Lippen zuckten, aber er sagte: »Ich werde selbstverständlich dafür aufkommen. Ich gebe Ihnen gleich einen Scheck.«

»Wollen Sie nicht mit Ihrer Versicherung sprechen? Sie müßte doch für die Reparatur zahlen...?«

»Nein. Ich möchte nicht, daß man meinen Beitrag erhöht... Außerdem haben wir eine Gemeinschaftspolice für die Angestellten der Ranch, und ein Vorfall wie dieser – daß man ein Auto in einem Wutanfall anfährt und dann flüchtet – würde meinem Ruf schaden.«

»Ich verstehe. Und glauben Sie mir, Mr. Wilkonson, ich kann mir vorstellen, wie so ein Unfall passiert; sonntags ist in Fisherman's Wharf die Hölle los. Ich nehme an, Sie haben mit der Familie einen Ausflug gemacht?«

»Hm, ja.«

»Und diese Familienausflüge sind nervig: Die Kinder jammern, weil sie nicht ins Wachsmuseum dürfen; Ihre Frau hat in jedem Laden am Ghirardelli Square etwas gekauft; Sie wollen ein Bier, aber die Restaurants sind zu teuer und überfüllt; die Bettler und die Straßenhändler... Oh, ja, ich kann mir vorstellen, was Sie durchgemacht haben.«

»Das ist richtig. Ich hasse San Francisco sowieso. Ich fahre nur hin, wenn es gar nicht anders geht.«

»Tatsächlich.«

»Ja. Wollen Sie nun einen Scheck für die Reparatur des Schadens?«

»Sind Sie wirklich sicher, daß ich die Angelegenheit nicht noch genauer prüfen soll? Vielleicht war es gar nicht Ihre Schuld.«

»Nein, ich möchte die Sache aus der Welt schaffen. Sie wissen, wie das ist.«

Das wußte ich allerdings. »Nun, dann mache ich meinen Bericht, und dann wird sich jemand von der Schadensabwicklung mit Ihnen in Verbindung setzen. Ich brauche jetzt noch kein Geld.«

»Danke, Miss Hernandez. Sie haben sehr viel Verständnis gezeigt.« Er war höflich, aber ich spürte den Zorn, der unter seiner freundlichen Oberfläche brodelte. Er war nicht zwangsläufig gegen mich gerichtet. Doch während ich diesem Mann gefolgt war, hatte ich mich gut genug in seine Psyche eingefühlt, um zu wissen, daß er diesen Zorn kaum beherrschte und jeden Augenblick wie eine Schrotflinte losgehen konnte. Ich dankte ihm für seine Kooperationsbereitschaft und machte mich schleunigst aus dem Staub.

Als ich das Auto erreichte, wurde ich in meiner Entscheidung bestätigt. Aus dem Wohnwagen kam ein krachendes Geräusch und ein lautes Klirren, so als ob Wilkonson etwas gegen eines der Fenster geworfen hätte.

11

Während ich langsam aus dem Tal hinausfuhr, dachte ich darüber nach, was ich bei der Burning Oak Ranch erfahren hatte. Frank Wilkonson war über irgend etwas ernsthaft beunruhigt, oder vielleicht war besessen ein besserer Ausdruck für seinen Zustand. Er war bereit, achthundert Dollar zu zahlen, um zu verhindern, daß man genauer untersuchte, was er am Sonntag in San Francisco getan hatte; er hatte zweimal Streit mit dem Sohn seines Arbeitgebers gehabt; er hatte sich seiner Frau entfremdet. Nach Janes Worten war er seit einem bestimmten Zeitpunkt im vergangenen Jahr in diesem Zustand.

Wie hatte Jane Wilkonson es doch formuliert? »Er wurde letztes Jahr etwa um die gleiche Zeit so…« Nun wünschte ich, ich hätte genauer nachgefragt.

Ich machte mir keine Sorgen, daß Jane ihrem Ehemann von unserem Gespräch berichten könnte. Nach dem, was sie mir über ihre Ehe erzählt hatte, würde sie wohl warten, ob Frank meinen Besuch im Ranchbüro erwähnt. Und das würde er sicherlich nicht tun – nicht nachdem er so bemüht gewesen war zu verhindern, daß man der angeblichen Versicherungsangelegenheit weiter nachging. Wenn Jane erkannte, daß er die Sache nicht erwähnen wollte, würde sie unser Gespräch zusammen mit den anderen wichtigen Dingen, über die in ihrer Ehe nicht gesprochen wurde, für sich behalten.

Es war kurz nach fünf, Zeit für die Rückfahrt nach San Francisco. Deshalb fuhr ich an Walts Taverne in Tres Pinos vorbei, wo ich ursprünglich ein Bier hatte trinken wollen. Erst als ich Hollister erreichte, entschloß ich mich, an diesem Abend nicht mehr in die Stadt zurückzukehren; es gab einfach keinen Grund dafür. Ich hatte keinerlei Pläne fürs Wochenende, keine Verpflichtungen. An der Abzweigung der Bundesstraße 25 nach Nordwesten in Richtung Highway 101 entdeckte ich ein Best Western Motel mit dem Namen San Benito Inn. Kurz entschlossen legte ich eine Rechtskurve hin – was den Fahrer des Lieferwagens hinter mir in Rage versetzte –, fuhr zur Rezeption und nahm mir ein Zimmer. Es wird Zeit, darüber nachzudenken, was ich machen wollte, sagte ich mir.

Glücklicherweise habe ich immer eine Tasche mit dem Nötigsten, Zahnbürste, Kosmetika und Klamotten zum Wechseln, im Auto – für den Fall, daß ein Auftrag überraschend eine kurze Reise notwendig macht. Ich trug die Tasche in das Zimmer im ersten Stock und stellte sie auf den Kofferständer. Dann legte ich mich auf das Bett und starrte die Rauhputzdecke an.

Ich war nach Hollister gekommen, weil ich spürte, daß Rudy Goldrings Gründe für die Beschattung von Frank Wilkonson mehr mit seinem Tod zu tun hatten, als Ben Gallagher und die Polizei von San Francisco glauben wollten. Ich hatte angenommen, daß weitere Informationen über Wilkonson mir helfen könnten, diese Gründe herauszufinden. Aber ich war nur auf zusammenhanglose Tatsachen gestoßen. Einzeln besehen, bedeuteten sie gar nichts. Ich mußte noch mehr herausfinden.

Laß das jetzt einmal, sagte ich mir. Komm zum Kern der Sache, nämlich warum du dich überhaupt damit befaßt.

Ich hatte keinen Auftrag mehr. Meine Verpflichtung Rudy Goldring gegenüber war mit seinem Tod erloschen. Die Kanzlei hatte ihm gegenüber zwar noch eine gewisse Verantwortung, weil sein Rechtsanwalt vermutlich zum Testamentsvollstrekker ernannt worden war. Aber das hatte nichts mit mir oder meiner Arbeit zu tun. Warum verhielt ich mich also so, als ob es sich bei der Sache um eine laufende Untersuchung handelte?

Langeweile, weil ich momentan einfach zuviel freie Zeit hatte? Neugierde, weil ich diese ungeklärten Fälle nicht mag? Engagement für die Wahrheit, weil das so meine Art ist? Wenn man in einen Mordfall verstrickt ist, so sagte ich mir, ist es am besten, die Sache der Polizei zu übergeben. Dies ist nicht nur der beste, sondern auch der einzig *legale* Weg. Aber es war nie meine Stärke gewesen, Formalitäten zu beachten oder unnötige Risiken zu vermeiden. Und mir *war* langweilig. Ich *hatte* zuviel Zeit. Ich *war* neugierig, und diese ungeklärten Tatsachen machten mich verrückt. Außerdem hatte ich immer unter diesem etwas naiven – und vermutlich unnormalen – Zwang gelitten, die Wahrheit erfahren zu müssen.

Ich setzte mich auf, griff nach dem Telefon und wählte die Nummer von Alissa Hernandez' Büro in San Francisco. Sie hatte schon Feierabend gemacht für heute. Ich versuchte, sie zu Hause zu erreichen; ihr Anrufbeantworter forderte mich auf, meinen Namen und meine Telefonnummer zu hinterlassen, damit sie mich zurückrufen konnte. Ich wollte nicht, daß sie meinetwegen ein Ferngespräch führte, und hinterließ nur meinen Namen und die Nachricht, daß ich es später nochmals versuchen würde. Dann rief ich die Kanzlei an.

Jack Stuart war nicht da, aber zu meiner Überraschung meldete sich Rae. Ihre Stimme klang müde, aber sie wurde lebhafter, als sie hörte, daß ich es war. »Heh«, sagte sie, »ich habe den Kerl gefunden, der untergetaucht war.«

»Toll, gratuliere!«

»Der Bericht ist auf deinem Schreibtisch, und ich habe den Mandanten benachrichtigt. Wo bist du?«

»In Hollister.«

»In der Nähe von San José? Was machst du da?«

»Ich mach' ein paar Recherchen. Hör mal, ich habe ein besonderes Projekt für dich. Nichts Tolles, aber du kannst mir damit sehr helfen.«

Es entstand eine Pause – wahrscheinlich wollte sie zu Doug heim. Dann sagte sie entschlossen: »Aber sicher.«

»Ich habe vergeblich versucht, Alissa Hernandez bei Allstate zu erreichen.« Ich gab ihr Alissas zwei Telefonnummern, da sie ebenso wie ich zu sehr ungewöhnlichen Zeiten in ihrem Büro auftaucht. »Versuch du es doch einmal für mich. Bitte sie, im Computer die Policen für Frank Wilkonson herauszusuchen.« Ich buchstabierte den Namen und nannte ihr das Postfach in Hollister. »Oder auf der Burning Oak Ranch, das ist die gleiche Adresse. Ich möchte wissen, ob Wilkonson seinen eigenen Versicherungsschutz hat oder ob eine Gemeinschaftspolice für die ganze Ranch existiert. Bitte sie, alle Einzelheiten der letzten, sagen wir, zwei Jahre, abzurufen. Hast du verstanden?«

»Einen Moment.« Ich stellte mir Rae vor, wie sie über dem ramponierten Schreibtisch in meinem alten Büro hing und meine Angaben aufschrieb. »Sonst noch was?«

»Versuch Jack Stuart zu erreichen. Ich brauche Informationen über das Testament eines seiner Mandanten, Rudolf Goldring. Frag ihn, ob es schon eröffnet worden ist, und wenn ja, was drin steht.«

»In Ordnung. Vielleicht ist er mit Hank zusammen im Remedy unten.«

Das überraschte mich; seit seiner Heirat war Hank nur selten im Remedy eingekehrt. Wuchsen ihm die häuslichen Probleme über den Kopf? Versuchte er schon wieder, seine Probleme zusammen mit Jack im Alkohol zu ertränken? »Da ist noch etwas«, sagte ich. »Aber das ist eine persönliche Gefälligkeit.«

»Kein Problem.«

»Danke. Würdest du diese Nummer anrufen« – ich sagte sie ihr – »und bitten, daß man meinem Kater etwas Futter auf meine Veranda stellt.«

»Deine Nachbarn, oder? Was mache ich, wenn niemand zu Hause ist?«

»Irgend jemand ist sicher da.« Die Curleys von nebenan waren eine große, lebhafte Familie mit einem großen Herz – vor allem, wenn es um Nachbarn und Katzen ging.

»Wann kommst du zurück?« Raes Stimme klang etwas sehnsüchtig, so als ob es ihr auch guttäte, sich im Remedy ein wenig auszuweinen.

»Bald. Vermutlich morgen.« Plötzlich wünschte ich, sie wäre hier, so daß wir uns bei einem Gläschen Wein oder Bier über die Dinge, die ich herausgefunden hatte, unterhalten könnten. Ich las ihr die Nummer des Motels vor und sagte ihr für den Fall, daß sie Alissa oder Jack erreichen sollte, daß ich bis zwölf Uhr mittags am nächsten Tag hier zu erreichen sei, und hängte auf.

Laut sagte ich dann: »McCone, was zum Teufel hast du vor?«

»Halt den Mund«, antwortete ich.

Ich dachte daran, daß Selbstgespräche ein Zeichen fürs Älterwerden sind. Ich stand auf, richtete mir die Haare und legte frisches Make-up auf. Ich wollte gut aussehen, wenn ich in Walts Taverne in Tres Pinos aufkreuzte, um ein paar Gläschen zu trinken und dem Tratsch der Einheimischen zu lauschen.

Walts Taverne war eine typische Landgaststätte, ohne jegliches Chichi, das sie für Touristen auf dem Weg nach oder von Pinnacles attraktiv gemacht hätte. Ein paar verdreckte Laster parkten davor. Als ich eintrat, stand ich in einem Barraum mit Holzboden, einer bunten Mischung von Tischen und Stühlen, die meist nicht zusammenpaßten, und angeschimmelten ausgestopften Tierköpfen an den schmuddeligen Wänden. Der Raum war erfüllt von Rauch und lauten Stimmen, und aus der Jukebox erklang Country-music.

Die meisten Tische waren besetzt, und einige Leute aßen etwas aus bunten Plastikkörbchen. Der Inhalt war so verbraten, daß man ihn nicht mehr identifizieren konnte, vermutlich Hühnchen, denn ein Schild hinter der Bar pries diese Spezialität des Hauses an. Während ich meinen Blick durch den Raum schweifen ließ, bemerkte ich, daß mich die Leute – hauptsächlich Männer – abschätzend musterten. Eine Fremde, und erst recht eine Frau ohne Begleitung, erregte hier zwangsläufig Aufmerksamkeit.

Auf meinem Weg zur Bar fragte ein Kerl mit einem Cowboyhut: »Soll ich dich auf einen Drink einladen, Süße?«

»Nein, danke«, sagte ich und ging weiter.

»Was ist los, Schätzchen? Bist du dir zu schade für einen Landarbeiter?«

Ich blieb stehen, fixierte ihn und sagte mit Nachdruck: »Nein. Und nein, danke.« Mein Blick brachte ihn zum Verstummen – und bedeutete seinen Freunden, daß sie mich besser in Ruhe ließen.

Ich quetschte mich auf einen Barstuhl zwischen drei Männern in mittleren Jahren mit wettergegerbten Gesichtern, die würfelten, und einem jungen Kerl mit abstehenden Ohren, der zwei Frauen, die wie Cowgirls aussahen, von seinen Eheproblemen erzählte. Der Barschrank war voll von Schnapsflaschen, aber hier schienen nur die üblichen Alkoholika ausgeschenkt zu werden; die exotischen Varianten, wie ein kegelförmiges, einen halben Meter hohes Gefäß mit Galliano, waren schmutzverklebt und wohl wegen ihres Dekorationswertes gekauft worden. Ich hatte Lust auf ein Glas kühlen Weißwein, aber dann entdeckte ich, daß sie hier eine besonders miese Supermarktmarke führten. Als der Barkeeper – der Mann, den ich vorher an der Säule hatte lehnen sehen – mich schließlich nach meinen Wünschen fragte, bestellte ich ein Bud. Ich vermutete, daß man Gläser hier nur auf Anfrage bekam, und ich hatte recht.

Als der Barkeeper die Flasche vor mir abstellte, entnahm ich seinem Blick, daß er mich erkannte. Ich lächelte und wollte gerade etwas sagen, da erscholl von den Würfelspielern schallendes Gelächter, und einer von ihnen rief nach einer neuen Runde. Der Mann nahm mein Geld und ging sie bedienen. Ich trank mein Bier, entspannte mich und hoffte, etwas Interessantes zu hören.

»... und da sagt sie zu mir: ›Verlaß gefälligst die Wohnung.‹ Und ich: ›Wo zum Teufel soll ich denn schlafen?‹ Sagt sie: ›Das ist mir schnurzegal. Du kannst ja mit den anderen Cowboys auf der Ranch pennen.‹ Und da hab ich gesagt...«

Der Kerl mit den Segelohren hatte wirklich Probleme, aber ich versuchte, nicht hinzuhören, und konzentrierte mich statt dessen auf die Männer auf meiner anderen Seite. Sie würfelten wieder und knallten den Lederbecher auf den abgewetzten Tresen. Ich warf einen Blick hinüber und sah Whiskey und Bier. Ihre roten Gesichter und ihr lautes kumpelhaftes Benehmen zeigten an, daß sie schon einiges intus hatten, wahrscheinlich gewohnheitsmäßige Trinker, die ihr bestimmtes Pensum soffen – nicht mehr und nicht weniger. Ihr Gespräch drehte sich hauptsächlich um Fußball, und nach einer Weile hörte ich nicht mehr hin.

Am Ende der Bar, neben den Würfelspielern, gab es eine Art Verkaufstheke. Von Zeit zu Zeit kamen Leute herein, und der Barkeeper versorgte sie mit Tüten, in denen sich vermutlich die Spezialität des Hauses befand. Das Hühnchen konnte so schlecht nicht sein, wenn es so beliebt war. Ich dachte gerade darüber nach, ob ich eines bestellen und an einen Tisch umziehen sollte, wo ich mich besser unter die anderen Gäste mischen konnte, als der Sheriff eintrat. Er ging zur Theke und gab dem Barkeeper ein Zeichen. Die Würfelspieler waren plötzlich verstummt.

Dann sagte einer von ihnen zum Sheriff:

»Wie geht es dir, Larry?«

»Kann nicht klagen.«

»Magst du ein Bier?«

»Danke nein, ich bin im Dienst.«

»Ich habe gehört, daß dich dein Dienst vor ein paar Tagen zur Burning Oak Ranch geführt hat.«

»Da hast du richtig gehört.«

»Irgend etwas mit Wilkonson, oder? Und ein Mord in San Francisco?«

»Du weißt, daß ich über Dienstliches hier nicht sprechen darf.«

»Komm schon, Larry, sag uns, was los war.«

Der Barkeeper kam mit einer besonders großen Tüte herbei. Der Sheriff nahm sie und nickte ihm dankend zu. Zu den Würfelspielern sagte er: »Da gibt es nichts zu erzählen. Nur eine Routineangelegenheit, das ist alles. Und wenn ich hiermit« – er deutete auf die Tüte – »nicht bald zur Wache zurückkomme, dann kriege ich gewaltigen Ärger.« Schweigend sahen die Würfelspieler zu, wie er das Lokal verließ. Auch an den umliegenden Tischen herrschte Ruhe. Dann war es, als ob jemand einen Schalter betätigt hätte, und der Lärm begann von neuem.

Die ersten Worte der Würfelspieler erregten meine Aufmerksamkeit: »Genau, was sie brauchen – noch mehr Ärger auf der Burning O.« Ich lehnte mich mit den Ellbogen auf den Tresen, schob die Hand unter die Haare und legte sie um mein Ohr, so daß es so aussah, als ob ich bloß meinen Kopf aufstützte.

»... Scheiße, Mann, der macht sich selbst verrückt. Der Alkohol hilft ihm auch nicht weiter, vor allem nicht bei der Menge, die er schluckt.«

Sprachen sie über Wilkonson? Jane hatte nichts davon gesagt, daß er trank.

»Aber du mußt zugeben, der junge Harlan hat die Zügel in der Hand.«

Der junge Harlan? Hal Johnstone?

»Ja. Tolle Erziehung, schicke Autos und so, aber der Junge kennt sich mit der Ranch aus.«

Ja, Hal Johnstone.

»Das hatte ich nicht erwartet, als er auf dieses College im Osten ging, anstatt auf eine von den guten Landwirtschaftsschulen wie Davis in Kalifornien. Aber der Junge hält sich wacker, auch wenn der Alte so stockbesoffen ist, daß er sich nicht mehr ums Geschäft kümmern kann.«

Dann war also Harlan Johnstone sen. derjenige, der seine Sorgen im Alkohol ertränkte.

Einer der Männer lachte mitleidig. »So eine Frau kann einen ganz schön fertigmachen.«

»Ja, klar. Aber komisch ist es schon. Irene ist doch schon mehr als zwei Jahre weg. Und die Scheidung ist endgültig. Irene war eine tolle Frau. Hat auf alle Ansprüche auf seinen Besitz verzichtet. Warum fängt er dann jetzt mit dem Trinken an?«

»Du darfst nicht vergessen, daß Irene nicht Harlans erste Frau war. Wenn ein Mann in seinem Alter so ein junges Ding verliert...«

»So jung war sie gar nicht.«

»Ende Dreißig, würde ich sagen, und er immerhin an die sechzig.«

»In dem Alter sollte man eigentlich klüger sein.«

Schweigen. Ein Seufzer. »Als ob einer von uns schon je klüger gewesen wäre.«

Wieder Schweigen.

»Aber keiner von uns hat eine solche Ranch wie Harlan. Der Mann hat eine Menge zu verlieren, wenn es mit der Burning O. bergab geht.«

»Aber der Junge macht sich gut. Und mit diesem Wilkonson haben sie einen verdammt guten Ranchleiter...«

»Hör mir bloß mit diesem Hundesohn auf!«

Ich lehnte mich weiter nach rechts und bemühte mich, meine Ohren gegen »die Ballade von Pancho und Lefty« zu verschließen.

»Hast du Ärger mit Wilkonson?«

Wieder Schweigen.

»Nun?«

»Ich will nur soviel sagen: Es gefällt mir nicht, was er auf der Burning O. gemacht hat. Dabei wollen wir es belassen. Und nun sollte ich meinen Hintern besser in Bewegung setzen. Die Madame hat versprochen, mir ein paar Steaks zu grillen.«

Die drei Männer tranken ihr Bier aus, zahlten ihre Rechnung und verließen unter den Wiedersehensrufen der anderen Gäste das Lokal. Ich beobachtete sie auf ihrem Weg zur Tür und wünschte, ich könnte die Stimmen, die ich gehört hatte, mit den jeweiligen Sprechern zusammenbringen. Außerdem wäre ich froh gewesen, wenn der letzte Sprecher ein bißchen mehr über seine Aversion gegen Wilkonson gesagt hätte.

Ihre Stühle wurden bald von einem Pärchen in Jeans und Westernhemden eingenommen. Sie sprachen über die jüngere Schwester der Frau, die »verrückt spielte«. Offensichtlich hatten sie schon einiges getrunken, denn der Mann sagte immer wieder mit monotoner Stimme: »Wir müssen etwas mit deiner Schwester unternehmen, Patty. Wir müssen *etwas* unternehmen.«

Der Typ links von mir, den ich im Geiste »Segelohr« nannte, hatte schnell hintereinander drei Bier getrunken und war nun auf Bourbon umgestiegen. Der interessierte Ausdruck auf den Gesichtern der Cowgirls schien eingefroren zu sein. Nach einigen Minuten wechselten sie einen entnervten Blick, gaben dem Barkeeper ein Zeichen und bestellten Hühnchen, die sie an einem gerade frei gewordenen Tisch serviert haben wollten. Ein Mann und eine Frau übernahmen sofort ihre Stühle. Sie saßen eng aneinandergelehnt und lächelten sich verliebt an. »Segelohr« warf ihnen einen giftigen, neiderfüllten Blick zu, den keiner der beiden wahrnahm.

Der Barkeeper blieb vor mir stehen und sah fragend auf meine leere Bierflasche. Ich nickte und dachte über die Lage auf Burning Oak nach. Was ich gehört hatte, erklärte vielleicht, warum Jane Wilkonson die Ranch »einen traurigen Ort« genannt hatte.

»Segelohr« seufzte tief.

Ich ignorierte ihn, nahm die Flasche Bud und schob Geld über die mit Alterspatina überzogene Theke.

»Segelohr« sagte: »Oh, Gott, was soll ich nur ohne sie tun?«

Ich dachte: Oh, Gott, laß mich in Frieden.

»Segelohr« sagte: »Entschuldigen Sie. Ich habe Sie hier noch nie gesehen. Sind Sie neu in der Gegend?«

Nun seufzte *ich* tief und drehte mich zu ihm um. Von vorne standen seine Ohren noch mehr ab; sie sahen aus wie Elefantenohren. Aber er hatte einen süßen, traurigen Mund, leicht schielende, feucht glänzende Augen und schien sich erst seit ein paar Tagen rasieren zu müssen. Ich werde immer schwach, wenn ein junges, hilfloses Wesen meine Hilfe braucht. Und dieses flehte so dringend um meine Aufmerksamkeit.

»Ja, ich bin neu hier. Ich heiße Alissa Hernandez.« Einen Augenblick lang hegte ich die geringe Hoffnung, daß er etwas gegen Leute spanischer Abstammung haben könnte.

Aber ich hatte kein Glück. Seine Augen leuchteten auf, und er fragte: »Essen Sie ein Hühnchen mit mir?«

Der junge Mann, der den Dutzendnamen Jim Smith trug, brauchte drei Stunden, bis er umkippte. Nachdem der Barkeeper uns Hühnchen mit Pommes frites gebracht hatte (die erstaunlich gut waren, sonst hätte ich nicht auch noch den größten Teil von Jims Portion gegessen), setzten wir uns an einen Tisch. Dann hörte ich mir mit halbem Ohr die Geschichte an, wie Sherri (»Sie schreibt ihren Namen mit i am Ende, und malt das I-Tüpfelchen immer in Form eines Herzens«) ihn aus ihrer Wohnung in Hollister hinausgeworfen hatte und daß sie nun mit irgendeinem »Spinner«, der bei einer Tankstelle arbeitete, ging. Die Geschichte wurde durch verschiedene Nebenerzählungen noch verkompliziert, und es dauerte eine Weile, bis ich das Gespräch auf die Burning Oak Ranch lenken konnte. Als es mir endlich gelungen war, räumte Jim zwar ein, daß die Ranch ein »unglaublich eindrucksvolles Anwesen« sei, aber sonst wußte er nichts über die Ranch oder die Leute da. Er und Sherri, so erklärte er, seien erst vor einigen Monaten von Wyoming hierhergezogen.

»Und jetzt ist unsere Ehe hier in die Brüche gegangen«, fügte er hinzu. »Die Leute haben uns vor Kalifornien gewarnt.« Dann fuhr er mit seiner Geschichte fort. Es machte nichts, daß ich nur mit halbem Ohr zuhörte; am Ende des Abends kannte ich die ganze Litanei seines Kummers, denn er hatte sie mir dreimal erzählt – bei jedem Mal war sein Bericht länger geworden, aber eine Version ähnelte der anderen aufs Haar. Ich murmelte und nickte an den passenden Stellen, protestierte nicht, als er noch etwas zu trinken bestellte, und lauschte auf die Gespräche um uns herum. Das einzige, was ich von der Burning Oak Ranch hörte, war, daß der Sheriff zu Anfang der Woche Frank Wilkonson einen Besuch abgestattet hatte, aber daß sich das Problem »aufgeklärt« habe. Die Männer, die sich über den Vorfall unterhielten, schienen Rancharbeiter zu sein, und wie sie über Wilkonson sprachen, ließ den Schluß zu, daß er ein Vorgesetzter war, der mit seinen Untergebenen keine sozialen Kontakte pflegte. Als sich das Lokal gegen zehn Uhr leerte, lehnte sich Jim Smith nach vorne, legte den Kopf auf die Arme – wie es ein Schulkind tut, wenn es ihm langweilig ist – und schlief ein.

Ich trank mein Bier aus, bestellte beim Barkeeper noch eines und tätschelte dann Jims weiches, braunes Haar. Der traurige junge Mann war eigenartig anziehend; er erinnerte mich an einen jungen Hund, eine Promenadenmischung, wie meine Nachbarn, die Curleys, eine hatten. Ich hoffte, daß Sherri zur Vernunft kommen und mit dem Spinner von der Tankstelle Schluß machen würde.

Der Barkeeper wollte mir das Bier bringen, aber ich winkte ihm zu bleiben, wo er war, und ging zur fast verlassenen Theke hinüber. »Ich möchte für Jim und mich zahlen«, sagte ich.

Er schüttelte seinen kahlen Kopf. Er war beleibt, hatte lebhafte braune Augen und eine gesunde rosige Haut, die sich über seine Fettpölsterchen spannte. »Das brauchen Sie nicht. Jim geht es nicht gut – aber das wissen Sie wohl. Ich schreibe seine Rechnung jeden Abend an, und er zahlt dann später.«

»Das ist nett von Ihnen.« Ich warf einen Blick auf die wenigen Gäste, die noch hier waren. »Die Leute hier gehen früh nach Hause.«

»Die meisten sind Rancharbeiter. Die müssen früh raus.«

»Sie scheinen gerne hierherzukommen. Wer ist Walt?«

»Ich.« Er deutete mit dem Daumen auf seine Brust. »Habe ich Sie heute nachmittag nicht in einem roten MG vorbeifahren sehen?«

»Ja. Ich habe Sie auch gesehen. Ich habe vorbeigeschaut,

weil mich Ihre Taverne an ein Lokal erinnert, das ich zu Hause immer besuche.«

»Wo kommen Sie denn her?«

»Aus San Francisco.«

»Sammeln Sie da auch so Streuner auf?« Er deutete auf den schlummernden Jim Smith.

»Manchmal.«

»Und belauschen Sie dort auch die Gespräche anderer Leute?«

»*Was*?«

»Ich habe Sie beobachtet, seit Sie hereinkamen. Ich habe Sie sofort durchschaut, als Sie sich an die Bar setzten. Sie sind keine Polizistin, dafür sind Sie zu raffiniert. Ich würde Sie für eine Detektivin halten.«

Es ärgerte mich, daß er mich so schnell durchschaut hatte, aber ich mußte lächeln. »Und was sind Sie – ein ehemaliger Bulle oder ein ehemaliger Detektiv?«

»Bulle. San José.« Er grinste und streckte mir über die Theke seine große Hand entgegen. »Ich heiße Walt Griscom.« Als er meine Hand losließ, verschwand sein Lächeln. »Ich mag es nicht, wenn in meinem Lokal Dinge vorgehen, die ich nicht verstehe. Es wäre besser, wenn Sie mir sagten, warum Sie hier sind, was hier los ist?«

Ich zögerte. Ein ehemaliger Polizist in einer Kleinstadt wußte vermutlich eine Menge über seine Freunde und Nachbarn. Der Fall, der mich hierhergeführt hatte, interessierte ihn vielleicht so sehr, daß er mir helfen wollte. Aber es lag ihm wahrscheinlich auch recht viel an dieser Gemeinde, und er wollte sicher keinen Ärger.

Walt Griscom beobachtete mein Gesicht, dann holte er sich selbst ein Bier. Er kam um die Theke herum und setzte sich neben mich auf einen Stuhl. »Hören Sie«, sagte er, »vielleicht habe ich mich ungeschickt ausgedrückt. Ich möchte Ihnen etwas über mich erzählen. Dies Lokal gehörte meinem Vater. Er hat es während der Depression eröffnet, zu einer Zeit, als niemand, der bei Verstand war, eine Bar in einer Kleinstadt aufmachte. Er ließ die Rancher und ihre Arbeiter, denen es schlecht ging, anschreiben. Und als die Lage sich besserte, haben sie es ihm gedankt und sind treue Kunden geworden. Ich dachte, daß so ein Leben für mich nicht gut genug wäre, deshalb zog ich nach San José und wurde Polizist. Als die Yuppies dann in der Abteilung den Ton angaben, habe ich mich pensionieren lassen und bin heimgekehrt.«

Griscom hielt inne, um einen kräftigen Schluck aus seiner Flasche zu nehmen, und kassierte dann bei einem Paar, das gehen wollte. Er steckte die Scheine in die Tasche und erzählte weiter.

»Was ich damit sagen will, ist, daß ich die Leute in diesem Tal achte. Ich lebe gern hier und möchte nicht, daß die Leute hier Schwierigkeiten kriegen. Andererseits achte ich das Gesetz. Ich will auch nicht, daß hier etwas Gesetzwidriges passiert – so daß ich mir womöglich wünschen müßte, nicht hierher zurückgekommen zu sein. Wenn Sie also etwas untersuchen, von dem ich wissen sollte, wäre ich Ihnen dankbar, wenn Sie es mir sagen würden.«

Er war ein gerissener alter Fuchs, aber ich mochte ihn. So erzählte ich ihm alles, sogar meinen richtigen Namen. Das war riskant, aber meine Instinkte hatten wieder einmal recht. Denn als ich fertig war, erzählte *er mir* eine Geschichte.

12

Während ich am folgenden Abend darauf wartete, daß Frank Wilkonsons Ranchero am Westtor der Burning Oak Ranch auftauchte, hatte ich genug Zeit zu überdenken, was Walt Griscom mir erzählt hatte und was Rae mir an diesem Morgen um 8.30 Uhr am Telefon berichtet hatte.

Das Telefon hatte mich aufgeweckt, und als ich mich meldete, hatte ich das Gefühl, Haare auf meiner Zunge zu haben – eine Folge der Brandys, die ich nach einigen Bieren noch mit dem Barbesitzer getrunken hatte. Raes Stimme klang frisch und munter, und ich bedauerte fast, ihr Selbstvertrauen durch die zusätzlichen Aufgaben so gestärkt zu haben; in meinem gegenwärtigen Zustand wäre Sie mir etwas kleinlauter erheblich lieber gewesen.

»Was ist los? Du klingst richtig ekelhaft.«

Ich überhörte die Frage. »Was gibt's denn?«

»Nun reiß mir nicht gleich den Kopf ab!«

»Es tut mir leid – ich habe einen Kater.«

»Du amüsierst dich wohl gut in Hollister! Also, ich habe Alissa Hernandez erreicht, und sie hat die Informationen über Frank Wilkonson abgerufen.« Raes Ton wurde sachlich. »Die Police läuft auf seinen Namen, es gibt keine Aufzeichnungen über eine Angestelltenpolice für die Burning Oak Ranch.«

Ein weiterer Schlag gegen Wilkonsons Glaubhaftigkeit.

»Der Kerl ist ein miserabler Autofahrer«, fuhr Rae fort. »Oder vielleicht flippt er auch nur aus, wenn er in eine unbekannte Gegend gerät. Nichts Schlimmes, aber er hat während der letzten zwei Jahre ein paar Stoßstangen angefahren, und das immer in verschiedenen Gegenden.«

Ich setzte mich auf, griff nach dem Kuli und dem Notizblock auf meinem Nachttisch und stopfte mir ein Kissen in den Rükken. »Gib sie mir alle durch – mit Ort und Datum.«

Das tat sie dann. Im August des Vorjahres hatte er einen Unfall in Südkalifornien – in Orange County – und dann noch einen im September. Ende September baute er den nächsten in Los Angeles. Im August dieses Jahres war er auf dem Bayshore Freeway, etwa dreißig Kilometer südlich von San Francisco, auf einen anderen Wagen aufgefahren. Und erst kürzlich hatte es auch noch einen Vorfall in der Stadt selbst gegeben.

Ich bat Rae am Apparat zu bleiben und holte mein Notizbuch aus der Tasche. Ich hatte einen dieser Kalender, die einen Zeitraum von drei Jahren abdecken; ich schlug die Daten nach. Alle Unfälle waren an Samstagen oder Sonntagen passiert.

Ich starrte die Liste an und fragte mich, ob ich noch einen weiteren Besuch bei Jane Wilkonson riskieren sollte. Ich hätte sie gerne gefragt, ob sie ihren Mann bei einer dieser Fahrten begleitet hatte, aber ich hätte fast wetten können, daß die Antwort nein lautete.

»Sharon?« fragte Rae.

»Ich bin noch dran. Danke für die Informationen. Hast du Jack erreicht?«

»Ja. Er wollte gerade zum Bergsteigen in den Yosemite-Nationalpark aufbrechen; aber er hat mir eine Kopie des Testaments gegeben.«

Ich lächelte schwach. Bergsteigen war die Beschäftigung, die wir bei All Souls als Jacks »Sublimationsaktivität« bezeichneten. Er war kein besonders guter Bergsteiger, aber seine an Besessenheit grenzende Begeisterung machte seinen Mangel an Geschicklichkeit mehr als wett. Zum Glück kam er nie sehr weit in die Höhe. Wir waren alle sicher, daß sich seine »Kletterwut« legen würde, sobald er genug Abstand zu seiner Scheidung gefunden hatte.

»Sag' mir doch bitte das Wesentliche.«

»Es ist ziemlich kompliziert. Das meiste geht an Hilfsorganisationen für Obdachlose. Dann wird der Verkauf seines Geschäftes geregelt, und alle möglichen Treuhandfonds eingerichtet. Es wird festgelegt, von wem und wie diese Fonds verwaltet werden sollen. Und dann ist da ein kleines Vermächtnis für den Kerl, der Goldring angeblich getötet haben soll – Bob Choteau.«

»Wieviel?«

»Fünftausend.«

Warte, bis Ben Gallagher das erfährt, dachte ich. Im Verhältnis zu Rudys Gesamtvermögen war der Betrag gering, aber für jemanden, der obdachlos war…

»Gibt es etwas Neues über Bob Choteau?« fragte ich.

»Heute morgen war nichts in der Zeitung.«

»Gut… weiter.«

»Warum gut?«

»Das erkläre ich dir ein andermal.«

Es entstand eine Pause, die mir zeigte, daß sich Rae ausgeschlossen fühlte, aber sie sagte nur: »Wie du willst. Dann gibt es noch zwei weitere Hinterlassenschaften in der Höhe von je fünfundzwanzigtausend Dollar. Eine an Irene Lasser, die als ›Freundin‹ bezeichnet wird, und die andere an ihre Tochter Susan Lasser. Bis zu deren achtzehntem Lebensjahr soll das Geld treuhänderisch verwaltet werden.«

Nun, dachte ich, da haben wir die Verbindung.

Ihren Mädchennamen hatte ich nicht gekannt, aber der Vorname Irene war nicht so häufig. Und dieser Name hatte in Walt Griscoms Geschichte eine wichtige Rolle gespielt.

Komisch, dachte ich, daß er nichts von ihrer Tochter, Susan, gewußt hatte.

Was Walt mir erzählt hatte, erklärte, warum Jane Wilkonson die Burning Oak Ranch als einen traurigen Ort bezeichnet hatte.

Vor sieben Jahren war Harlan Johnstones Frau nach einunddreißig Ehejahren nach langer Krankheit gestorben. Wenige Monate später hatte Johnstone wieder geheiratet, eine Frau namens Irene, die an der Universität von San José Gartenbau unterrichtete. Wie Johnstone seine viel jüngere Braut – sie war dreißig, er neunundfünfzig – kennengelernt hatte, wußte Walt nicht. Aber er sagte, daß viele Leute ihr mißtrauten und feindselig reagierten, weil Harlan so schnell wieder heiratete. Aber die Ablehnung schwand, als die neue Mrs. Johnstone anfing, den Grund um das Ranchhaus mit den herrlichen, terrassenförmigen Gärten, die ich gesehen hatte, zu verschönern und Kurse zu organisieren für die Gartenbauvereine von Hollister und Umgebung. Ihr Unterricht für Kinder wurde ein besonders großer Erfolg, denn Irene konnte sehr gut mit den kleinen Gärtnern umgehen.

»Sie schien wirklich kinderlieb zu sein«, erzählte mir Walt. »Das war eigentlich schade, denn keiner von uns konnte sich vorstellen, daß Harlan in seinem Alter noch eine zweite Familie gründen würde.«

Das erste Anzeichen, daß die Johnstones Schwierigkeiten hatten, zeigte sich zwei Jahre später, als sich Irene plötzlich von all ihren Aktivitäten in der Gemeinde zurückzog. Sie erklärte den Schritt damit, daß sie auf der Ranch gebraucht würde – man wußte, daß sie von Zeit zu Zeit im Büro aushalf. Aber die Leute, die Harlan gut kannten, vermuteten, daß er auf ihre verschiedenen Interessen eifersüchtig war und sie gezwungen hatte, darauf zu verzichten. Dieser Eindruck verstärkte sich, als Irenes Zustand sich deutlich verschlechterte: Wenn man sie in Tres Pinos oder Hollister sah, wirkte sie in sich gekehrt und niedergeschlagen. Sie schien mehr Gewicht verloren zu haben, als gut für sie war. Das ging mehr als zwei Jahre lang so, dann erfolgte ein plötzlicher Umschwung, und sie wurde wieder zu der attraktiven, lebensfrohen Frau, die Harlan einst auf die Burning Oak gebracht hatte.

»Es war eine wirkliche Kehrtwende«, sagte Walt. »Die Leute redeten immer wieder davon. Ich weiß noch, daß ich mit Hal

Johnstone darüber sprach. Er war gerade von der Ostküste zurückgekommen, wo er ein paar Jahre lang gearbeitet hatte. Er hatte sie seit der Hochzeit mit seinem Vater nicht mehr gesehen und konnte gar nicht glauben, daß es ihr je so schlecht gegangen sei; er war von seiner Stiefmutter beeindruckt.«

»Und was passierte dann?«

»Etwa sechs Monate später verschwand sie. Sie ging ohne eine Erklärung, ohne eine Nachricht zu hinterlassen, einfach auf und davon. Harlan war außer sich; zuerst dachte er, sie wäre entführt worden – wissen Sie, in der Ranch steckt eine Menge Geld. Dann glaubte er, sie wäre mit einem anderen Mann davongelaufen und hetzte Detektive auf ihre Spur. Aber man fand sie nicht. Schließlich trafen vor etwas mehr als einem Jahr die Scheidungsunterlagen zusammen mit einer Verzichtserklärung auf alle ehelichen Güter ein. Die Dokumente kamen von einer Kanzlei in der Gegend von Los Angeles.«

Danach gab Harlan auf. Er fing an zu trinken, und das tut er seitdem im Übermaß. Seit ein oder zwei Monaten weigert er sich, das Haus zu verlassen, und seine Trunksucht scheint ein unglaubliches Ausmaß angenommen zu haben. Hal hält die Ranch so gut es geht zusammen, aber das ist nicht einfach. Er hat Tiermedizin und nicht Viehzucht studiert, und wenn Frank Wilkonson auch ein guter Verwalter ist, fehlt doch ein Mensch mit Harlans Fähigkeiten an allen Ecken und Enden. Das erklärt, dachte ich, Hal Johnstones Verhalten bei meinem Besuch: Seine plötzliche Sorge, als ich sagte, daß ich geklingelt und keine Antwort bekommen habe; sein Sprung nach oben, um nach dem »kranken« Vater zu sehen. Und es erklärte auch den vernachlässigten Zustand des Hauses.

»Sie sollten schleunigst versuchen, die Sache in den Griff zu kriegen«, sagte ich. »Das Haus ist die reine Katastrophe, und bald werden auch die Gärten verwildern.«

»Die gute Jane Wilkonson tut ihr Bestes, aber es ist zuviel für eine einzelne Frau.«

»Heißt das, sie putzt das riesige Haus?«

»Sie versucht es. Sie ist die einzige Person, die Harlan reinläßt. Es ist nicht einfach für Jane, bei all ihren Kindern die Zeit zu finden. Aber sie mochte Irene, und sie weiß, wie schlimm es für sie wäre, wenn das Haus verwahrloste.«

Ich wollte schon sagen, daß Irene hätte bleiben sollen, wenn sie sich so sehr um das Haus und die Gärten sorgte. Aber das war ungerecht; ich hatte keine Ahnung, unter welchem Druck die Frau gestanden hatte.

»Warum, glauben Sie, ist sie davongelaufen?«

Griscom zuckte die Achseln. »Wer kann das sagen? Ich habe den jungen Hal schon danach gefragt, aber der weiß auch nichts. Er war die drei Monate, bevor es passierte, woanders – ich glaube, er hat in der Praxis irgendeines Freundes ausgeholfen – und kam erst einen oder zwei Tage vor Irenes Abreise auf die Ranch zurück. Er war genauso überrascht wie wir alle. Ich hatte geglaubt, daß die Johnstones sich geeinigt hätten. Jede Ehe hat so ihre Schwierigkeiten, bis sich die Partner einander angepaßt haben. Die guten überleben, die Ehe der Johnstones scheiterte.«

Das erinnerte mich an Hank und Anne-Marie. Würde auch ihre Ehe zu denen gehören, die scheiterten?

»Was ist mit Frank Wilkonson?«

Walts Mund verriet eine leichte Anspannung. »Was soll mit ihm sein?«

»Ich habe die Leute an der Bar von ihm reden hören. Einer schien Wilkonson ziemlich abzulehnen. Er sagte, daß ihm nicht gefalle, was Wilkonson auf der Burning O. so macht. Sie hingegen sagten, daß er Hal Johnstone hilft, die Ranch zusammenzuhalten.«

Walt zögerte und meinte schließlich: »Also gut, was soll's. Sie waren offen mit mir, ich will auch offen mit Ihnen sein. Es gab Gerede über Irene Johnstone und Wilkonson, etwa zu der Zeit, als man diesen Stimmungsumschwung bei ihr beobachten konnte.«

»Aha.«

»Wilkonson hatte damals gerade auf der Ranch angefangen. Irene half im Büro aus. Jane Wilkonson war schwanger und machte eine schwierige Zeit durch. Die Kinder spielten verrückt.«

»Kurz gesagt, die idealen Umstände, um ihn in die Arme einer anderen Frau zu treiben.«

»Ja, aber ich persönlich glaube das nicht. Irene war unglaublich nett zu Jane. Sie kaufte für sie ein, fuhr sie zum Arzt und kümmerte sich tagelang um die Kinder, diese fünf kleinen Teufel.« Er grinste. »Es muß Harlan verrückt gemacht haben, sie im Haus zu haben. Harlan liebt seinen Sohn, aber der Junge machte ihm in seiner Jugend ganz schöne Schwierigkeiten, und Harlan pflegte immer zu sagen, daß er froh war, daß sie nur den einen haben konnten.«

»Konnte seine erste Frau keine Kinder mehr bekommen?«

»Sie hatte irgendwelche gesundheitlichen Probleme. Soviel ich weiß, ist sie immer kränklich gewesen. Aber, wie gesagt, kann ich mir nicht vorstellen, daß sich Irene so um Jane bemüht hätte, wenn sie mit Frank ein Verhältnis gehabt hätte.«

Für einen ehemaligen Bullen war Walt Griscom in mancher Beziehung recht naiv, dachte ich. Irenes Verhalten paßte, zumindest in meinem zynischen Weltbild, ausgezeichnet zu einem Liebesverhältnis. Sie hatte vielleicht erkannt, daß man eine Affäre mit dem Ehemann am besten vertuscht, indem man mit der Ehefrau eine freundschaftliche Beziehung pflegt. Und sie liebte vermutlich Kinder und wußte, daß man das Herz eines Vaters am ehesten über seine Kinder gewinnt. Oder vielleicht mochte sie Jane sogar wirklich und hatte ihr aus einem Gefühl der Schuld heraus geholfen. Die Möglichkeiten waren zahllos.

Aber das tat nichts zur Sache. Es war viel wichtiger, daß alles zusammenpaßte: die Frau, die im Gartenbau tätig war; ihr angebliches Verhältnis mit Wilkonson; ihr Verschwinden; seine Suche an Orten, wo jemand mit ihrem Beruf arbeiten oder einkaufen könnte.

»Wie sieht Irene Johnstone aus?«

Eine gute Frage für einen ehemaligen Polizisten. Ohne zu zögern, erwiderte Walt: »Groß, etwa 1,75. Braune Haare – nicht langweilig; ich würde sagen kastanienbraun. Sie hat ihr Haar oft zu einem hübschen Zopf hochgesteckt. Schöne Gesichtszüge – zart, aber kräftig. Ein voller Mund. Riesige Augen, die Augen waren ihr größtes Plus – wie blaue Lichter.«

Die Frau, der ich bei Rudy Goldring begegnet war.

»Hat Irene jemals Rudy Goldring erwähnt – den Mann, von dem ich Ihnen erzählt habe, der ermordet worden ist?«

»Irene hat nie jemanden oder etwas aus der Zeit, bevor sie hierherkam, erwähnt.«

»Was glauben Sie, warum nicht?«

»Ich hatte immer angenommen, daß sie bis dahin kein erwähnenswertes Leben geführt hat.«

»Und Sie hatten nie das Bedürfnis, sie überprüfen zu lassen? Nur um zu sehen, was für eine Frau Harlan geheiratet hat?«

Sein Lächeln verriet mir, daß er es oft in Erwägung gezogen hatte. »Ich habe aufgehört, mich um solche Dinge zu kümmern, als ich bei der Polizei aufhörte und Wirt wurde.« Er hielt inne und fügte dann hinzu: »Jetzt wünsche ich, ich hätte es getan.«

Während ich nun in meinem MG saß und das Westtor der Ranch beobachtete, dachte ich über Irene Lasser Johnstone nach, oder besser über Irene Lasser, wie sie in Rudy Goldrings Testament genannt worden war; offensichtlich hatte sie ihren Mädchennamen wieder angenommen. Sie blieb für mich eine etwas vage Figur: Niemand schien besonders viel über sie oder die Existenz ihrer Tochter Susan zu wissen. Auch meine Nachforschungen heute hatten lediglich die grundlegenden Fakten ihres Lebens vor ihrer Zeit auf der Burning Oak Ranch ans Tageslicht gebracht.

Kurz nach dem Frühstück war ich nach San José gefahren, aber ich hatte feststellen müssen, daß die meisten Informationsquellen, wie die Personalabteilung der Universität und das Zeitungsarchiv, samstags geschlossen waren. Schließlich habe ich mich mit dem Mikrofilmraum der öffentlichen Bibliothek und den Dateien alter Telefonbücher und Vorlesungsverzeichnisse der Universität zufriedengegeben. Irene hatte fünf Jahre lang an der Universität unterrichtet, bevor sie heiratete und San José verließ. Sie hatte Vorlesungen und Laborkurse für Studienanfänger des Fachs Gartenbau abgehalten. Als sie dann in der Hierarchie der Universität aufgestiegen war, hatte sie auch ältere Semester unterrichtet. Im Namenverzeichnis der Fakultät stand, daß sie an der Universität von Davis promoviert hatte, der »guten Landwirtschaftsschule«, von der die Männer in Walts Bar gesprochen hatten.

Einmal hatte Irene Lassers Name in der Zeitung gestanden, nämlich als sie ein Jahr vor ihrer Hochzeit ein Stipendium erhielt. Aus dem Telefonbuch erfuhr ich, daß sie während der ganzen Zeit, in der sie an der Universität unterrichtete, im gleichen Haus am Pine Drive wohnte. Ich fuhr dorthin. Der Pine

Drive war eine kurze Straße in der Nähe des Universitätsgeländes in einer Gegend, die jetzt hauptsächlich von Vietnamesen bewohnt war. Unter der Adresse fand ich ein kleines, weißes Holzhaus, dessen Bewohner kein Englisch konnten. Einige Nachbarn, alles Vietnamesen, sprachen zwar Englisch, aber keiner erinnerte sich an die Frau, die vor mehr als sieben Jahren hier gelebt hatte. Auch der Besitzer des nahe gelegenen Lebensmittelgeschäftes, wo man Reis und fernöstliche Nahrungsmittel kaufen konnte, kannte sie nicht. »Hier ist alles anders geworden«, sagte er, »und alle sind neu. Wir bauen hier ein zweites Saigon auf.«

Das Ergebnis meiner Nachforschungen war unbefriedigend. Und ich mußte warten, bis Jack Stuart aus dem Yosemite Park zurückkam – vorausgesetzt, er war nicht vom Half Dome heruntergefallen und hatte sich das Genick gebrochen –, um von ihm zu erfahren, was er wußte. Von der Personalabteilung der Universität in San José oder vom Standesamt in Davis konnte ich vor Montag niemanden erreichen, und bis dahin...

Scheinwerfer auf dem Weg, der vom Haus der Wilkonsons zur Autobahn führt. Ich schaute auf die Leuchtanzeige meiner Uhr: zehn Uhr fünfundvierzig. Er hatte seine Arbeit im Ranchbüro abgeschlossen und das allwöchentliche Abendessen zu zweit mit seiner Frau beendet.

Die Scheinwerfer kamen näher und blieben dann stehen. In ihrem Licht sah ich, wie sich das automatische Tor öffnete; das Auto fuhr heraus, und das Tor schloß sich wieder. Das Mondlicht war so hell, daß ich die typische Form des Ranchero klar erkennen konnte. Er bog nach links ab und beschleunigte seine Fahrt, während er in Richtung Hollister fuhr.

Ich wartete, bis seine Rücklichter außer Sichtweite waren, dann ließ ich den MG an und schaltete die Scheinwerfer ein. Auch wenn ich mir ziemlich sicher war, daß Wilkonson direkt zum Kingsway Motel an der Lombard Street in San Francisco fahren würde, wollte ich ihn doch nicht ganz aus den Augen verlieren.

13

Wilkonson fuhr durch Hollister hindurch und in gleichmäßigem Tempo in Richtung Norden nach San José. Dort nahm er die Autobahn 208, die an der Westseite der Halbinsel von San Francisco entlang einer Hügelkette verläuft. Südlich der Stadt verließ er die Autobahn bei der Ausfahrt Skyline Drive; das überraschte mich, denn das war ein ziemlicher Umweg zur Lombard Street.

Der Skyline Drive führt oberhalb endlos anmutender gleichförmiger Siedlungen noch weiter ins Vorgebirge hinauf. Im Landesinneren war es während des Tages brütend heiß gewesen, und die hohen Temperaturen hatten Nebel über die Hügel heraufziehen lassen. Er legte sich in dichten, feuchten Schwaden über die Windschutzscheibe des MG und ließ die Lichter der weiter unten liegenden Häuser verschwimmen. Dann führte die Straße in eine dunkle, dünnbesiedelte Gegend. Kurz nach Fort Funston auf den Klippen über dem Pazifik verzweigte sie sich; der Ranchero nahm den Weg, der in den Great Highway überging.

Nun hatte er mich völlig verwirrt. Das war nicht der direkte Weg zu seinem Motel, und das Wetter war für eine Fahrt am Strand entlang viel zu unfreundlich. Mit Sandpartikeln durchsetzte Nebelbänke lagen über der Straße. Abgesehen von den grellen Autolichtern, die von den weißen Betonklötzen der Straßenbegrenzung reflektiert wurden, war die Sicht gleich Null. Diese Blöcke waren errichtet worden, um zu verhindern, daß die Sanddünen und der lose Schmutz von einer scheinbar endlosen Müllhalde auf die Straße übergriffen. Jenseits der Abgrenzung sah man schemenhaft die urweltlichen Gestalten von Baggern und Baugeräten, die auf dem Gelände geparkt waren. Dahinter erkannte man durch den Nebelfilm die Lichter der Häuser an der 48th Avenue.

Die Ampel vor uns schaltete von Grün auf Gelb und Rot. Als Wilkonson sie erreichte, war sie schon wieder auf Grün umgesprungen. Ich verlangsamte die Fahrt, als er nach rechts auf den Lincoln Way, die lange Straße, die die südliche Begrenzung des Golden-Gate-Parks bildet, abbog. Er ordnete sich sofort links ein und fuhr an der ersten Abzweigung in den Park hinein.

Die Ampel schaltete um, und ich hielt an, ohne seine Rücklichter aus den Augen zu lassen. Die Bremslichter des Ranchero leuchteten auf, als er an den Randstein heranfuhr.

Da hinter mir keine Autos waren, wartete ich, obgleich die Ampel wieder grün war. Die Lichter des Ranchero gingen aus. Dann sah ich Metall aufblitzen, als ob jemand die Tür öffnete, und eine Reihe schattenhafter Bewegungen, als eine nicht erkennbare Gestalt die Straße überquerte. Bei Gelb fuhr ich durch und nutzte die erste Parkmöglichkeit auf dem Lincoln Way.

Ich schloß das Handschuhfach auf, holte meine 38er Special heraus und steckte sie in meine Schultertasche. Dann packte ich meine dicke Jacke, die auf dem Rücksitz lag, und zog sie an, während ich über die Straße und in den Park hineinlief.

Dort war es stockdunkel. Ein eisiger Wind rauschte durch die trockene Vegetation. Er brachte den Geschmack feuchten Salzes auf meine Lippen und den Geruch von Meer in meine Nase. Das hohle Tuten eines Nebelhorns klang von der nördlich gelegenen Golden-Gate-Brücke herüber; als es verklungen war, hörte ich nur noch das Ächzen der Bäume und das schwache Heulen eines Motorrades auf dem Highway. Obwohl die bebauten Seitenstraßen ganz in der Nähe waren, fühlte ich mich Kilometer von ihnen entfernt, wie in jene Tage zurückversetzt, als dieser Teil der Stadt noch ein abgelegener, von Sand und Dünengras bedeckter Vorposten war.

Das Nebelhorn erklang wieder, als ich den Ranchero etwa hundertfünfzig Meter weiter im Schutz einer vom Wind gebeutelten Zypresse stehen sah. Ich ging auf das Auto zu, kauerte mich bei seiner hinteren Stoßstange nieder und spähte in die Dunkelheit auf der anderen Straßenseite, wohin die Gestalt verschwunden war. Die Bäume wuchsen dort dichter; über ihnen erhob sich eine massive Kegelform, die sich scharf gegen den weißen Nebel abzeichnete.

Eine der alten Windmühlen.

Was zum Teufel tat Wilkonson dort?

Ich versuchte meine Position zu bestimmen. Das mußte die Murphy-Windmühle sein, die zur Jahrhundertwende erbaut worden war, um Wasser ins Strawberry-Hill-Reservoir des Parkes zu pumpen. Jetzt war die Mühle nicht mehr in Gebrauch und verfiel langsam. Ihr Gegenstück, die Holländische Windmühle, war vor kurzem restauriert worden und wieder betriebsbereit. Aber das Geld war ausgegangen, bevor man mit den Arbeiten an dieser Mühle beginnen konnte, und sie verrottete nun langsam in dem überwachsenen Dickicht neben einer Kläranlage.

Dies war schon während des Tages kein besonders einladender Ort – und erst recht nicht in einer feuchten Nebelnacht.

Ich kramte in meiner Tasche nach der Taschenlampe. Dann stand ich auf und leuchtete damit in die Fenster des Rancheros. Wie ich erwartet hatte, war das Fahrzeug leer. Ich schaltete das Licht schnell wieder aus und spähte erneut in die Schatten, die die Windmühle umgaben. Dort bewegte sich nichts. Die einzigen Geräusche waren die regelmäßigen Klagelaute des Nebelhorns und ein fernes Summen, das aus der angrenzenden Kläranlage kam.

Nach einigen Minuten verließ ich den Schutz des Rancheros und ging auf die andere Straßenseite hinüber. Dort war der Boden sandig; meine Tennisschuhe machten kaum ein Geräusch, als ich den leichten Abhang zur Windmühle hinunterstieg. Ich blieb neben einem undurchdringlichen Dickicht stehen und lauschte.

Nichts bewegte sich. Niemand atmete.

Nach einer Weile nahm ich meine Taschenlampe heraus und richtete sie auf die Windmühle. Sie war achteckig, unten aus nacktem Beton, oben mit Schindeln verkleidet. Die meisten Schindeln waren abgeblättert, das ergab ein unregelmäßiges Schachbrettmuster; die unteren Fenster waren mit Ziegeln zugemauert, während die oberen wie schwarze Löcher wirkten. Als ich den Strahl meiner Taschenlampe über einen der baufälligen Fensterrahmen gleiten ließ, flog ein Vogel heraus. Und als ich seinem Flug mit der Taschenlampe folgte, beleuchtete ich die gewaltige T-förmige Mutter, die einst die Flügel der Windmühle gehalten hatte, und die abgebrochenen Stützbalken, die wie riesige Splitter aus den Wänden herausragten. Dann schaltete ich das Licht aus und wartete, ob jemandem meine Anwesenheit aufgefallen war.

Niemand zeigte sich, aber ich blieb noch einige Minuten lang wachsam stehen. Dann glaubte ich, ein Krachen und Stöhnen zu vernehmen, so als ob die Windmühlenflügel gegen den Wind ankämpften. Natürlich nicht die wirklichen Flügel, sondern die Geister derer, die sich einst mühevoll drehten…

Nein, es war nur die Zypresse dort drüben, die unter dem Wind ächzte.

Nach ein paar weiteren Minuten ging ich in die Mulde hinunter, in der die Windmühle stand. Ein sandiger Weg führte um das Gebäude herum, von Dickicht begrenzt, das den Abhang überwucherte. Der Boden war mit Verpackungsmüll, Bierdosen und Weinflaschen übersät; an einer Stelle hing Toilettenpapier von der Wand der Mühle. Ich ging langsam um das Gebäude herum, zweimal stolperte ich über freiliegende Rohre. Mir war nicht ganz wohl bei der Sache, denn der immer lauter werdende Lärm der Kläranlage übertönte alle anderen Geräusche.

Nach etwa drei Vierteln des Weges stieß ich auf eine doppelte Metalltür, die in den Hügel gegenüber der Mühle eingelassen war. Dahinter erklang noch lauterer Maschinenlärm. Ich war so damit beschäftigt, mit meiner Taschenlampe Vorhängeschloß und Kette, die die Tür sicherten, zu beleuchten, daß ich nicht merkte, daß die Erde vor mir abfiel. Ich verlor den Boden unter den Füßen, fiel vornüber, riß meinen Körper nach hinten und landete auf meinem Hinterteil.

Ein heftiger Schmerz schoß durch mein Steißbein aufwärts. »Uff«, sagte ich, betastete mit den Händen den Boden und fühlte groben Zement. Als ich das Gleichgewicht verlor, hatte ich die Taschenlampe fallen lassen; ich tastete um mich herum und fand sie schließlich in meiner Kniekehle. In ihrem Lichtstrahl erkannte ich, daß ich etwa einen halben Meter unterhalb des umliegenden Erdreiches saß, und zwar auf einem betonierten Weg, der zur Tür der Windmühle führte. Die Tür bestand aus Holz und hatte einen schweren Eisenriegel. Ich saß einen Augenblick lang still, bis die Schmerzen in meinem Rückgrat nachließen. McCone, dachte ich, du bist nicht mehr das gelenkige Schulmädchen, das du einmal warst.

Seit ich in meinem Beruf – der selbst mir im Augenblick recht dubios vorkam – arbeitete, hatte ich mir unzählige Beulen und blaue Flecken geholt. Man hatte sogar versucht, mich zu erstechen, ich war chloroformiert und entführt worden, fast zu Tode gestürzt, beinahe ertrunken und einmal – das war das demütigendste Erlebnis von allen – ins Hinterteil geschossen worden.

Wieviel mehr kannst du eigentlich noch ertragen? fragte ich mich nun.

Das war eine gute Frage, aber im Moment galt meine Aufmerksamkeit dem großen Eisenriegel an der Tür zur Windmühle. Der Riegel hätte verschlossen in einer horizontalen Stellung sein müssen. Aber er war leicht geneigt, und die Türe stand einen Spalt offen.

Ich nahm meine 38er aus der Tasche und blieb stehen. Dann näherte ich mich der Tür und legte die andere Hand auf den Riegel. Als ich die Tür zu mir zog, quietschten ihre rostigen Scharniere. Ich löste die Sicherung der Pistole, kauerte nieder und wartete.

Drinnen war kein Laut zu hören.

Ein nervöses Prickeln verschmolz mit dem stechenden Schmerz, der immer noch mein Rückgrat malträtierte. Er wartete darauf, daß ich den ersten Schritt tat.

Mit meiner freien Hand fühlte ich hinter mich und fand einen Brocken Zement. Ich warf ihn durch den Türspalt. Er fiel krachend zu Boden.

Nichts.

War da wirklich niemand – oder war derjenige nur schlauer als ich?

Ich wartete. Minuten vergingen. Totenstille.

Ich richtete mich langsam auf, wobei ich gegen den stetigen Schmerz ankämpfen mußte. Ich nahm die Taschenlampe in meine linke Hand und sah durch die Türöffnung. Innen war es stockdunkel, kalt und miefig.

Ich hob die Waffe und meine Taschenlampe – ruhig, ganz ruhig.

Und sah niemanden.

Wände und Boden in dem Raum hinter der Tür waren aus Beton. Alles mögliche Gerümpel lag da herum. So viele Sachen, daß ich sie gar nicht einzeln wahrnehmen konnte. Es roch nach Zwiebeln und Öl, abgestanden und widerlich.

Der Raum war leer.

14

Als ich sicher sein konnte, daß niemand im Dunkeln lauerte, betrat ich die Windmühle. Ich leuchtete den Raum kurz mit der Taschenlampe aus und stellte fest, daß hier jemand kampiert hatte. Ein Haufen zerlumpter Decken an der hinteren Wand bildete ein provisorisches Bett; eine Kerze in einem roten Glasbehälter – wie man sie auf den Tischen in italienischen Restaurants findet – stand daneben auf dem Boden. An den Wänden zu beiden Seiten des Lagers häuften sich Papiertüten, Pappkartons und verstreuter Müll. Ich las die Namen von Schnellimbissen und billigen Weinsorten. Als ich die hinteren Ecken untersuchte, fand ich zwei weitere Lager aus Lumpen und Decken – der Raum war eine Art Schlafsaal.

Ich war in eines der Verstecke gestolpert, die von den Obdachlosen im Park bewohnt werden. Dieses hier mußte für die hier lebenden Menschen ein guter Fund gewesen sein: von einer Mauer umgeben, trocken und – solange die berittene Polizei und das Parkpersonal ihr Kommen und Gehen nicht bemerkten – recht schwer zu finden. Die Wächter würden die Tür zwar bestimmt routinemäßig überprüfen, aber die Bewohner kannten wahrscheinlich ihren Zeitplan und schlossen die Tür jeweils rechtzeitig. Wenn sie vorsichtig waren, konnten sie wahrscheinlich ewig hier wohnen.

Ich hatte an diesem Morgen mehrere Streichholzbriefchen aus meinem Motelzimmer eingesteckt. Ich fand sie in der Tasche meiner Jeans und zündete die Kerze an. Das flackernde, rote Licht zeigte den Raum in seiner ganzen Armseligkeit.

Wo die Pumpen aus dem Boden entfernt worden waren, lagen Spanplatten auf dem Zement; die Steinwände hatten Risse und waren mit Schimmel bedeckt; früher hatte eine Treppe in die oberen Stockwerke geführt; sie war herausgerissen worden, und ihr zersplittertes Geländer ragte wie ein Arm, dessen Hand grausam abgehackt worden war, herab. Die Temperatur in diesem Raum schien einige Grad kälter zu sein als im Freien. Es roch nach fettigem Essen und verfaulendem Abfall.

Ich wandte meine Aufmerksamkeit dem Müll auf dem Boden zu: Einwickelpapier, Flaschen, Tassen aus Styropor, benutzte Spritzen, Dosen, Hühnerknochen, bis zur Unkenntlichkeit verrottete Nahrungsmittel. Das meiste war wahrscheinlich schon verdorben gewesen, als es hierhergebracht wurde: Der Parkverwalter, den ich bei All Souls kennengelernt hatte, hatte mir erzählt, daß die Obdachlosen die Mülltonnen nach Picknicküberresten durchstöberten; sie wühlten auch in den Abfällen nahe gelegener Schnellrestaurants und Imbißstuben. Offensichtlich waren einige ihrer Funde so ungenießbar, daß sie auch den hungrigsten Menschen nicht mehr lockten. Als ich eine leere Dose mit Katzenfutter fand, schüttelte es mich bei dem Gedanken, daß selbst Watney sich weigert, diesen Fraß zu verzehren.

Ich richtete mich auf und schaute mich nochmals um. Es schien unwahrscheinlich, daß Wilkonson hierhergekommen sein sollte. Vielleicht hatte ich mich nur deshalb auf die Windmühle konzentriert, weil sie das einzige Gebäude war in der Nähe der Stelle, wo er sein Auto geparkt hatte. Was gab es sonst noch in dieser Ecke des Parks?

Die Kläranlage. Sie war vermutlich rund um die Uhr besetzt; vielleicht hatte er mit einem der Angestellten zu tun. In der Nähe der Windmühle befand sich auch die Wohnung des Hausmeisters, aber wenn er dorthin gewollt hätte, hätte er sein Auto besser in der langen Einfahrt geparkt. Sonst gab's hier nichts außer Wald zur einen Seite und Fußballfelder zur anderen.

Es schien keinen Grund zu geben, warum Wilkonson einen dieser Orte hätte aufsuchen wollen.

Hatte er gemerkt, daß er beschattet wurde? Hatte er sein Auto hier stehenlassen, um mich abzuhängen? Nein, das ergab auch keinen Sinn. Wenn er das hätte tun wollen, dann hätte er den Ranchero in einer belebten Gegend, wo öffentliche Verkehrsmittel fuhren, zurückgelassen. Dort hätte er leicht verschwinden und sein Fahrzeug ebenso problemlos wieder abholen können. Warum sollte er in einem dunklen, abgelegenen Teil des Parks verschwinden, wo es weit und breit keinen Taxistand und keine Bushaltestelle gab? Ich durchstöberte den Raum erneut, drehte jede Decke, jeden Lumpen und jedes Stück Abfall um; ich leerte jeden Papiersack und jeden Pappkarton und versuchte eine Verbindung herzustellen zwischen Wilkonson und den Bewohnern. Aber nichts darunter verriet mir etwas über die Menschen, die hier hausten, außer, daß sie arm waren, schlecht aßen, viel tranken und daß zumindest einer von ihnen drogensüchtig war. Unter dem letzten Berg schmutziger Decken stieß ich auf eine Spanplatte, die hochgestemmt und nicht sehr sorgfältig wieder zurückgebogen worden war. Darunter gab es eine etwa einen halben Meter tiefe Grube, in der einst Maschinen installiert gewesen waren. Jetzt lag dort eine Sechserpackung Colt 45 – Bob Choteaus Lieblingsmarke – und eine weiße Papiertasche mit roter Aufschrift: ICH HABE IN DER NACHBARSCHAFT EINGEKAUFT!

Es war die gleiche Papiertasche, die ich in Vicky Cushmans Wohnzimmer in Stapeln gesehen hatte, bei meinem Besuch vor ein paar Tagen.

Die Tasche enthielt Lebensmittel: Haschee in Dosen, Thunfisch, Sardinen, Schinkenwurst, Instantkaffee, Erdnußbutter, Reiskuchen. Außerdem eine Schachtel mit Messern, Gabeln und Löffeln aus Plastik und einen brandneuen Dosenöffner. All diese Sachen trugen Preisschilder jener Handelskette, die Vicky um keinen Preis in ihrem Viertel dulden wollte.

Ich verlagerte mein Gewicht auf die Fersen und starrte die roten Buchstaben an. Nur weil Vicky am Donnerstag Papiertaschen – frisch vom Drucker, wie sie sagte – bei sich zu Hause gehabt hatte, konnte ich nicht davon ausgehen, daß diese hier von ihr kam. Diese Taschen konnten an alle möglichen Mitglieder ihrer Nachbarschaftsgruppe ausgeliefert worden sein; vielleicht waren sie in der Zwischenzeit auch an Hunderte von Kunden in Haight-Ashbury verteilt worden.

Aber dieser Zufall war für meinen Geschmack einfach zu augenfällig.

Von draußen war ein Geräusch zu hören, ein Schnüffeln, das von einem Menschen oder einem Tier kommen konnte. Ich blies die Kerze aus, löschte meine Taschenlampe und wartete gespannt. Niemand kam herein.

Ich verstand es als Warnung, daß ich verduften sollte. Die Penner würden ihre Habseligkeiten sicher nicht lange unbeaufsichtigt lassen. Vermutlich waren sie auf Nahrungssuche und konnten jederzeit zurückkommen.

Ich tastete mich zur Tür und lauschte. Als ich sicher war, daß das Wesen, das dort draußen herumgeschnüffelt hatte, verschwunden war, trat ich hinaus, überzeugte mich, daß ich allein war, und richtete Tür und Riegel so gut es ging wieder so her, wie ich sie vorgefunden hatte. Dann ging ich um die Windmühle herum den Abhang hinauf, bis ich die Straße sehen konnte. Wilkonsons Ranchero stand immer noch unter der vom Wind gebeugten Zypresse.

Er war in Richtung Windmühle gegangen; ich hatte ihn gesehen. In der Zeit, in der ich mein Auto geparkt hatte, hätte er die Mühle erreichen, eintreten und wieder verschwinden können. Aber was hatte er als nächstes getan? Da sein Auto immer noch da war, mußte er irgendwo in der Gegend sein. Nur wo?

Ich konnte kaum das ganze Dickicht im Park nach ihm durchstöbern. Und ich hatte meine Zweifel, daß er antworten würde, wenn ich nach ihm riefe, wenn ich ihn zu überreden versuchte, mit mir zu sprechen. Alles was ich tun konnte, war den Ranchero im Auge zu behalten und auf ihn zu warten.

Rechts neben der Windmühle entdeckte ich in einiger Entfernung, nahe der Straße, einen Schutthaufen. Als ich darauf zuging, konnte ich Holzbalken und Eisenbleche erkennen; es schien sich um die Bestandteile eines abgerissenen Schuppens zu handeln. Von hier aus hätte ich einen guten Blick auf die Mühle und auf den Ranchero – und einen Platz, wo ich vor Nebel und Wind geschützt war.

Ich stieg den Hang hinauf und untersuchte den Haufen im Schein meiner Taschenlampe. Zwei über Kreuz liegende Balken bildeten ein Dreieck von mehr als einem halben Meter Höhe. Dazwischen konnte ich mich zusammenrollen. Der Platz war nicht gerade einladend, aber dunkel und sicher.

Als ich in die Knie ging und unter die verwinkelten Balken kroch, dachte ich mit Bedauern an meine kamelhaarfarbene dicke Jacke, die nach dieser Nacht nie wieder wie neu aussehen würde, und an die Rechnung für die chemische Reinigung.

Eine Zeitlang war meine Behausung warm und gemütlich; ich erinnerte mich an längst vergangene Zeiten, als meine Geschwister und ich die Tagesdecke vom Bett meiner Eltern weit herunterzogen und uns vorstellten, daß der Raum zwischen den Bettpfosten und dem Boden eine Indianerhöhle wäre. Aber auch nette Kindheitserinnerungen können nicht alles wettmachen: Mein Steißbein fing bald wieder an zu pochen. Wie ich mich auch hinsetzte, es bohrten sich Steine schmerzhaft in mein Hinterteil, und es wurde immer kälter.

Ich stellte meinen Jackenkragen hoch, verschränkte die Arme über die Brust und wärmte meine Hände in meinen Achselhöhlen. Nach ein paar Minuten war mir so warm, daß ich fast einschlief. Ich streckte meine Hände in die feuchte, eisige Luft. Bald fühlte ich mich wieder elend und begann zu schlottern. Sehnsüchtig dachte ich an mein Zuhause, an die dicke Steppdecke auf meinem großen, warmen Bett.

Hier im Park zu bleiben war wirklich der Gipfel an Dummheit. Wilkonson konnte schon viele Kilometer weit entfernt sein. Vermutlich würde er heute überhaupt nicht mehr auftauchen. Bestenfalls würde ich morgen steif, wund und erschöpft sein. Schlimmstenfalls würde ich mir eine schreckliche Erkältung oder sogar eine Lungenentzündung holen.

Aber trotz all der Argumente, die dafür sprachen, aufzugeben und nach Hause zu fahren, machte ich mich nicht auf den Heimweg. Ich bin außerordentlich stur, und auch wenn es sich oft erwiesen hatte, daß diese Sturheit mir schadete, hatte es doch auch Fälle gegeben, wo sich mein Starrsinn auszahlte. So wartete ich weiter und dachte über Frank Wilkonson und Bob Choteau nach, um mich von meiner unbehaglichen Lage abzulenken.

Die einzige Verbindung zwischen den beiden Männern war Rudy Goldring. Rudy, der mich beauftragt hatte, Frank zu beschatten. Rudy, der in seinem Testament Bob Choteau und Irene Lasser, vermutlich Franks ehemalige Geliebte, bedacht hatte. Zwischen allen vieren bestand irgendeine Verbindung – eine Verbindung, die ich noch nicht recht durchschaute.

Und dann war da noch Vicky Cushman. Vicky, deren Auto – ob sie es zugeben wollte oder nicht – am Tag von Rudys Ermordung von Irene gefahren worden war. Vicky, die die Papiertaschen mit der Aufschrift ICH HABE IN DER NACHBARSCHAFT EINGEKAUFT! am Donnerstag in ihrem Wohnzimmer gehabt hatte. Vielleicht maß ich der Tasche zuviel Bedeutung bei. Aber sie sah neu aus, unwahrscheinlich, daß jemand sie weggeworfen hatte, und die Lebensmittel in der Tasche waren teuer.

Vielleicht gab es auch eine Verbindung zwischen Bob Choteau und Vicky Cushman.

Vicky bereitete mir Kopfschmerzen. Ihre Lüge mit dem Auto... ihr überdrehtes Verhalten... der Versuch, sich mit Wein und Drogen zu beruhigen... War etwas zwischen ihr und Gerry nicht in Ordnung... war da noch etwas anderes faul... vielleicht... aber was?...

Ein Geräusch schreckte mich auf. Ich hatte gedöst, nicht richtig tief geschlafen. Ich warf einen Blick auf die Uhr. Als ich in die Höhle gekrochen war, war es fast zwei Uhr gewesen, jetzt war es zwanzig nach vier.

Es war eine Polizeipatrouille, die mich aufgeweckt hatte. Ich hörte den Motor des Wagens und das Gemurmel des Polizeifunks. Ich erhob mich und schaute zwischen den Balken auf die Straße hinunter. Zwei Polizisten in Uniform untersuchten den Ranchero. Einer leuchtete mit seiner Taschenlampe in die Fenster hinein, während der andere weiter entfernt stand und bereit war, den Revolver zu zücken. Nachdem sie das Fahrzeug eingehend betrachtet hatten, schrieb der mit der Taschenlampe einen Strafzettel aus – es ist verboten, um diese Zeit dort zu parken – und steckte ihn unter den Scheibenwischer. Dann kehrten die beiden zu ihrem Streifenwagen zurück und fuhren weg.

Ich wollte mich wieder in meiner Schutzhöhle niederlassen, aber mein Körper war verkrampft und kalt, und meine Entschlossenheit war etwas geschwunden. Das Geräusch des Automotors entfernte sich, und mir fiel auf, daß das Nebelhorn nicht mehr tutete. Das bedeutete, die Nebeldecke war aufs Meer hinausgezogen; das Land hatte sich abgekühlt, und nun würde bittere Morgenkälte einsetzen.

Ich kroch aus meinem Versteck hervor und ging zur Straße. Als mein Blick auf den Ranchero fiel, erinnerte ich mich, auf dem Sitz eine Decke entdeckt zu haben, als ich einige Stunden zuvor in das Fenster hineingeleuchtet hatte. Es gab keinen Grund, warum ich nicht in Wilkonsons Auto auf seine Rückkehr warten sollte. Ich hatte keine Lust, weiter Versteck zu spielen. Ich würde ihm einfach gegenübertreten und Erklärungen verlangen. Aber er kehrte nicht zurück.

Als der Verkehr auf den umliegenden Straßen stärker wurde, wußte ich, daß die Stadt aufwachte, und ich fing an, mir Sorgen zu machen. Ich setzte mich auf, faltete die Decke wieder zusammen und starrte durch den grauen Morgennebel auf die Windmühle. Sie sah jetzt noch verfallener aus: Die Schindeln hingen an ihr herab, als ob sie in der Mauser wäre; an den Stellen, wo die Stützbalken der Flügel nicht eingesunken und gesplittert waren, waren sie verfault. Rundherum war die Vegetation abgestorben, die vom Wind malträtierte Zypresse beugte sich tief zu Boden, ihre kahlen silbrigen Äste ragten wie Klauen in den grauen Himmel.

Wiederum lenkte mich das Knattern eines Polizeisenders ab; es war wohl Zeit für die nächste Patrouille. Ich duckte mich, öffnete die Autotür und schlüpfte hinaus. Während der Wagen hinter dem Ranchero anhielt, kroch ich durch das Unterholz, bis ich auf einen Weg stieß, der mich zu meinem MG am Lincoln Way bringen würde.

15

Es war vermutlich unhöflich, an einem Sonntagmorgen um acht eine möglicherweise feindselig gesonnene Zeugin zu belästigen, aber in der gegenwärtigen Situation scherte ich mich nicht um Konventionen. Die Papiertasche in Bob Choteaus Versteck und Vickys Lüge, was ihren BMW und Irene Lasser betraf, machten Vicky Cushman zu einer Schlüsselfigur in dieser Geschichte, die ich im Geiste meinen Fall nannte. Es wurde Zeit herauszufinden, in welcher Beziehung sie zu den anderen Personen stand.

Vicky wäre besser beraten, nicht sauer auf mich zu sein, dachte ich, während ich mein Auto neben der Mauer zu den »Schlössern« parkte. Sie hält sich vielleicht für ausgekocht, weil sie es mit Konzernen und der medizinischen Fakultät der Universität von Kalifornien aufnimmt, aber sie hatte es noch nie mit einer entschlossenen McCone zu tun.

Zu meiner Überraschung summte der Türöffner sofort, nachdem ich den Knopf gedrückt hatte. Eigentlich hatte ich eher damit gerechnet, eine verschlafene Stimme aus der Sprechanlage zu hören. Ich ging durch das Tor und folgte dem Weg unter den Eukalyptusbäumen. Die Luft war unbewegt, und die Blätter waren feucht; über dem Rasen lag eine silbrig glänzende Decke aus Tautropfen. Vor mir hörte ich eine Tür ins Schloß fallen, und als ich in die Richtung schaute, aus der das Geräusch kam, sah ich Gerry Cushman aus dem Haus links vom Hauptgebäude herauskommen, wo sich, wie ich annahm, die Schlafzimmer befanden.

Gerry war ein großer, schlanker Mann. Sein federnder Gang zeugte von einem hohen Maß an Energie. Er hatte schwarzes, lockiges Haar, und in der Mitte seines Haaransatzes stand eine Locke wie ein Korkenzieher frech in die Höhe. Auf den Parties bei All Souls war er anfangs immer ziemlich ruhig; doch nach ein paar Drinks taute er regelmäßig auf und beherrschte mit seiner witzigen und gestenreichen Art bald alle Gespräche. Trotz seines etwas eigentümlichen Aussehens schienen Frauen sich von seiner offensichtlichen Lebensfreude sehr angezogen zu fühlen; ich hatte gehört, daß er einer gelegentlichen Liebesaffäre nicht abgeneigt sei. Vermutlich war Vicky so beschäftigt mit ihren Bürgerinitiativen, daß sie davon nichts merkte – oder vielleicht war es ihr einfach gleichgültig.

An diesem Morgen schien ihm jedoch nichts besondere Freude zu bereiten. Er trug einen Satz zusammengerollter Pläne unter dem Arm und blickte ziemlich finster in die Gegend. Die Hände hatte er in den Taschen seiner schicken karierten Jacke vergraben. Als er mich sah, blieb er stehen und starrte mich wortlos an.

»Gerry«, sagte ich. »Sharon McCone von All Souls.«

»O ja, richtig. Ich wußte nicht, wo ich Sie hintun sollte. Vicky erwähnte, daß Sie vor ein paar Tagen vorbeigekommen sind.«

Wie auf ein Stichwort öffnete sich eines der oberen Turmfenster hinter ihm, und Vicky streckte den Kopf raus. Ihre krause Dauerwelle war in wilder Unordnung; selbst aus dieser Entfernung sah ich, daß ihre Augen rot und geschwollen waren. Sie ignorierte mich und sah Gerry an, wutverzerrt.

»Gerry, du Scheißkerl!« schrie sie. »Du Scheißkerl!« Dann trat sie vom Fenster zurück und knallte es zu.

Gerry schien in seiner weiten Jacke zusammenzuschrumpfen. Er schaute sich nicht einmal mehr um, sondern ging mit gebeugtem Kopf und gesenkten Augen zum Tor.

»Das hat mir gerade noch gefehlt«, sagte er. »Genauso wollte ich meinen Tag anfangen.«

Ich ging neben ihm her, um zuerst mit ihm zu reden und mich etwas in die Situation einzufühlen, bevor ich mit Vicky sprach.

»Ich muß nach Carmel Highlands hinüberfahren und mit einem Kunden einen Bauplatz besichtigen«, sagte Gerry. »Er holt mich ab; ich dachte, daß er es wäre, als ich Sie hereinließ. Das wäre ja toll gewesen, wenn er das mitbekommen hätte. Eine hübsche Szene für einen Kunden, nicht wahr?«

»Alle Leute haben ihre schlechten Tage – jeder versteht das.«

Er lachte bitter. »Vicky scheint besonders viele schlechte Tage zu haben.«

Jenseits der Mauer hielt anscheinend ein Lieferwagen mit Dieselmotor. Gerry schaute ängstlich zum Tor. »Da ist mein Kunde. Ich muß los. Könnten Sie mir einen Gefallen tun?«

»Gerne.«

»Gehen Sie rein und versuchen Sie, ihr gut zuzureden. Beruhigen Sie sie. Vielleicht können Sie verhindern, daß sie jetzt schon mit Gras oder Wein anfängt. Würden Sie das für mich tun?«

»Ich kann es versuchen.«

»Das ist das einzige, was man für Vicky tun kann.«

Er verschwand durch das Tor und knallte es so laut zu, wie Vicky es mit dem Fenster getan hatte. Ich ging zu dem kleineren Schloßgebäude hinüber. Als ich den Knauf drehte, öffnete sich die Tür, ich trat ein und rief nach Vicky. Sie antwortete nicht. Ich schloß die Tür und schaute mich um.

Im Erdgeschoß befand sich ein Wohnzimmer; in die Mauerwölbung war ein Kamin eingepaßt. Von der Mitte des Raumes aus führte eine Wendeltreppe nach oben. Es herrschte das reine Chaos: Auf einem Stuhl und auf dem davorstehenden Fußschemel lag Bettzeug. Auf einem zweiten Stuhl stand ein leerer Krug mit Rotwein und ein halbvoller Brandyschwenker. Meine Augen folgten der roten Spur, die über den hellblauen Teppich zum Kamin lief. Dort lag ein zerbrochenes

Weinglas, und an der Wand über dem Sims zeichnete sich ein großer roter Fleck ab. Ich schüttelte den Kopf, ging zur Treppe und rief erneut.

»Ich bin hier oben«, sagte Vickys Stimme. »Ist der Scheißkerl weg?«

Ich stieg die Stufen in das Schlafzimmer hoch. Es war rund und ganz in Blau gehalten; eine Tür führte zu einem kombinierten Bade- und Ankleidezimmer, das in dem rechteckigen Raum über der Eingangshalle untergebracht war. Vicky saß zusammengekauert auf dem größten Bett, das ich je gesehen hatte – das gepolsterte Kopfteil paßte sich genau dem Bogen der Turmwand an, woraus ich schloß, daß es sich um eine Maßanfertigung handelte. Die Laken und Decken waren zerwühlt und zerknittert, und die meisten Kissen – mindestens zehn lagen da herum – waren zu Boden gefallen. Vicky trug ein langes, weißes Nachthemd mit Rüschen, das jungfräulich ausgesehen hätte, wären da nicht die roten Spritzer gewesen, die genauso aussahen wie die Flecken im Wohnzimmer unten. Sie rauchte einen Joint.

Tut mir leid, Gerry, dachte ich, ich hätte es gerne versucht.

»Ist der Scheißkerl weg?« fragte sie erneut.

»Wenn Sie Gerry meinen, ja. Sein Kunde ist gekommen, und sie sind weggefahren. Ich bin vorbeigekommen, um zu sehen, ob Sie in Ordnung sind.«

»Jetzt, da er weg ist, schon.« Sie hielt mir den Joint hin.

Ich schüttelte den Kopf und setzte mich am Fußende aufs Bett.

»O ja, richtig. Ihre Droge ist Alkohol. Ich würde Ihnen gern Wein anbieten, aber ich habe alles leergetrunken. Den Rest habe ich an die Wand geschmissen«, kicherte sie.

»Ich nehme an, Sie beide hatten Streit«, sagte ich. »Wollen Sie darüber sprechen?«

»Was gibt es da schon zu sagen? Es war nur eine weitere Folge in unserer Streitserie. Es ist ein Stoff für eine Schmierenkomödie. Was halten Sie von dem Titel *Wie der Wurm sich windet*.«

»Vicky...«

»Mir gefällt er, Ihnen nicht? Natürlich müßten alle Mitspieler, außer Gerry, Frauen sein. Das würde ihm gefallen. Gerry und seine Frauen.«

Aha, dachte ich, sie weiß es – und es macht ihr etwas aus.

Vicky drückte den Joint in einem Aschenbecher aus. Dann nahm sie ein Kissen und zog sich zum Kopfteil zurück. Sie setzte sich im Schneidersitz hin und hielt das Kissen wie einen Schutzschild vor die Brust.

»Wissen Sie, wann ich herausfand, was er für ein Mistkerl ist?« sagte sie. »Das ist schon Jahre her. Meine älteste Tochter, Lindy, war gerade auf die Welt gekommen. Sie war noch ein Baby, und wir lebten in Sunset. Ich kam gerade heim und sah, wie Gerry am hellichten Tag mit einer Frau in ihrem Wagen schmuste, direkt vor unserem Haus.«

»Was haben Sie gemacht?«

»Ich habe gewartet, bis er ausstieg, und dann versucht, ihn zu überfahren. Ich verlor jedoch die Kontrolle über den Wagen und fuhr auf einen Hydranten. Überall spritzte Wasser herum. Ich bin aus dem Auto gesprungen, ins Haus gerannt und habe mich in unserem begehbaren Schrank eingeschlossen. Vierundzwanzig Stunden lang habe ich da gehockt und hatte einen Schreianfall nach dem anderen.«

Einen Augenblick lang war sie still. Ihr Blick war nach innen gerichtet, so als ob sie jene Stunden in dem Schrank noch einmal durchlebte. »Als ich herauskam, sagte mir der Scheißkerl, daß er eine offene Ehe wolle. Das war die erste Folge unserer Schmierenkomödie. Seitdem steht die Serie in der Publikumsgunst ganz oben. Ich kann keine offene Ehe führen, ich will nicht, und Gerry läßt sich nicht davon abbringen.«

Ich wußte nicht, was ich sagen sollte. So saß ich einfach da und fragte mich, warum sie mich zu einem unfreiwilligen Zeugen machen wollte. Wenn Vicky eine gute Freundin gewesen wäre – wie zum Beispiel Anne-Marie –, hätte ich ihr gerne zugehört. Aber sie war nur eine Bekannte, und ihre Enthüllungen waren mir peinlich. Ich vermutete, daß auch sie sich schämen würde, wenn sie sich an unser Gespräch in einer ruhigeren, nüchterneren Stimmung erinnerte.

Nach einer Weile seufzte Vicky und kroch zu einem Nachttisch hinüber. Sie wurstelte in der Schublade herum und holte sich noch einen Joint heraus.

»Vielleicht«, sagte ich, »sollten Sie das Gras eine Weile in Ruhe lassen. Sie sehen aus, als ob Sie etwas zu essen vertragen könnten. Wir sollten in die Küche gehen; und ich könnte Ihnen ein Frühstück machen…«

Einen Moment lang schien sie beunruhigt zu sein. Ich nahm an, sie hatte Angst, daß ich ihr Hasch konfiszieren könnte. Dann gewann jedoch der Ärger die Oberhand. »Vielleicht«, sagte sie und ahmte meinen Tonfall nach, »sollten Sie sich um Ihre eigenen Angelegenheiten kümmern.«

Ich zuckte die Achseln und versuchte, meine Wut zu beherrschen. »Sie haben recht. Sprechen wir über den Grund meines Kommens.«

»Irgendwie hatte ich schon das Gefühl, daß dies kein Privatbesuch war. Was wollen Sie diesmal?«

»Zur Abwechslung einmal die Wahrheit.«

»Worüber?«

»Über Irene Lasser.«

Vicky legte den Joint, den sie noch nicht angezündet hatte, weg. Sie zog sich wieder ans Kopfende des Bettes zurück und drückte wieder ein Kissen schützend vor die Brust. »Wer?« fragte sie.

»Nun kommen Sie schon, Vicky. Sie kennen Irene. Sie haben ihr letzten Montag Ihr Auto geliehen, und Sie haben ihr eine von diesen Nachbarschaftspapiertaschen gegeben, die sie mit Leckereien gefüllt und zu Bob Choteau in sein Versteck im Park getragen hat.«

»Das stimmt nicht. Wer ist Bob Choteau?«

»Keine Lügen mehr, Vicky.«

»Ich weiß nicht, wovon Sie sprechen. Von *wem* Sie sprechen. Sie haben irgendeine Autonummer falsch aufgeschrieben, und nun versuchen Sie, mir Dinge anzuhängen, die ich nicht getan habe, Beziehungen zu Leuten anzudichten, die ich überhaupt nicht kenne. Ich habe mein Auto nicht verliehen; ich habe keine Tasche mit Lebensmitteln zu irgendeinem Penner…« Sie erkannte ihren Fehler; ich konnte es an ihren Augen ablesen. Sie sprang aus dem Bett, rannte ins Ankleidezimmer und knallte die Tür hinter sich zu. Ich hörte das Schloß zuschnappen.

»Was wollen Sie machen, Vicky?« rief ich. »Wollen Sie vierundzwanzig Stunden dort drinnen bleiben und einen Schreianfall nach dem anderen kriegen?«

Ihre Antwort *war* fast ein Schrei. »Hier drinnen ist ein Telefon. Wenn Sie mein Grundstück nicht umgehend verlassen, rufe ich die Polizei!«

Das hätte mir noch gefehlt. Ich verließ ihr Grundstück.

16

Der ältere Mann an der Rezeption im Kingsway Motel kannte Frank Wilkonson, aber er erklärte, er sei diesmal nicht wie üblich am Abend zuvor eingetroffen.

»Das ist komisch«, fügte er hinzu. »Er hat eine feste Reservierung.«

Ich sah ihn enttäuscht an. »Ich hatte sosehr gehofft, Frank zu sehen. Sind Sie sicher, daß er nicht nur später als gewöhnlich eingetroffen ist? Vielleicht war jemand anders an der Rezeption?«

»Ich bin samstags abends allein hier. Ich hätte ihn sehen müssen.«

»Na ja, es tut mir leid, ihn verpaßt zu haben. Freunde sagten mir, daß er regelmäßig hier absteigt. Vielleicht haben Sie sie gesehen – sie waren schon ein paarmal hier.«

Der alte Mann saugte nachdenklich an seinen gelblichen Zähnen. »Da war nur einmal ein Typ.«

»Was für einer?«

»So ein Typ mit ulkigen Locken.« Als ich ihn fragend ansah, fügte er hinzu: »Er hat so eine Locke, da vorne«, er deutete auf die Mitte seines eigenen kahlen Hauptes, »sah aus wie ein Geschenkband, wenn man die Schere darüber zieht; diese kräuseligen Dinger.«

Gerry Cushman hätte diese Beschreibung wohl wenig schmeichelhaft gefunden. »Oh, das ist Gerry«, sagte ich. »Ich habe ihn schon ewig nicht mehr gesehen. Wann ist er hier gewesen?«

»Ich glaube, so vor zwei Wochen. Er sagte, er habe Wilkonson knapp verpaßt. Ich habe ihm von der festen Reservierung erzählt, und nehme an, daß er ihn erwischt hat. Es ist schwer zu sagen, wer hier wen besucht, aber das ist auch gut so. Die Gäste haben ein Recht auf ihre Privatsphäre.«

Ich wette, daß sie von diesem Recht nicht viel Gebrauch machen können, solange du an der Rezeption stehst, dachte ich. Ich holte einen Papierfetzen aus meiner Tasche und schrieb meine private Telefonnummer auf. »Würden Sie mich bitte anrufen, wenn Frank kommt? Aber sagen Sie ihm nicht, daß ich hier war. Ich möchte ihn überraschen.«

Die Augen des alten Mannes leuchteten listig. Er war vermutlich schon sein ganzes Leben im Hotelfach; man konnte ihm nicht so leicht einen Bären aufbinden. »Ihrem Freund Gerry war die Überraschung zwanzig Dollar wert.«

Ich griff in meine Tasche und holte meinen Geldbeutel raus. »Mir ist sie auch zwanzig Dollar wert.«

Der alte Mann lächelte. »Ich mag Überraschungen genausogern wie alle anderen Leute.«

Als ich bei der Murphy-Windmühle eintraf, stand der grüne Ranchero immer noch unter der Zypresse. Zwei Strafzettel flatterten unter dem Scheibenwischer. Ich parkte den MG hinter ihm und betrachtete die Mühle.

Es war fast elf Uhr; der Tag war sonnig und warm geworden. Jogger trotteten vorbei; Radler strampelten die Wege entlang; Reiter auf Pferden, die man bei den Parkställen mieten konnte, hielten inne und schauten sich die verfallene Windmühle an. Um diese Zeit waren die Leute, die die Mühle zu ihrem Heim gemacht hatten, entweder drinnen oder draußen und nutzten das schöne Wetter. Das war gleich, denn ich konnte sowieso keine weiteren Nachforschungen anstellen, bevor die Parkbesucher nach Hause gingen und es dunkel wurde.

Ich machte kehrt und fuhr heim.

Watney war unzufrieden mit mir. Unwillig akzeptierte er das Futter, das ich in seinen leeren Napf gab, schlang es gierig herunter und stapfte dann in Richtung Brombeersträucher davon. Die Curleys hatten vermutlich angenommen, daß ich schon lange wieder zu Hause wäre; der arme alte Watney hatte sich wohl auf seine eigenen eingerosteten Jagdfertigkeiten verlassen müssen. Ich war nicht besonders geknickt; der Kerl war sowieso viel zu dick. Aber seine Begrüßung bestimmte den Tenor für den Rest des Tages.

Als erstes holte ich das drahtlose Telefon auf die sonnige Terrasse raus und versuchte, Jack Stuart zu erreichen. Bei All Souls ging Hank ans Telefon und teilte mir mit, daß er Jack erst am nächsten Tag gegen Mittag zurückerwarte. Ich fragte ihn, ob er irgend etwas über die Begünstigten in Rudy Goldrings Testament wisse, aber er verneinte. Gilbert Thayer hatte das Testament ausgefertigt. Da keiner von uns sich die Mühe gemacht hatte, Gilbert zu fragen, wohin er ging, nachdem er bei der Kanzlei gekündigt hatte, hatte ich keine Ahnung, wo ich ihn erreichen konnte. Ich hatte auch gar kein Bedürfnis, mit ihm zu sprechen.

Als nächstes probierte ich es bei Ben Gallagher, um zu erfahren, ob es Neuigkeiten im Fall Goldring gäbe. Ben war im Dienst, aber nicht im Büro, und niemand wußte, wann er zurückkäme. Ich hinterließ eine Nachricht.

Dann setzte ich mich hin und dachte eine Weile über die Verbindung zwischen Lasser und den Cushmans nach. Vielleicht war meine ursprüngliche Annahme falsch; vielleicht bestand eine Beziehung zwischen Irene und Gerry und nicht zwischen Irene und Vicky. Sie war möglicherweise eine der Frauen, mit denen Gerry ein Verhältnis hatte. Vielleicht hatte er ihr das Auto seiner Frau geliehen. Das könnte auch den Streit heraufbeschworen haben, den Gerry und Vicky letzte Nacht hatten. Wenn dem so war, würde ich aus Gerry wohl ebensowenig herausbekommen wie aus seiner Frau. Ich bezweifelte auch, daß er mir sagen würde, warum er im Motel nach Frank Wilkonson gefragt hatte. Ich mußte Irene Lasser finden.

Ich ging nach drinnen und durchwühlte den Schrank, wo ich meine Sammlung von Telefonbüchern aus dem Bay-Gebiet aufbewahre. Ich suchte nach Irene Lasser, I. Lasser, I. Johnstone, I. L. Johnstone und anderen Varianten des Namens. Keine der möglichen Kombinationen war eingetragen. Ich suchte auch nach Susan Lasser, für den unwahrscheinlichen Fall, daß die Tochter alt genug war, ihr eigenes Telefon zu haben. Wieder nichts.

Auf dem Weg nach draußen steckte ich den Kopf in mein halbfertiges Schlafzimmer auf der ehemaligen Veranda. Ich habe das Haus – ein Gebäude, das als Unterkunft für die Opfer des Erdbebens und des Brandes von 1906 errichtet worden war

– Stück für Stück renoviert, seit ich es erworben hatte; vermutlich würde ich im Jahre 2006 immer noch nicht fertig sein. Der Raum sah eher wie eine Abbruchhalde und nicht wie ein Bauplatz aus. Der Anblick frustrierte mich ebensosehr wie der mangelnde Erfolg bei der Entwirrung der Fäden zwischen Goldring, Wilkonson und Co.

Ich schlug die Tür hinter dem Chaos zu und ging wieder auf die Terrasse hinaus. Der Sonnenschein besserte meine Laune schnell wieder, und ich packte das drahtlose Telefon und rief im Kingsway Motel an. Wilkonson war immer noch nicht eingetroffen. Dann wählte ich Raes Nummer; keine Antwort. Unverdrossen beschloß ich, es bei Anne-Marie zu versuchen. Hank war in der Kanzlei, also konnten wir uns in Ruhe unterhalten. Wir waren beide zurückhaltend, wenn es um unser Privatleben ging, aber sie hatte mir sehr geholfen, als ich mich von Don trennte, und vielleicht konnte ich mich jetzt revanchieren.

Aber ich erreichte nur ihren Anrufbeantworter, und das verdammte Ding warf mich aus der Leitung, bevor es überhaupt einen Pfeifton von sich gab.

Ich legte das Telefon weg und lehnte mich in meinem Liegestuhl zurück. Ich dachte an meine jüngste Schwester, Patsy, die zusammen mit ihrem Ehemann Evans vor kurzem in Ukiah ein Restaurant eröffnet hatte. Ich konnte sie nicht anrufen – es war Sonntag, und sie servierten gerade das Abendessen. Ich hatte noch andere Freundinnen hier in der Stadt, die ich anrufen könnte – Paula, Carolyn, Liz, Alison. Aber an schönen Sonntagen zieht es die Bewohner von San Francisco ins Freie, und bestimmt waren sie nicht zu Hause. Ich sollte meine Mutter anrufen, aber ich hatte keine Lust. Seit meiner Trennung von Don lag mir meine Mutter wegen meiner Ehelosigkeit in den Ohren. Ich zog sogar in Erwägung, meinen alten Freund Wolf, einen Privatdetektiv, mit dem ich einmal zusammengearbeitet hatte, anzurufen. Ich wußte, daß er die Sonntage mit seiner Freundin Kerry Wade verbrachte.

Warum, dachte ich, ruft nie jemand an, wenn man einmal Lust hat zu reden. Wenn man seine Ruhe haben will, läutet das Telefon ununterbrochen.

Ich blieb auf meinem Liegestuhl, bis die Sonne von der Terrasse zu meinem verwilderten Garten gewandert und hinter den Fichten am Ende des Grundstücks verschwunden war. Gegen halb sechs stand ich auf und ging ins Haus, um mir ein Glas Wein zu holen. In letzter Zeit habe ich angefangen, die guten Sachen zu trinken – Wein mit Korken – und nicht mehr die billigen Supermarktvarianten, von denen ich mich in meiner Jugend ernährt hatte. Der Korken einer Flasche White Zinfandel, die ich zu öffnen versuchte, war ganz trocken – und das nannte sich dann guter Wein. Als es mir schließlich gelungen war, ihn herauszuziehen, rutschte der Korkenzieher ab und bohrte sich in meinen Daumen.

Sonntag, dachte ich. Der Sonntagabend senkt sich über die Dächer.

17

Wilkonson traf nie in seinem Motel ein, und ich fand es sinnlos, wenn nicht gar tollkühn, zur Windmühle zurückzukehren. So wartete ich am nächsten Tag um sechs Uhr morgens, nachdem ich mich richtig ausgeschlafen hatte, in meinem MG in der Sackgasse bei den Cushmans. Ich vermutete, daß über kurz oder lang einer von ihnen Kontakt mit Irene Lasser aufnehmen würde; und ich plante, demjenigen zu folgen, der das Haus an diesem Tag als erster verlassen würde; sollte dies erfolglos bleiben, wollte ich mich am nächsten Morgen dem anderen an die Fersen heften.

Während ich wartete und auf die goldenen Blätter der Pappeln starrte, hatte ich leichte Schuldgefühle, weil ich meine Pflichten bei All Souls vernachlässigte. Aber mein Schreibtisch war ziemlich leer, und ich schob die Skrupel beiseite. Außerdem war es an der Zeit, daß Rae ihren Teil der Arbeit übernahm. Ich hatte am vergangenen Abend noch bis zehn versucht, sie zu erreichen; aber niemand war ans Telefon gegangen. Also beschloß ich, davon auszugehen, daß sie rechtzeitig im Büro auftauchen und sich um alle dringenden Angelegenheiten kümmern würde.

Die Cushmans schienen nicht viel davon zu halten, es am Montagmorgen besonders früh mit der Welt aufzunehmen. Es war fast acht, als sich das Autotor öffnete und Vickys BMW herausfuhr. Ich verkroch mich in meinem Sitz, als der Wagen vorbeiglitt, dann setzte ich mich auf und ließ den Motor an.

Der BMW folgte dem Verkehrsfluß die Oak Street hinunter, die am Pfannenstiel, dem Ausläufer des Golden-Gate-Parks, entlang in östlicher Richtung verläuft. Ich blieb ein paar Autolängen hinter dem Wagen und versuchte, einen Blick auf die Insassen zu erhaschen. Vicky schien einen dunklen Schal über ihre welken Locken geworfen zu haben; auf dem hinteren Sitz waren zwei blonde Köpfe zu sehen. Sie brachte offenbar ihre Mädchen, Betsy und Lindy, zur Schule.

Der BMW bog am Divisadero ab und fuhr nach Pacific Heights. Als ich einen Straßenabschnitt am Broadway erreichte, wo Busse und Autos Kinder auf die Straße entließen, wurde mir klar, daß die Cushman-Töchter zur Abbot-Schule, einer Bastion der oberen Mittelschicht, gingen. Dieses achtbare Institut schirmt seit Generationen die Sprößlinge der wohlhabenden Bürger dieser Stadt vor der häßlichen Wirklichkeit und der schlechten Unterrichtsqualität unserer öffentlichen Schulen ab. Nachdem sie die ordentlich uniformierten und fröhlich winkenden Mädchen abgegeben hatte, fuhr Vicky in Richtung Haight Street zurück.

Anstatt in die Sackgasse abzubiegen, fuhr sie jedoch auf einer der Straßen, die am Rand des Buena-Vista-Parks verlaufen, hügelaufwärts. Die Gegend oberhalb des Parks ist in steilen Terrassen angelegt, und die kleinen Straßen winden sich kurvenreich nach oben. Ich folgte ihr langsam und mußte häufig in den ersten Gang zurückschalten. Als ich aus einer Kurve herausfuhr, war ich nur wenige Zentimeter von der hinteren Stoßstange des BMW entfernt. Während ich mich zurückfallen ließ, parkte der Wagen vor einem unbebauten Grundstück, das von einer doppelten Reihe junger Weinstöcke umgeben wurde. Auf der anderen Seite befanden sich ein Holzschuppen und regelmäßig angelegte Reihen von Pflanzen. Einige kannte ich: Rosenkohl, Artischocken, Salat.

Es war einer der Gemeinschaftsgärten, die überall in der Stadt wie Pilze aus dem Boden schossen. In Anbetracht ihrer Vorbildung im Bereich Gartenbau konnte ich mir gut vorstellen, daß Irene Lasser mit diesem hier zu tun hatte, und Vicky kam vielleicht hierher, um sich mit ihr zu treffen. Ich parkte den MG vor einem kleinen Wohnhaus und hoffte, daß sie mich nicht gesehen hatte.

Aber die Frau, die aus dem BMW ausstieg, war nicht Vicky. Was ich für einen über blonde Locken gelegten Schal gehalten hatte, war eine Mähne kastanienbrauner Haare, die im Nacken zusammengebunden waren.

Irene Lasser hatte die Cushman-Mädchen zur Schule gefahren. Ich klammerte mich mit nervösen Fingern an meinem Lenkrad fest, als sie zur Hintertür ging, sie öffnete und sich hineinlehnte. Als sie wieder auftauchte und sich aufrichtete, hatte sie ein kleines Kind auf dem Arm. Sie setzte das Kind ab, nahm es bei der Hand, und sie gingen zusammen zum Garten.

Auch wenn ich das Geschlecht des Kindes nicht erkennen konnte, nahm ich an, daß es sich um Susan Lasser handelte, die Tochter, von deren Existenz niemand in der Gegend von Hollister zu ahnen schien. Sie schien etwa zwei Jahre alt zu sein; dies bedeutete, daß sie ein paar Monate nach Lassers Flucht von der Burning Oak Ranch geboren sein mußte.

Wessen Kind war sie wohl dann? Harlan Johnstones? Frank Wilkonsons? Oder war Susan von einem Mann gezeugt worden, den ihre Mutter nach ihrer Flucht kennengelernt hatte?

Ich blieb im Auto sitzen, während die Lassers in den Schuppen hineingingen und mit Gartengeräten – einer Hacke und einem Spaten für Irene und einem Plastikeimer und einer Schaufel für Susan – wieder herauskamen. Sie trugen die Geräte in den hinteren Teil des Grundstückes, wo früher offenbar Sommergetreide gewachsen war. Irene machte sich daran, die Erde zu bearbeiten, während Susan sich in der Nähe niederließ und ihren Eimer füllte und leerte. Mit schnellen, kraftvollen Bewegungen zerhackte Irene die Klumpen und verteilte die feine Erde. Ab und zu hielt sie inne, um mit dem Kind zu reden, sich Schweiß vom Gesicht zu wischen oder um ihr dickes Haar neu zu binden. Der Rhythmus ihrer Bewegungen und die Art und Weise, wie sie ruhig zum Himmel aufblickte, wenn sie eine Pause machte, vermittelten ein Bild der Zufriedenheit. Susan spielte leise, hin und wieder lief ein erfreutes Lächeln über ihr rundes Gesicht; wenn sie mit ihrer Mutter sprach, schien sie zu lachen, und Irene antwortete ihr ebenso fröhlich.

Ich beobachtete sie eine Weile in dem Wissen, daß ich die Idylle bald stören würde. Ich versuchte einen Weg zu finden, an Irene heranzutreten, ohne sie in Panik zu versetzen. Sie würde mich natürlich erkennen. Ich war sicher, daß ihr Vicky von meinen Besuchen erzählt hatte – vermutlich hatte sie sogar noch ein paar dramatische Ausschmückungen und Spekulationen über meine Motive hinzugefügt. Dies machte es für mich zu einem schwierigen Unterfangen, mich ihr zu nähern.

Vicky und Irene – das war wirklich interessant. In welcher Beziehung standen die beiden zueinander? Irene benutzte Vikkys Auto, fuhr Vickys Kinder zur Schule. Lebte sie auch in den »Schlössern«? Wahrscheinlich, nach der recht frühen Stunde zu schließen, zu der sie mit den Kindern aufgebrochen war.

Ich muß gestehen, daß meine manchmal schlimme Phantasie mich sofort an eine *Ménage à trois* denken ließ. Aber nein – eine solche Situation würde vielleicht Gerry gefallen, Vicky wäre niemals dazu bereit. Gerry hatte schon vor vielen Jahren eine offene Ehe gewollt, zumindest hatte Vicky mir das gesagt. Sie hatte auch noch gesagt, *das kann ich nicht, und das will ich nicht.*

Wie standen die beiden Frauen aber dann zueinander? Waren sie nur Freunde? Oder verwandt...?

Und dann dachte ich an Vicky, die völlig erschöpft war von ihren zahllosen Aufgaben, zu überarbeitet, um sich richtig um ihre Töchter zu kümmern. Und dann fiel mir ihre Bemerkung wieder ein über die Frau, die für sie arbeitete und ihr gesagt hatte, daß sie ein Hobby brauchte – »etwas Friedliches, bei dem ich mit meinen Gedanken allein sein könnte«. Ein friedliches Hobby, so eines, wie das, dem sich Irene gerade widmete.

Ich dachte auch an die Szene, als Betsy ins Wohnzimmer gekommen war und ihre Mutter gefragt hatte, ob Rina und Lindy und sie in der Küche Popcorn machen könnten. Rina – eine Kurzform von Irene.

Kein Wunder, daß Vickys Antwort so ablehnend und unverhältnismäßig heftig ausgefallen war. Sie hatte mir gegenüber gerade bestritten, ihr Auto an eine Frau mit langem, kastanienbraunem Haar verliehen zu haben; sie hatte abgeleugnet, daß sie jemanden kannte, auf den diese Beschreibung paßte, und dann wollte ihre Tochter genau diese Frau durch das Zimmer führen. Vicky hatte gestern morgen auf ähnliche Weise reagiert, als ich vorgeschlagen hatte, in die Küche zu gehen und Frühstück zu machen – vermutlich weil Irene gerade zu dieser Zeit das Frühstück für die Kinder zubereitete.

Irene war also Cushmans Kindermädchen, Erzieherin oder wie man solche Leute nennt. Sie lebte sicherlich auf dem Anwesen, vielleicht in dem ehemaligen Gesindehaus. Sie und ihr kleines Mädchen waren die ganze Zeit dort gewesen. Aber warum die Geheimnistuerei? Weil sich Irene vor ihrem Exmann versteckte? Weil Frank Wilkonson sie suchte? Weil Susan die Tochter eines dieser Männer war und Irene nicht wollte, daß der Vater sie zu sehen bekäme? Auf jeden Fall schien keiner dieser möglichen Gründe Lügen in einem Mordfall zu rechtfertigen.

Aber dann dachte ich daran, daß Leute wie die Cushmans oft glauben, über dem Gesetz zu stehen. Sie sind die ersten, wenn es darum geht, über mangelnden Polizeischutz zu klagen und sich mit Handfeuerwaffen auszurüsten. Aber sie sind die letzten, wenn es gilt, der Polizei die für eine Verhaftung notwendigen Informationen zu geben.

Der Gedanke machte mich wütend. Zum Teufel mit der sanften Tour, beschloß ich. Es war mir gleich, ob ich Irene Lasser erschreckte. Ich wollte nur ein paar ehrliche Antworten. Gerade als ich aus dem Auto steigen wollte, gingen jedoch Männer in Jeans und karierten Hemden, die den Weg entlanggeschlendert waren, in den Garten. Irene winkte ihnen zu, sie winkten zurück und holten sich Geräte aus dem Schuppen. Bald darauf hatten sie ihre Hemden auf Weinstöcke gehängt, arbeiteten neben ihr und scherzten ab und zu mit Susan. Keine halbe Stunde später tauchten zwei ältere Frauen auf; sie zogen lange Schläuche heraus und begannen, den Boden zu bewässern. Ein junger Mann erschien mit zwei Kindern, die etwa Susans Alter hatten; die Kinder schlossen sich Susan an, und sie bauten zusammen eine schöne Burg aus Lehm. Der junge Mann strich um Irene herum, sprach mit ihr und stand ihr im Weg. Nach einer Weile fuhr sie ihn an, räumte ihre Werkzeuge weg und rief nach Susan. Sie winkten den anderen zu, verließen den Garten, stiegen in den BMW und fuhren weg.

Ich überlegte, ob ich ihnen folgen sollte, entschied mich aber, es nicht zu tun. Es war nach elf; vermutlich fuhren sie zum Mittagessen zurück. Wenn Vicky auch da war, würde ich keinen Fuß auf das Grundstück setzen können. Statt dessen stieg ich aus dem Auto und spazierte zum Garten hinüber.

Als erstes traf ich auf eine von den Frauen mit den Schläuchen. Als ich sie ansprach, drehte sie sich abrupt um, und Wasser lief über meine Stiefel. »Das tut mir leid«, sagte sie. »Aber Sie sollten hier auch keine so guten Stiefel tragen. Die Absätze sinken im Schlamm ein, und das macht das Leder kaputt.«

»Die sind alt, und das Leder ist sowieso schon im Eimer«, sagte ich. »Können Sie mir sagen, ob das Irene Lasser und ihre Tochter Susan waren, die ich gerade wegfahren sah?«

»Die Frau mit dem kleinen Mädchen? Ich weiß ihren Namen nicht. Ich bin aus Fresno und nur hier zu Besuch bei meiner Schwester Beth. Sie hat mich hierhergeschleppt. Sie steht dort drüben beim Schuppen.«

Ich dankte ihr und ging zum Schuppen hinüber. Die andere Frau lehnte an der Wand – groß und muskulös mit kurzem graumeliertem Haar, das sich eng an ihren Kopf schmiegte. Sie war in ein Gespräch mit dem jungen Mann vertieft, der offenbar versucht hatte, sich an Irene heranzumachen. Als ich näher herankam, hörte ich sie sagen: »... kannst solche Sachen nicht machen. Sie will das nicht. Außerdem hat das auch nichts mit dem Garten zu tun.«

»Ich hab' doch nur ...« Er brach ab, als er mich sah.

»Hallo«, mischte ich mich ein. »Sind Sie Beth?«

»Wir sprechen nachher weiter«, sagte der junge Mann und ging zu den Kindern hinüber, die immer noch an ihrer Sandburg bauten.

Beth schirmte ihre Augen gegen die Sonne ab. »Was kann ich für Sie tun?«

»Ihre Schwester sagte mir, daß Sie die Frau und das kleine Mädchen vielleicht kennen, die gerade in dem BMW weggefahren sind. Ich glaube, es sind alte Freunde von mir, Irene und Susan Lasser.«

Da war eine gewisse Abwehr zu spüren, aber als ich den Namen »Lasser« erwähnte, entspannte sie sich. Irene mußte sich vor etwas fürchten, das auf die Zeit zurückging, als sie noch den Namen Johnstone trug. »Alte Freunde von wo?« fragte sie.

»Nicht aus Hollister, wenn Sie das meinen. Ich weiß von der Geschichte, und ich kann es Irenes Freunden nicht verdenken, wenn sie mißtrauisch sind.«

»Von wo dann?« Beth war zwar recht freundlich, aber sie war immer noch ein bißchen auf der Hut.

Mir fiel ein, daß Irenes Scheidungsdokumente von einer Kanzlei in Los Angeles kamen. »L.A.«, sagte ich.

»Ah. Dann müssen Sie zu den Leuten gehören, die Irene halfen, bevor Susan auf die Welt kam.«

»Ja.«

»Es tut mir leid, daß ich so mißtrauisch war, aber wir müssen vorsichtig sein.«

»Warum? Wegen Harlan Johnstone?«

»O nein, nicht seinetwegen. Er hat schon lange keine Schwierigkeiten mehr gemacht. Nein, wegen Susans Vater. Irene hat schreckliche Angst vor ihm.«

»Wer *ist* Susans Vater?«

»Hat Ihnen Irene das nicht gesagt?«

»Sie wollte nie davon sprechen.«

»Mit uns will sie auch nie darüber sprechen.« Das klang so enttäuscht, daß ich ihr glaubte.

Bevor sie mich weiter über meine angebliche Freundschaft mit Irene ausfragen konnte, sagte ich: »Hat Irene diesen Garten geplant? Sie ist in dieser Beziehung so begabt.«

Beth nickte. »Ja, das war ihre Idee. Vicky Cushman, für die sie arbeitet, hat einen Freund überredet, das Land zur Verfügung zu stellen. Irene ist sehr engagiert in der Bewegung zur Förderung von Gemeinschaftsgärten in der Stadt.«

»Tatsächlich! Mir ist auch aufgefallen, daß es in letzter Zeit immer mehr Gärten gibt, aber ich wußte nicht, daß dahinter eine richtige Bewegung steht.«

»Das ist keine straff organisierte Bewegung, aber die Liga der Gärtner von San Francisco hat vor kurzem eine Umfrage durchgeführt und festgestellt, daß es inzwischen mindestens sechzig Gemeinschaftsgemüsegärten in etwa zwanzig verschiedenen Stadtteilen gibt. Die meisten sind natürlich nicht so progressiv wie unserer, aber die werden ja auch nicht von Irenes Ideen getragen.«

»Was für Ideen?«

»Für Irene sind die Gärten ein Beitrag zur Ernährung der Welt. Sie sagt, wir könnten ein Beispiel setzen, wie Städte landwirtschaftlich produktiver werden können. Städteplaner denken meist nicht daran, aber es gibt viel Land, das förmlich danach schreit, genutzt zu werden – Dächer, Parks, Pflanzkästen, die Grasflächen zwischen den Bürgersteigen und den Straßen, sogar die Grünstreifen auf Autobahnen. Stellen Sie sich vor, welche Auswirkungen solche Planungen in Städten wie Bombay oder Nairobi für die Ernährung der dritten Welt hätten! Und dann sind da noch die sekundären Vorteile: ein einziger Baum kann den Schadstoffausstoß von zwanzig Autos filtern...«

»Dieser Garten ist also eine Art ökologisches Experiment...«

»Nicht so eine Art! Er ist ein ökologisches Experiment. Sehen Sie hier irgendwelche ungenutzten Flächen? Land, das brachliegt?« Beth deutete auf die Gemüsebeete und die frisch gepflügte Erde.

»Nein.«

»Mit Vicky Cushmans Hilfe will Irene überall in der Stadt solche Gärten anlegen. Sie arbeitet an ihrer beruflichen Karriere, während sie gleichzeitig dazu beiträgt, den Hunger in der Welt zu lindern. Sie berät Organisationen wie die Liga der Stadtgärtner, die Gesellschaft zur Nutzung der städtischen Ressourcen und die Universität von Davis.« Ein Schatten flog über Beths lebhaftes Gesicht. »Zumindest könnte sie Karriere machen, wenn sie sich nicht aus Angst vor diesem verdammten Mann verstecken müßte.«

»Wissen Sie, wovor sie sich genau fürchtet?«

»Nein. Ich nehme an, daß er gewalttätig oder pervers oder verrückt ist – so was in der Art.«

Ich wußte, was sie meinte. »Und Sie sagen, daß Irene für Vicky und Gerry Cushman arbeitet?«

»Sie lebt in den ›Schlössern‹ und kümmert sich um ihre Töchter. Kennen Sie die Cushmans?«

»Recht gut«, sagte ich. *Zu* gut. »Woher kennt Irene die Cushmans?«

»Soviel ich weiß, sind sie alte Freunde.«

»Sagen Sie, hat Irene Ihnen gegenüber je einen anderen alten Freund, Rudy Goldring, erwähnt?«

Der Name schien ihr nicht bekannt zu sein, aber nun wurden ihre Augen wieder mißtrauisch. Ich hatte zu viele Fragen gestellt, und ich schien zuviel Übung im Fragenstellen zu haben. »...Nein.«

»Na ja«, sagte ich, »vielen Dank für das Gespräch. Ich fahre jetzt zu den ›Schlössern‹ hinunter, um zu sehen, ob Irene und Susan daheim sind. Wenn nicht, dann kann ich vielleicht wenigstens mit Vicky sprechen.«

»Sie sagten, daß Sie mit Vicky befreundet sind?«

»Wir teilen ein paar Geheimnisse miteinander.« Und ich war nahe daran, auch die herauszufinden, die sie noch vor mir versteckte.

18

Als ich eine halbe Stunde später bei All Souls eintraf, gab Ted mir einen Packen mit Notizen. Ich blätterte sie durch – lauter Routinekram. »Warum hast du diese Leute nicht an Rae verwiesen?«

»Sie ist nicht zur Arbeit gekommen.« Solange die Nachrichten nicht zu schlimm sind, überbringt Ted sie gern persönlich. Jetzt lehnte er sich über den Schreibtisch zu mir, um mir die Neuigkeiten genußvoll zu erzählen: »Doug ist im Krankenhaus, gestern eingeliefert worden. Nahrungsmittelvergiftung, sagt Rae. Aber ich glaube, daß es ein Selbstmordversuch war.«

»Verdammt!«

»Oh, ich bin sicher, er hätte es sich noch mal überlegt, wenn er geahnt hätte, wie nahe es dir geht.«

»Das ist es doch nicht, und das weißt du auch. Ich bin wegen Rae beunruhigt; sie wird schon bisher mit Dougs Problemen kaum fertig. Warum glaubst du, es war ein Selbstmordversuch?«

»Er wurde gestern früh morgens ins Krankenhaus eingeliefert, aber als sie *heute* morgen um acht anrief, war sie noch so aufgeregt, als ob es gerade passiert wäre. Außerdem, sagte sie, daß sie ihn zweiundsiebzig Stunden unter Beobachtung haben müssen.«

»Oh.« Krankenhäuser müssen potentielle Selbstmörder zweiundsiebzig Stunden lang psychologischen Untersuchungen unterziehen. »Ich sollte sie wohl anrufen…«

»Sie wollte sich heute abend bei dir zu Hause melden.«

Ich nickte und ging mit meinen Notizen nach oben. Ich fragte mich, wie sich diese Entwicklung auf ihre Leistungen und ihre Zukunft in der Kanzlei auswirken würde. Dann schob ich den Gedanken beiseite und begann, mich durch meine Nachrichten durchzuarbeiten.

Es war Mittagszeit; die meisten Leute, die ich zu erreichen versuchte, waren beim Essen. Ich zog das Telefonbuch aus der unteren Schublade meines Aktenschrankes und schlug die Vorwahl für Hollister nach. Dann rief ich die Auskunft an, um die Telefonnummer des Ranchbüros von Burning Oak und Frank Wilkonsons Privatnummer zu erfragen. Wie ich erwartet hatte, war Wilkonson an diesem Morgen nicht im Büro erschienen; die Stimme der Sekretärin klang zwar geschäftsmäßig, aber ich hörte doch ein gewisses Unbehagen heraus. Als ich bei ihm zu Hause anrief, läutete das Telefon achtmal, bevor Jane Wilkonson antwortete.

»Mrs. Wilkonson, hier spricht Alissa Hernandez.«

»Wer?«

»Alissa Hernandez. Von Allstate. Wir sprachen am Freitag…«

»Oh, natürlich, ich erinnere mich.« Sie klang erschöpft, so als ob ich sie aufgeweckt hätte, und hatte einen starken texanischen Akzent.

»Ich habe versucht, Ihren Mann zu erreichen, aber man sagte mir, daß er heute morgen nicht zur Arbeit gekommen sei. Ist er zu Hause? Wenn er da ist, würde ich gerne mit ihm sprechen.«

»Er… nein, er ist nicht hier.«

»Kann ich ihn irgendwo telefonisch erreichen?«

»… Nein.«

»Sie wissen also nicht, wo er ist?«

»Nein.«

»Ist er am Samstag abend wie immer weggefahren?«

Eine lange Pause. »Ja. Er fuhr um Viertel vor zehn, wie immer.«

»Aber er kam heute morgen nicht zurück.«

»Nein.«

»Haben Sie eine Ahnung, wohin er fahren und was er tun wollte?«

»Ich habe Ihnen schon gesagt, daß er nie davon spricht.« Ihre Erschöpfung war jetzt verschwunden. Ihre Stimme klang scharf, was wohl auf Nervosität oder Angst zurückzuführen war.

»War er irgendwie anders, bevor er fuhr? Anders als sonst?«

»Ich weiß nicht, was Sie damit meinen.«

»War er aufgeregt? In Eile? Nervös?«

»Nein. Alles war normal.«

Außer daß die Situation an sich wohl alles andere als normal war. »Haben Sie den Sheriff benachrichtigt, Mrs. Wilkonson? Haben Sie die Krankenhäuser angerufen?«

»...ich kann nicht.«

»Warum nicht?«

»Ich kann nicht, das ist alles.« Sie hielt inne und fügte dann hinzu: »Hören Sie, Ms. Hernandez, ich hätte Ihnen am Freitag das nicht alles erzählen sollen. Das ist eine Privatangelegenheit, die nur Frank und mich etwas angeht. Bitte vergessen Sie einfach, was ich Ihnen gesagt habe.«

»Es bleibt zwischen uns.« Ich wußte nicht, ob das auf die Dauer möglich sein würde, aber ich wollte sie jetzt nicht weiter beunruhigen.

»Danke. Ich höre jetzt wohl besser auf. Vielleicht versucht Frank, mich zu erreichen.«

»Gut. Ich rufe Sie heute nachmittag noch mal an.«

»Warum?«

»Ich mache mir Sorgen um Sie. Ich möchte nur sicher sein, daß alles in Ordnung ist.«

Jane Wilkonsons Antwort klang überrascht. »Danke«, sagte sie. »Es ist schön zu wissen, daß sich *jemand* um einen kümmert.«

Selbst wenn dieser Jemand eigentlich eine Fremde war.

Gleich nachdem wir das Gespräch beendet hatten, rief ich die Polizei an, um nicht über die traurigen Erfahrungen, die Jane Wilkonsons letzer Satz andeutete, nachdenken zu müssen. Gallagher war im Mannschaftsraum.

»Irgend etwas Neues im Fall Goldring?« fragte ich.

»Wollen Sie sich vergewissern, daß wir Ihre Steuergelder nicht verpulvern?« Bens Worte klangen scharf – und ich kannte den Grund nur zu gut. San Francisco hat bei Morden eine sehr niedrige Aufklärungsrate, dem letzten Bericht zufolge die zweitschlechteste aller kalifornischen Städte. Im letzten Jahrzehnt konnten vier von zehn Morden nicht aufgeklärt werden. Wenn man als Kriminalbeamter eine solche Zahl zu verantworten hat, geht man automatisch in die Defensive.

»Ich interessiere mich nur für den Fall«, sagte ich. »Nichts weiter. Der Mann war schließlich unser Mandant.«

»Es tut mir leid – heute ist Montag. Sie wissen ja, wie das ist.«

»Ja. Konzentrieren Sie sich immer noch auf Bob Choteau?«

»Ja. Der Schweinehund ist im Park verschwunden.«

»Haben Sie irgendwelche anderen Spuren? Haben Sie je herausgefunden, mit wem Goldring um zehn Uhr verabredet war?«

»... Nein.«

»Ich nehme an, Sie haben seine Kundenkartei überprüft. Sie haben doch ein Verzeichnis der Männer, die bei ihm Hemden gekauft haben?«

»Natürlich.«

»Könnte ich vielleicht mal einen Blick darauf werfen?«

»Nein.«

»Ben...«

»Sharon, Sie vergessen, wie lange ich Sie und Ihre Arbeitsweise schon kenne. Vielleicht läßt es der Lieutenant bei seinen Fällen zu, daß Sie Ihre Nase in Angelegenheiten stecken, die Sie nichts angehen; aber bei mir geht da nichts. Keine Kartei!« Und dann hängte er auf.

Ich nahm den Hörer vom Ohr und betrachtete ihn mit Erstaunen. Gallagher hatte sich im Laufe der Jahre wirklich verändert. Er begann Lieutenant Greg Marcus in verblüffender Weise zu ähneln – mit einer Ausnahme: Greg hatte meine Instinkte praktisch von Anfang an respektiert; wenn ich *ihn* nach Goldrings Kundenkartei gefragt hätte, hätte er sich gefragt, worauf ich hinauswollte, und darauf bestanden, alles zu erfahren, was ich wußte.

Dennoch konnte ich verstehen, warum Gallagher die Sache so einseitig anging. Willkürliche Tötungsdelikte – bei denen es anscheinend keine Verbindung zwischen Opfer und Täter gibt – machen drei Viertel der Kapitalverbrechen in San Francisco aus. Wenn ein Kriminalbeamter irgendeine Spur entdeckt, die auf eine Verbindung zwischen dem Opfer und seinem Mörder hinweist, verfolgt er diese unbeirrt. Außerdem mußte sich Gallagher inzwischen noch um weitere Fälle kümmern, die noch nicht so lange zurücklagen; Goldring war schon vor einer Woche ermordet worden – Schnee von gestern. Außer in spektakulären oder sehr umstrittenen Fällen laufen die Untersuchungen in Mordfällen nach zweiundsiebzig Stunden meistens nur noch auf kleiner Flamme weiter, ganz einfach deshalb, weil die Chancen, den Fall aufzuklären, nach drei Tagen erwiesenermaßen beträchtlich gesunken sind. Ich wußte das von meinen häufigen Besuchen in Greg Marcus' Büro; ich hatte die Aktenpakete gesehen, die sich an den Wänden des Mannschaftsraumes stapeln. Die Abteilung ist überarbeitet und personell unterbesetzt. Nur wenn wie durch ein Wunder eine neue Spur auftaucht, können solche Fälle noch geklärt werden.

Das waren die Probleme, die Gallaghers Verhalten mir gegenüber erklärten. Und deshalb zögerte ich auch, ihn zurückzurufen und ihm zu erzählen, warum Goldrings Kundenkartei für mich wichtig war, und war erst recht nicht bereit, ihm zu sagen, wo Bob Choteau sich versteckte. Was ich von Frank Wilkonson und Irene Lasser wußte, wäre für ihn zu vage für eine neue Spur. Wenn er Choteau fände, würde er den Fall für abgeschlossen erklären und die Sache der Staatsanwaltschaft übergeben. Und wenn die Nachforschungen erst einmal abgeschlossen sind, ist es sehr schwierig, einen Fall wiederzueröffnen. Wenn Choteau erst einmal angeklagt wäre, würde es mir wahrscheinlich überhaupt nicht gelingen, Gallagher für einen anderen Tatverdächtigen zu interessieren. Aber noch schlimmer: ein Unschuldiger könnte verurteilt werden.

Ich klopfte mit den Fingern auf den Schreibtisch und starrte aus dem Fenster. Im Süden, irgendwo über Daly City, schwebte eine Nebelbank. Ich fragte mich, ob Goldrings Firma wohl noch zu erreichen war? Wenn ja, dann konnte mir Mrs. Halvorsen, die Frau, die sich um alles zu kümmern schien, vielleicht helfen.

Mrs. Halvorsen sagte mir am Telefon, daß sie noch dabliebe, bis die Firma verkauft sei. »Der Verkauf wurde in Mr. Goldrings Testament vorgesehen«, fügte sie hinzu, »weil es keine Erben gibt, die das Geschäft weiterführen könnten.«

»Wie steht es mit Irene und Susan Lasser?«

»Die? Oh, das sind keine Verwandten, und das waren auch nur kleine Vermächtnisse. Ich weiß das, denn ich habe das Testament als Zeugin unterschrieben.«

»Kennen Sie denn Irene Lasser?«

»Natürlich. Sie ist eine nette Person. Sie besuchte Mr. Goldring oft. Sie hat ihm all die Pflanzen geschenkt, die wir im Büro haben.«

»Ich verstehe nicht ganz, in welcher Beziehung die beiden zueinander standen. Wenn Irene nicht zur Familie gehört...«

»Sie gehört praktisch dazu. Irenes Vater und Mr. Goldring waren zusammen im College, und sie hat den Kontakt auch nach dem Tod ihrer Eltern aufrechterhalten. Als sie nach ihrer Scheidung Arbeit suchte, hat Mr. Goldring ihr eine Anstellung bei einem seiner Kunden verschafft.«

»Gerry Cushman.«

»Ja. Es war ideal; die Cushmans brauchten jemanden, der bei ihnen wohnte und sich um ihre Töchter kümmerte; sie haben genug Platz, und es störte sie nicht, daß Irene selbst ein kleines Mädchen hatte. Ich hatte auch den Eindruck, daß Irene Schutz suchte – vielleicht ein eifersüchtiger Exmann –, und nirgendwo in der Stadt wohnt man so sicher wie in den ›Schlössern‹. Aber ich plappere hier so vor mich hin. Womit kann ich Ihnen helfen?«

Warum hatte ich nicht schon früher daran gedacht, mit Mrs. Halvorsen zu sprechen? Ich hätte mir eine Menge Mühe ersparen können. »Sie haben meine Frage schon beantwortet«, sagte ich. »Herzlichen Dank.«

Es war nach ein Uhr, Zeit, mich nochmals ans Telefon zu hängen. Aber bevor ich die Anrufer auf den Notizzetteln zurückrief, schlug ich die Nummer der Abbott School nach und rief dort an. An der Information sagte man mir, daß der Unterricht um halb vier zu Ende sei.

Um zwanzig nach drei lehnte ich an einer Platane vor der Schule. Der BMW der Cushmans mit Irene Lasser am Steuer hatte sich gerade in die Schlange der wartenden Autos eingereiht. Bald darauf fuhr ein Schulbus vor und versperrte mir den Blick auf den Wagen – das war ganz gut so, denn dann konnte mich Irene auch nicht sehen.

Um ehrlich zu sein, ein bißchen kam ich mir vor wie ein Perverser, der auf einem Schulhof herumschleicht; wenn die Cushman-Kinder erschienen, würde ich mich wahrscheinlich zurückhalten müssen, um sie nicht zu fragen, ob sie ein Stück Schokolade wollten. Ich ertappte mich dabei, wie ich grinste, und schaute mich schuldbewußt um, ob mich jemand beobachtete. Warum fiel mir immer solcher Blödsinn ein, wenn ich unter Anspannung stand?

Um halb vier begannen die Kinder aus der Schule herauszuströmen. Ich weiß nicht, warum ich erwartet hatte, daß sie ruhig sein würden; Kinder wohlhabender Eltern sind von Natur aus auch nicht gesitteter als Arbeiterkinder wie die McCones. Aber der Übermut, mit dem sie aus den Schultüren herausrannten und zu den Bussen und den teuren Autos liefen, überraschte mich. Ich hätte fast Betsy Cushman übersehen, die mit einem etwas älteren Mädchen den Bürgersteig entlangging. Das andere Kind sah ihr so ähnlich, daß es wohl ihre Schwester Lindy sein mußte.

Betsys grüne Uniform war bös zerknittert, und ihre weiße Bluse hing auf einer Seite aus ihrem Rock heraus. Ihr lustloser Gang betonte ihre Stämmigkeit. Lindy war größer und schlanker, aber sie hielt sich krumm; ihr langes, blondes Haar sah fettig und ungekämmt aus. Die beiden machten einen so niedergeschlagenen Eindruck, als ob sie schlechte Noten bekommen hätten.

Mitfühlend schüttelte ich den Kopf. Ihre Mama war zu beschäftigt, um ihren Aufzug zu bemerken. Aber wie stand es mit Irene – Rina, wie sie sie nannten? War es nicht ihre Aufgabe, dafür zu sorgen, daß diese Kinder ordentlich hergerichtet und gekleidet waren? Der ganze Cushman-Haushalt schien auf dem absteigenden Ast zu sein, und Lindy und Betsy waren die unschuldigen Opfer.

Ich löste mich von dem Baum und begrüßte Betsy. »Hallo«,

sagte ich. »Erinnerst du dich noch an mich – ich bin Sharon, eine Freundin deiner Mama.«

Über das Gesicht des Mädchens ging ein Leuchten, und sie wandte sich an ihre Schwester. »Lindy, weißt du noch, vor ein paar Tagen habe ich dir erzählt…«

Lindy aber war das Kind ihrer Mutter. Sie blieb stehen und musterte mich kritisch von oben bis unten. »Sie haben Mama am Donnerstag besucht. Sie hat Betsy angeschrien, weil wir Popcorn machen wollten, und später am Abend ist sie ganz ausgeflippt.«

»Ich nehme an, ihr habt das ziemlich satt, hm?«

»Und wie. Und Papa auch. Sie macht ihn verrückt und uns auch. Wenn das so weitergeht, fürchten wir, daß Rina kündigen wird…« Sie brach ab und schaute zur Straße. »Wo ist Rina überhaupt?«

»Da drüben, hinter dem Bus.« Ich führte sie in die Richtung.

»Was, glaubt ihr, hat eure Mama?«

Lindy zuckte die Achseln. »Sie dreht durch. Das passiert. Die Mutter meiner Freundin Judy ist auch übergeschnappt und hat sich die Pulsadern aufgeschnitten. Das ganze Bad war voll Blut, bevor sie endlich die Tür aufbrechen konnten. Widerlich.«

Ich dachte an meine eigene Kindheit; damals schien es mir, als hätte ich unglaublich viele Sorgen. Mein Vater war bei der Marine und einen Großteil der Zeit auf See; Mama mußte die Familie praktisch allein versorgen. Wir hatten nie genug Geld für all die Dinge, die wir zu brauchen glaubten. Das Haus schien viel zu klein für uns sieben, und ich verbrachte meine Teenagerzeit damit, um Ruhe und Frieden zu beten. Aber niemand hatte sich im Badezimmer die Pulsadern aufgeschnitten; niemand war übergeschnappt.

Vorsichtig sagte ich: »Ich glaube nicht, daß es mit eurer Mama so weit kommen wird.«

»Woher wollen Sie das wissen?« sagte Betsy. Wir hatten jetzt den Randstein erreicht. Es überraschte mich, daß sie ihre Hand in meine legte, bevor wir die Straße überquerten. »Es wird immer schlimmer mit Mama«, fügte sie hinzu. »Am Samstag abend ist sie richtig ausgeflippt.«

»Wer hat euch das erzählt?«

»Das muß uns keiner erzählen.« Lindys Stimme klang bitter

und um Jahre älter als die einer Elf- oder Zwölfjährigen, für die ich sie hielt. »Wir können es hören, wenn sie das Fenster offenlassen.«

»Was habt ihr genau gehört?« Ich verlangsamte meinen Gang, so daß sie reden konnten, bevor wir das Auto erreichten.

»Das gleiche wie immer. Mama hat gebrüllt, daß Papa ein Verhältnis hat.« Auf meinen Seitenblick hin sagte sie: »Wir wissen alles über Verhältnisse. Er hat nein gesagt. Sie hat weiter geschrien, daß er ein Blödmann ist und alles kaputtmacht. Sie hat gesagt, für sie hätte er das niemals getan. Dann hat sie gedroht zu verraten, wo... und dann gab's Scherben. Wenn sie so richtig in Fahrt ist, schmeißt sie immer Sachen kaputt.«

Das paßte zu dem, was mir Vicky erzählt hatte, daß dieser Streit nur eine weitere Folge in der Schmierenkomödie ihrer Ehe war. Und doch paßte es auch wieder nicht. Diese Affäre mußte wichtiger sein als die anderen Verhältnisse, die Gerry gehabt hatte, wenn Vicky behauptete, daß er »alles kaputtmacht«.

»Lindy«, sagte ich, »was genau hat sie gedroht zu tun?« Die Mädchen wechselten einen Verschwörerblick. *Wir haben uns gegenseitig versprochen, niemandem etwas zu sagen.*

»Wollte sie verraten, wo Rina sich aufhält?« fragte ich.

Lindy nickte.

»Wem?«

»Ich weiß nicht. Sie hat nur gesagt, sie würde es verraten.«

»Glaubt eure Mutter, daß euer Papa mit Rina ein Verhältnis hat?«

Lindy wandte sich abrupt weg. Betsy nickte mit Tränen in den Augen. »Rina *würde das nie tun*«, sagte sie.

Nicht Papa würde das nie tun, sondern Rina. Diese Kinder wurden schnell erwachsen.

Wir waren jetzt schon nahe beim Auto. Ich sagte: »Natürlich nicht. Eure Mutter ist nur...«

»Verrückt«, sagte Lindy tonlos.

Darauf wußte ich keine Antwort. Als wir bei dem BMW ankamen, sah ich hinten einen Kindersitz, aus dem ein kleiner Kopf herausragte. »Ihr steigt hinten ein und setzt euch zu Susan, einverstanden?« fragte ich. »Ich möchte bei Rina sitzen.«

Sie nickten beide und liefen zum Auto. Während Lindy hinten einstieg, schob ich mich auf den Beifahrersitz.

Irene, die sich umgedreht hatte, um die Mädchen zu begrüßen, fuhr zu mir herum. Sie wurde sehr bleich.

»Hallo, Rina«, sagte ich. »Die Mädchen sind heute ein bißchen niedergeschlagen. Vielleicht sollten wir mit ihnen einen Ausflug machen und irgendwo ein Eis essen.«

Irene biß sich auf die Unterlippe und schaute über die Schulter nach hinten. Betsy redete zärtlich auf Susan ein, aber Lindy saß ganz still da und beobachtete uns. »Sicher«, sagte sie nach einer kleinen Pause. »Das ist eine gute Idee.«

Langsam griff sie nach dem Schlüssel und startete das Auto. Dann legte sie beide Hände auf das Lenkrad und schaute in den Rückspiegel, bevor sie losfuhr. Ihre Bewegungen ähnelten denen eines Anfängers, der Schritt für Schritt ausführt, was er in der Fahrschule gelernt hat.

Leise sagte ich: »Tut mir leid – ich tue Ihnen nichts, aber wir müssen uns unterhalten. Lassen Sie uns um der Kinder willen so tun, als wäre nichts geschehen.«

Sie warf mir einen schnellen Seitenblick zu und schaute dann wieder auf die Straße. Ich spürte, daß sie sich ein wenig entspannte. »Wie war's in der Schule, ihr beiden?« fragte sie. Ihre Stimme bebte nur leicht.

»Schrecklich«, sagte Betsy. »Das Band von meinem Turnschuh ist gerissen, und in Mathe bin ich zweimal aufgerufen worden und hab' die Antwort nicht gewußt, und das Mittagessen war zum Kotzen...«

»Betsy.«

»Es gab Thunfischüberraschung, das ist zum Kotzen.«

Irenes Mund zuckte, und sie schaute zu mir herüber. Ich mußte auch lächeln. Das schien sie zu beruhigen, denn ihre Stimme klang sicherer. »Das reicht jetzt, Betsy.«

»Mama sagt das die ganze Zeit. ›Die medizinische Fakultät an der Uni ist zum Kotzen. Diese Supermarkt-Kapitalisten sind zum Kotzen.‹«

»Betsy! Sollen wir dich zu Hause abladen, bevor wir Eis essen gehen?«

»Nein!«

»Dann hör auf, solche Worte in den Mund zu nehmen.«

Betsy verstummte. Ich schaute zu Lindy hinter uns und stellte fest, daß sie entschlossen aus dem Fenster starrte.

»Wohin sollen wir fahren?« fragte ich.

Irene konzentrierte sich auf den Verkehr. »Das müssen Sie entscheiden.«

»Wie wäre es mit dem Park?«

»Gut – und wohin da?«

»Zur Murphy-Windmühle?« Ich war neugierig, wie sie auf die Erwähnung von Bob Choteaus Versteck reagieren würde. Sie sah nur überrascht aus. »Ist das die, die restauriert worden ist? Die Gärten sind schön, aber ich glaube nicht, daß wir dort Eis bekommen können.« Die Antwort schien ehrlich zu sein – und das verblüffte *mich*.

»Wie wäre es mit Stowe Lake?« fragte ich. »Wir könnten in der Eisdiele Eis kaufen und für die Mädchen ein Paddelboot mieten. Dann sind sie beschäftigt, während wir uns unterhalten.«

Sie lächelte schwach. »Sie scheinen mit Kindern umgehen zu können.«

»Das ist kein Wunder. Mein älterer Bruder hat zwei, und meine jüngeren Schwestern haben zusammen neun.«

Irene schaute über ihre Schulter nach hinten auf das Kleinkind in seinem Sitz. »Ich habe nur das eine, aber sie bedeutet mir alles. Ich würde eher jemanden umbringen, als zuzulassen, daß ihr etwas geschieht.« Ihr wild entschlossener Gesichtsausdruck unterstrich ihre Worte, die offenbar als Warnung an mich gerichtet waren.

19

Fast eine Stunde später erreichten Irene, Susan und ich den chinesischen Pavillon am Stowe Lake. Wir hatten für die Mädchen ein Paddelboot gemietet und ihnen gesagt, sie sollten um den See herumfahren, bis wir sie vom Pavillon aus sehen könnten; dann würden wir uns auf den Rückweg zum Landesteg machen.

Der Pavillon, ein kleines Gebäude im Pagodenstil, steht auf

einer Insel mitten im See. Er ist nur über zwei Fußgängerbrükken zu erreichen und über Pfade, die mit Fichtennadeln übersät sind und sich am Ufer, unterhalb des steilen Anstiegs zum Strawberry-Hill-Reservoir, entlangschlängeln. Mit seinen hellroten Säulen und seinem mit mythischen Tierfiguren verzierten Dach in Gold- und Grüntönen hebt er sich leuchtend ab von dem dichten Unterholz, den Palmen und Zypressen der Umgebung. Unterhalb des Pavillons erstreckt sich die spiegelglatte Wasserfläche, auf der Seemöwen und andere Wasservögel ihre Kreise ziehen und Schnappschildkröten sich auf halb versunkenen Baumstämmen sonnen.

Irene führte mich über die Brücke und einen Weg an dem mehrstufigen Wasserfall entlang, der den Wasserüberschuß vom Reservoir in den See leitet. Ich half ihr, Susans Kinderwagen über die zerklüfteten Felsen am Fuß des Wasserfalls zu tragen. Der Pavillon stand am Ende einer Wegbiegung. Wir trugen den Wagen die weißen Betonstufen hinauf und setzten uns in die pilzförmigen Stühle an einem grünen Marmortisch, direkt unterhalb der Pagodenkuppel. Dort war es kühl; der Hügel verdeckte die Spätnachmittagssonne. Fröstelnd zog Irene ihren Pulli enger um sich. Als sie zu sprechen anfing, wurden ihre Worte durch das Getöse des Wasserfalls verzerrt. Ich beugte mich zu ihr vor.

»Ich nehme an, Sie wollen über Rudy sprechen«, wiederholte sie.

»Über Rudy und Bob Choteau. Über Sie und Susan und die Cushmans.« Ich machte eine Pause. »Über Frank Wilkonson und Harlan Johnstone.«

Sie erbleichte wieder, wie vorhin. »Sie wissen eine ganze Menge«, sagte sie nach einem Augenblick. »Vicky hat mich gewarnt. Sie sagte, Sie betrieben ihre Nachforschungen mit großer... Entschlossenheit. Darum dachten wir, es sei das beste, wenn Sie nur mit Rudy Kontakt haben.« Ihre riesigen blauen Augen glänzten tränenfeucht. »Und Sie sehen ja, was mit ihm passiert ist«, fügte sie leise hinzu.

»Glauben Sie, daß er getötet wurde, weil er wußte, wo Sie waren?«

»Ja.«

»Von wem? Von Frank Wilkonson?«

Sie zuckte die Achseln und schaute zu Susan hinunter.

»Warum erzählen Sie mir nicht einfach alles«, sagte ich. »Von Anfang an.«

Sie drückte die Lippen aufeinander und legte ihre Hände auf den Tisch, in den eine Messingplakette eingelassen war: Eine Inschrift in chinesischer und englischer Sprache erinnerte daran, daß dieser Pavillon ein Geschenk Taipehs an seine Schwesterstadt San Francisco war. Irenes Zeigefinger bewegte sich auf die Plakette zu und rieb über die Unterschrift des Bürgermeisters von Taipeh, bevor sie sprach. »Also gut. Ich kann das wohl nicht länger verschweigen. Sie wissen, daß ich mit Harlan Johnstone verheiratet war?«

»Das hat mir Walt Griscom, der Tavernenbesitzer in Tres Pinos, erzählt.«

»Oh. Sie kommen ziemlich rum. Walt ist ein netter Mann. Ich bin sicher, daß er Ihnen nichts... Unfaires über mich erzählt hat. Aber vermutlich hat er Ihnen gesagt, daß Harlan und ich nach den ersten Jahren nicht sehr glücklich zusammen waren. Harlan ist... ein sehr dominanter Mann, ein eifersüchtiger Mann. Als ich in der Gegend Freundschaften schloß und an Aktivitäten teilnahm, wurde er unsicher und verlangte schließlich, daß ich alles aufgab und mich nicht mehr von der Ranch rührte. Um etwas zu tun zu haben, begann ich im Ranchbüro zu arbeiten. Dort lernte ich Frank kennen.«

»Sie hatten ein Verhältnis mit ihm.«

»... Ja.«

»Ist Susan seine Tochter?«

Sie schwieg, ihre Augen waren auf die Plakette geheftet. Schließlich überging sie die Frage völlig, und sagte: »Nachdem ich schwanger geworden war, konnte ich nicht auf der Ranch bleiben. Harlan hätte gewußt, daß das Kind nicht von ihm war; er hatte sich schon viele Jahre vorher einer Vasektomie unterzogen. Seine erste Frau war kränklich und konnte keine zweite Schwangerschaft riskieren. Ich wollte um keinen Preis abtreiben; ich hatte immer ein Kind gewollt, und dies war vielleicht meine letzte Chance. Schließlich war ich schon fünfunddreißig, und Sie wissen ja, die biologische Uhr... Selbst unter den gegebenen Umständen erschien mir die Schwangerschaft wie ein Geschenk nach einem Leben voller Enttäuschungen.«

»Was war mit Frank? Haben Sie ihm gesagt, daß Sie schwanger waren?«

»Nein.« Sie atmete nun schneller und sehr flach. Immer noch vermied sie meinen Blick. »Er hat schon seit Jahren eine unglückliche Ehe geführt; er hätte sich von Jane scheiden lassen und mich heiraten wollen. Aber da waren ihre sechs Kinder.« Endlich schaute sie auf; ich sah wohl ziemlich skeptisch aus, denn sie sagte: »Ich weiß. Ich hätte an die Kinder denken sollen, bevor ich mich mit Frank eingelassen habe. Ich mag sie wirklich; ich habe auch Jane immer sehr gern gehabt. Aber man ist nicht immer vernünftig.«

»Ich weiß. Erzählen Sie weiter.«

»Selbst wenn seine Familie nicht gewesen wäre, hätte ich Frank nicht heiraten wollen. Er ist genauso ein dominanter Typ wie Harlan, und er neigt zur Gewalttätigkeit. Es ist eigenartig, daß ich mich mit dem gleichen Typ Mann wie meinem Ehemann eingelassen habe – aber dazu neigen wir Frauen wohl, nicht wahr?«

»Manchmal.«

»Also, mir ist es immer so ergangen. Jedenfalls, ich wollte ausbrechen aus diesem Kreis und hätte, schwanger oder nicht, die Ranch sowieso irgendwann verlassen müssen. Ich konnte dort nicht atmen oder mich entfalten. Ich wollte einfach ich selbst sein. Also bin ich gegangen, ohne jemandem zu sagen, wohin; ich bin in ein Frauenhaus in Tustin, Orange County, gezogen. Und dort bekam ich mein Kind.«

»Glauben Sie, daß Frank Sie sucht, weil er Sie zurückhaben will, oder weiß er von Susan?«

»Er weiß von ihr. Jane merkte, daß ich schwanger war. Man sah es mir an, und sie hatte so viele eigene Kinder gehabt, daß sie die Anzeichen zu deuten wußte. Sie glaubte, daß das Kind von Harlan sei – sie hatte keine Ahnung, daß Frank und ich ein Verhältnis hatten –, und in ihrer Arglosigkeit erzählte sie Frank davon. Das war an dem Tag, bevor ich wegging. Er kam zum Ranchhaus und wollte mich sehen. Ich gab vor, krank zu sein, und bat Hal, den Sohn meines Mannes, ihn wegzuschikken. Aber aus dem, was er zu Hal sagte, konnte ich schließen, was er vorhatte. Darum bin ich so schnell weggelaufen.«

»Wie lange sind Sie in Orange County geblieben?«

»Fast ein Jahr.«

»Frank hat Sie dort unten gesucht, wußten Sie das?«

»Nein, wie haben Sie das erfahren?«

»Das führt jetzt zu weit. Ich nehme an, er wußte, daß Sie sich dort aufhielten, da die Scheidungsunterlagen von dort kamen.«

Sie war nun wirklich aufgeregt. Ich schaute weg, um ihr Zeit zu geben, sich wieder zu fassen. Neben der Pagode lag ein Haufen Abfall – Bierdosen und eine Weinflasche. Der Anblick erinnerte mich an Bob Choteau. Doch dazu kommen wir später, sagte ich mir.

»Das war wohl wegen der Scheidungsunterlagen, ja. Aber daß er herausfand, daß ich hier lebe, war ganz allein mein Fehler. Ich habe einmal einen Artikel gelesen, wie man erfolgreich verschwinden kann. Am wichtigsten ist es, alle Verbindungen zu seinem früheren Leben abzuschneiden – zu Freunden, Kollegen, allem. Aber ich habe gegen diese Regel verstoßen, als ich Jane Wilkonson vor etwa sechs Wochen eine Postkarte schickte. Ich habe zwar keinen Absender daraufgeschrieben, aber vom Poststempel konnte man wohl auf die Gegend schließen.«

»Warum, um Himmels willen, haben Sie das getan?«

»Das war dumm; jetzt weiß ich es. Aber ich mag Jane, und ich wußte, daß sie sich um mich sorgte. Ich schrieb auf die Karte, daß es mir gutgehe, daß ich ein kleines Mädchen namens Susan habe. Ich erzählte ihr, daß ich eine gute Stellung gefunden habe und wieder im Gartenbau arbeite. Es kam mir gar nicht in den Sinn, daß sie Frank die Karte zeigen könnte, oder daß er mich suchen würde.«

Ich beobachtete sie; ich glaubte ihr keinen Augenblick lang. Aber ihr Gesichtsausdruck war arglos; vielleicht glaubte sie selbst, was sie sagte. Irene schien zu der eigenartigen, wenngleich nicht seltenen Spezies von Menschen zu gehören, die ausgeprägte Selbstsucht mit grenzenlosem Mitgefühl und Liebesfähigkeit verbinden. Um diese beiden Motive unter einen Hut zu bringen, schreiben sie sich selbst oft wesentlich edlere Ziele zu als die, die sie in Wirklichkeit verfolgen. Ich hatte den Verdacht, daß sie die Karte geschrieben hatte, weil sie wollte, daß Frank von ihrer Tochter erführe – vielleicht wollte sie sogar, daß er sie suchte. Eine andere Möglichkeit – eine, die so fies war, daß ich nicht weiter darüber nachdenken wollte – war, daß sie ihn ärgern wollte mit der Nachricht, daß er ein Kind hatte, das er nie zu Gesicht bekommen würde.

»Sie haben nochmals gegen die Regel verstoßen«, sagte ich, »als Sie Kontakt mit Rudy Goldring aufnahmen.«

»Ich weiß. Ich war unglücklich unten im Süden. Ich bin im Norden von Kalifornien geboren; der Lebensrhythmus da unten ist viel schneller und… so *fremd*. Da habe ich an Rudy gedacht und ihn angerufen. Er hat mir die Stelle bei den Cushmans verschafft.«

»Woher wußten Sie, daß Frank am Wochenende immer in die Stadt kam?«

»Von einer Freundin, die in einer kleinen Baumschule in Inner Sunset arbeitet. Frank ist eines Sonntags dort aufgetaucht und hat nach mir gefragt. Sein Verhalten hat sie nervös gemacht, sie hat ihn vertröstet und gesagt, daß einer ihrer Kollegen mich vielleicht kannte, und hat ihn gefragt, wo sie ihn erreichen könnte. Er hat ihr eine Telefonnummer aufgeschrieben, die sie mir gab. So habe ich von dem Motel an der Lombard Street erfahren.«

»Und dann haben Sie Gerry Cushman gebeten, weitere Nachforschungen anzustellen.«

»Ja, Gerry hat von dem Mann an der Rezeption erfahren, wie Franks Zeitplan während dieser Aufenthalte aussah. Ich hatte Angst vor ihm, und ich wollte feststellen, in welcher Stimmung er war. Deshalb habe ich Rudy gebeten, einen Detektiv zu beauftragen. Ich konnte weder Gerry noch Vicky um diesen Gefallen bitten – die Spur hätte ihn möglicherweise direkt zu mir geführt.«

Es überraschte mich, wie alle sich Irenes Wünschen fügten. Es ärgerte mich auch, wie sie sich durchschlug, ohne selbst die Initiative zu ergreifen, wie sie immer andere für ihre Zwecke einspannte.

Sie muß meine Reaktion gespürt haben, denn sie schaute wieder auf ihre Hände. Als eine Träne auf ihre weißen Gelenke fiel, merkte ich, daß sie weinte. »Ich werde mir nie verzeihen, daß ich Rudy da hineingezogen habe«, sagte sie. »Ich sollte Montag am späten Nachmittag vorbeikommen. Er meinte, er habe bis dahin Ihren Bericht, und dann könnten wir alles weitere entscheiden. Aber als ich in seiner Wohnung eintraf…«

Ich hätte wohl Mitleid mit ihr haben sollen, aber ich dachte daran, wie unbehaglich sich Rudy Goldring gefühlt hatte, als er mich anlügen mußte. Und das Bild des alten Mannes, der auf dem Küchenboden in seinem Blut lag, stand noch zu deutlich vor meinen Augen. »Wollen Sie meinen Bericht jetzt hören?« fragte ich.

Sie schaute wieder auf, mit tränennassem Gesicht, verletzt und vorwurfsvoll.

Ich wartete ihre Antwort nicht ab. »Frank hat in mehr als einer Baumschule nach Ihnen gefragt. Er hat Ihre Karte an Jane wohl falsch gedeutet und angenommen, daß Sie im Gartenbau tätig wären.« Ich berichtete kurz, was ich an jenem Sonntag herausgefunden hatte.

Als ich fertig war, schüttelte sie den Kopf. »Wie konnte er nur annehmen, mich auf diese Weise finden zu können? Ich war noch nie bei diesem Pflanzenverkauf oder auf dem Blumenmarkt. Von vielen dieser Gartencenter habe ich noch nie gehört. Und das Konservatorium – da bin ich immer hingegangen, wenn ich in der Stadt auf Besuch war, aber seit ich bei den Cushmans wohne, war ich nie mehr dort.«

»Vielleicht wollte er sein Glück so lange versuchen, bis er eine Spur fand. Das ist das Wesen der Detektivarbeit: eine Menge langweiliger Beinarbeit für ein paar kleine Informationen.«

»Darum wollte er die Information schließlich gewaltsam aus Rudy herausholen.«

»Sie glauben, daß er Rudy getötet hat?«

»Ja.«

Diese Annahme interessierte mich. »Wie hätte er Sie beide miteinander in Verbindung bringen können?«

»Darüber habe ich auch schon nachgedacht, und mir sind nur meine Briefe eingefallen. Ich habe die Burning Oak Ranch so überstürzt verlassen, daß ich meine Erinnerungen nicht mitnehmen oder vernichten konnte. In einer Kiste auf dem Dachboden des Ranchhauses waren Briefe, Weihnachtsgrüße und Geburtstagskarten von Rudy.«

»Wie hätte Frank da herankommen können?«

»Er hätte wohl einen Weg gefunden. Er kam sicher am Montag zu Rudy in die Wohnung, um ihn zu zwingen, meinen Aufenthaltsort preiszugeben. Frank ist jähzornig...«

»Irene, Frank hat Rudy nicht ermordet.«

»Was?«

»Er war auf der Ranch bei der Arbeit, als Rudy starb.«

»Aber wer...?«

»Ich weiß es nicht.«

»O Gott, das macht alles noch schlimmer...«

Eine Kinderstimme rief unsere Namen. Ich schaute auf den See hinaus und sah Lindy und Betsy, die uns von ihrem rotweißen Paddelboot aus zuwinkten.

»Wir machen uns besser auf den Rückweg«, sagte Irene.

Ich blieb sitzen, weil ich noch weiterreden wollte, weil ich sie noch nach ihrem Verhältnis zu Gerry Cushman und der von Vicky vermuteten Liebesaffäre fragen wollte. Aber sie schien mich möglichst schnell loswerden zu wollen, und ich wollte unsere etwas wackelige Beziehung nicht gefährden. Irene konnte mir nutzen, aber nur, wenn sie dachte, daß ich auf ihrer Seite stehe.

Ich half ihr, die Kinderkarre die Stufen am Pavillon hinunterzutragen. Auf dem Weg zum Wasserfall sagte ich: »Vielleicht hat doch Bob Choteau Rudy getötet.«

»Das glaube ich nicht.«

»Ich auch nicht. Irene, wissen Sie, wo Bob sich versteckt?«

»Nein. In der Zeitung stand, daß er sich vielleicht im Park aufhält. Aber das war vor ein paar Tagen.«

»Er ist hier, und jemand bringt ihm Essen – und zwar jemand aus Ihrem Haushalt, wie ich vermute.«

Sie blieb am Rande der Felsblöcke unterhalb des Wasserfalls stehen und schaute mich an. »Warum vermuten Sie das?«

Ich erzählte ihr von der Tasche mit Lebensmitteln, ohne jedoch zu erwähnen, wo ich sie gesehen hatte. Irene wischte sich mit dem rechten Ärmel über die Stirn; ob die Feuchtigkeit auf ihrer Stirn vom Wasserfall kam oder ob sie vor Nervösität schwitzte, konnte ich nicht sagen.

»Sie müssen mir helfen herauszufinden, wer diese Tasche mit Lebensmitteln zu Bob gebracht hat...«

»Ich kann mir kaum selbst helfen.«

»Damit helfen Sie sich selbst – und Susan.«

Sie schaute auf die Kinderkarre hinab. Das kleine Mädchen war eingeschlafen; ihr Kopf war auf eine Schulter gesunken.

»In Ordnung«, sagte sie.

»Ich bin mir ziemlich sicher, daß Vicky es war«, erzählte ich ihr. »Aber ich muß es genau wissen.«

Irene fröstelte und schaute nach oben, wo eine Brücke über den unteren Teil des Wasserfalles führte. Einen Augenblick lang ließ mich die Furcht in ihren Augen glauben, dort oben wäre jemand, aber ich entdeckte niemanden. Sie erlebte vermutlich die vage, unbestimmte Angst, die Menschen befällt, die sich bedroht fühlen, aber diese Bedrohung nicht identifizieren können.

»Werden Sie mir helfen?« fragte ich.

»Ja. Ich muß wohl. Sonst kann ich in diesem Haus kein Auge mehr zutun.«

20

Ich verbrachte den Abend zu Hause und wartete auf einen Anruf von Irene oder Rae. Keine von beiden rührte sich. Gegen acht rief Jack Stuart an. Ich berichtete ihm von meinen Aktivitäten, und er sagte, daß ich die Polizei informieren sollte. Ich erzählte ihm von Gallaghers einseitiger Sicht der Dinge, aber er war immer noch der Meinung, daß ich einen Fehler machte. Ich sagte ihm, daß ich die Sache auf meine Kappe nehme. Ich brauchte noch vierundzwanzig Stunden Zeit; ich war überzeugt, bis dahin so viele handfeste Beweise zu bieten zu haben, daß selbst ein Schmalspurbulle wie Gallagher seine Taktik ändern müßte.

Um neun Uhr dreißig rief ich Jane Wilkonson an. Nein, sagte sie, Frank sei nicht zurückgekommen, und er habe sich auch nicht gemeldet. Ihre Stimme klang sehr nervös, fast wütend, sie war offensichtlich nicht in der Verfassung, ein Gespräch zu führen. Im Hintergrund hörte ich ein Kind schreien. Ich sagte ihr, ich würde mich am nächsten Tag wieder melden. Dann stellte ich mich unter die heiße Dusche, bevor ich zu Bett ging.

Am nächsten Morgen war ich um acht Uhr dreißig im Büro. Ich hoffte, daß Irene mich falsch verstanden und, anstatt mich zu

Hause anzurufen, mir im Büro eine Nachricht hinterlassen hätte. Aber ich fand nur einen Zettel mitten auf meinem Schreibtisch, auf dem stand, daß Rae um acht angerufen hatte und bis zehn zu Hause zu erreichen sei. Ich wählte ihre Nummer. Ihr »Hallo« klang recht niedergeschlagen.

»Wie geht es Doug?« fragte ich.

»Nicht so gut. Ich nehme an, du ahnst, was wirklich passiert ist. Ted scheint es zu wissen, und er ist ein solches Plappermaul.«

»Ich kann es mir vorstellen. Warum hat er es getan?«

»Wer weiß? Er behauptet, es wäre ein Unfall gewesen, er hätte nicht schlafen können, weil er sich den Kopf darüber zerbrach, ob er die Magisterprüfung nun machen sollte oder nicht. Und dann hätte er einfach zu viele Schlaftabletten genommen. Aber man nimmt nicht aus Versehen so viele Tabletten.«

»Wie geht es dir?«

»Auch nicht so gut. Weißt du, was am schlimmsten ist?« Sie sprach leiser, obwohl Doug noch immer im Krankenhaus war und sie gar nicht hören konnte. »Er tut mir nicht leid. Ich bin nur wütend, daß er sich und mir so etwas angetan hat. Ist das nicht schrecklich?«

»Nein, das ist ganz normal.«

Es entstand eine lange Pause. Dann sagte Rae: »Hör' mal, Sharon, ich glaube nicht, daß ich weiter für dich arbeiten kann.«

»Warum nicht?«

»Ich glaube, daß meine Arbeit zum Teil an Dougs Problemen schuld ist. Wenn ich mich in meine Arbeit hineinknie, kann ich ihm nicht mehr genug Aufmerksamkeit schenken. Du siehst ja, was er gemacht hat, als ich anfing, mehr Verantwortung zu übernehmen.«

Rae zuliebe verzichtete ich darauf, ihr zu sagen, was ich von Dougs Taktik hielt.

Sie fügte hinzu: »Was ist, wenn er das nächste Mal Erfolg hat?«

Ich überlegte lange, bis ich antwortete, und wählte meine Worte sorgfältig. »Viele Menschen wollen mit einem Selbstmordversuch nur auf sich aufmerksam machen. Du weißt das aus deinen Psychologiekursen. Ich sage nicht, daß du Dougs

Selbstmordversuch auf die leichte Schulter nehmen solltest; jeder Akt der Selbstzerstörung ist ernst zu nehmen. Aber ich glaube, du solltest keine Entscheidung über deine Arbeit treffen, bevor du nicht mehr über seine psychische Verfassung weißt. Sind die Untersuchungen schon abgeschlossen?«

»Ich soll heute nachmittag mit den Psychiatern sprechen.«

»Nun, dann warte ab, was sie sagen. Sie werden vermutlich irgendeine Therapie empfehlen, vielleicht kannst du auch daran teilnehmen. Das könnte deine Entscheidung sehr beeinflussen.«

»Aber in der Zwischenzeit laß' ich dich hängen...«

»Mach dir um mich keine Sorgen. Bevor du kamst, habe ich die Arbeit hier jahrelang allein gemacht. Ich werde noch ein Weilchen durchhalten.« Während ich das sagte, warf ich einen nervösen Blick auf den Stapel Akten auf meinem Schreibtisch; ich wußte, daß da noch mehr waren; außerdem lagen in Raes Eingangskasten unten noch ein Dutzend Dokumente, die eingereicht werden mußten.

»Danke.«

»Kein Problem. Aber triff keine überstürzten Entscheidungen.«

Der Vormittag verging langsam, während ich Berichte schrieb und Korrespondenz erledigte. Ich schaute immer wieder auf die Uhr und fragte mich, warum Irene nicht anrief. Jedesmal, wenn der Knopf an meinem Telefon aufleuchtete, hoffte ich, daß sie es wäre. Aber es waren nur Routineanfragen, die ich meist schnell erledigen konnte. Als Hank kurz nach elf anrief, erzählte ich ihm von Raes Problemen und fragte ihn, ob jemand anders mir helfen könnte. Er versprach, sich darum zu kümmern und zur Not selbst einzuspringen. Dann sagte er wehmütig: »Du hast sicher keine Zeit, mit mir zu Mittag zu essen?«

Ich zögerte und schaute auf meinen Papierkram.

»Wir kommen überhaupt nicht mehr dazu, mal miteinander zu reden«, fügte er hinzu.

Ich stieß meinen Stuhl zurück und drehte mich herum, so daß ich den Schreibtisch nicht mehr im Blick hatte. »So beschäftigt bin ich nun auch wieder nicht. Aber laß uns rausgehen – ich habe in der letzten Zeit zuviel in diesem verdammten Büro gehockt.«

Mein kühner Entschluß hatte mich in Ferienstimmung versetzt, und Hank schien es genauso zu gehen. Wir wollten etwas Besonderes unternehmen und fuhren zu den Avenues, wo eines unserer italienischen Lieblingsrestaurants, der Goldene Spiegel, liegt. Wir bestellten Auberginen Parmigiana und eine Karaffe Rotwein. Nachdem wir eine Weile über Raes Dilemma geredet hatten, ohne auf eine hilfreiche Lösung zu kommen, begann Hank von einem Scheidungsfall zu erzählen, den er gerade bearbeitete. Da stritt man um Zahlungen für den Unterhalt einer Katze, um einen Picknickkorb im Wert von hundert Dollar und darum, wer das Sorgerecht für den gemeinsamen Sohn, einen Teenager, *zu übernehmen hatte.* Der Junge beschäftigte sich nach seinen eigenen Worten mit »Heavy-metal Science-fiction« und behauptete, in der Garage eine »nukleare Todesmaschine« zu bauen.

Früher hätten wir über eine solche Geschichte gelacht, aber so wie Hank sie erzählte, hörte sie sich richtig melancholisch an. Während er erzählte, wurde er lebhafter, aber er trank schnell und aß wenig, und ich bekam einen guten Teil seiner Aubergine ab. Als wir mit dem Essen fertig waren, schlug er vor, anstelle von Kaffee noch einen Wein zu bestellen. Ich war einverstanden, denn ich hatte das Gefühl, daß er endlich darüber sprechen wollte, was ihn bedrückte. Wir zogen um an die Bar, und er erzählte mir noch zwei weitere Scheidungsgeschichten, die aber nicht annähernd so komisch waren. Er schlich um den heißen Brei herum.

Das lag sicher an meiner Freundschaft mit Anne-Marie. Außerdem hatte er mich immer als so eine Art kleine Schwester betrachtet, die man nicht mit Problemen belasten konnte. Was immer ich jetzt sagte, würde den weiteren Verlauf unserer Freundschaft bestimmen.

Also sagte ich alter Feigling gar nichts. Wir tranken noch zwei Gläser Wein und fuhren dann in meinem MG zur Kanzlei zurück. Hank hielt sich am Sitz fest und schaute angespannt auf den Verkehr, wie immer, wenn ich am Steuer sitze.

Als wir zur Tür hereinkamen, sagte Ted: »Oh, warten Sie einen Moment – sie kommt gerade zurück«, und hielt mir den Hörer seines Telefons hin.

»Pech«, meinte Hank und ging zu seinem Büro.

Ich hatte auf der Rückfahrt geklagt, daß ich versäumt hatte, im Restaurant noch auf die Toilette zu gehen.

Ich ergriff den Hörer. »Sharon McCone.«

»Sharon, hier ist Walt Griscom. Von der Taverne...«

»Walt. Wie geht es Ihnen?«

»Ich habe gerade eine Nachricht im Polizeifunk gehört. Da dachte ich an Sie und habe Ihre Karte hervorgekramt. Frank Wilkonson ist tot.«

Blitzartig wurde ich wieder nüchtern und vergaß sogar mein Blasenproblem. Ich setzte mich auf Teds Schreibtisch. »Wie? Wo?«

»Wanderer haben heute früh in der Nähe des San-Luis-Reservoirs seine Leiche entdeckt. Er wurde durch einen Kopfschuß getötet. Er scheint woanders ermordet und dann zum Reservoir gebracht worden zu sein.«

»Wo ist das Reservoir?«

»Im Stadtpark, etwa sechzig Kilometer nordöstlich von hier.«

»Haben Sie eine Ahnung, wie lange er schon tot ist?«

»Nein, mehr weiß ich bisher auch nicht. Offensichtlich wurde er seit einigen Tagen vermißt.«

»Was ist mit der Tatwaffe?«

»Am Tatort hat man keine Waffe gefunden. Aber soviel ich im Radio gehört habe, würde ich sagen, ein kleines Kaliber, vermutlich eine .22er.«

Die typische Hausbesitzerwaffe. Auch Rancher verwenden sie gerne für die Fuchsjagd. »Ist das alles, was Sie gehört haben?«

»Bis jetzt ja. Haben Sie vor, dorthin zu fahren?«

»Ich habe keine offizielle Befugnis. Aber Sie...«

»Miss McCone, ich bin pensioniert.«

»Mr. Griscom, ich bin sicher, Sie haben viele Freunde im Büro des Sheriffs. Und Sie betätigen sich offensichtlich immer noch gern in Ihrem alten Beruf.«

»Gut. Ich will sehen, was ich rauskriege. Kann ich Sie unter dieser Nummer erreichen?«

Ich dachte daran, wo ich Frank Wilkonson das letzte Mal gesehen hatte. »Nein. Sind Sie in der Taverne?«

»Bis zur Sperrstunde.«
»Dann ruf' ich Sie dort an.«

An diesem Nachmittag um vier Uhr war der westliche Abschnitt des Golden-Gate-Parks fast menschenleer, obgleich das Wetter immer noch schön war. Ein paar verrückte Touristen betrachteten die Murphy-Windmühle aus sicherer Entfernung. Sie hätten mich sowieso nicht bemerkt. Ich hatte mich in dem Versteck verkrochen, das ich von Samstag auf Sonntag schon benutzt hatte. Diesmal war ich passend angezogen, mit dunklen Klamotten, die sich von dem alten Holz und dem rostigen Wellblech fast nicht abhoben. Ich hatte belegte Brote, Obst und eine Thermoskanne mit starkem Kaffee mitgebracht. Nach einer Weile bereute ich, mit Hank mittags Wein getrunken zu haben; ich fühlte mich ausgedörrt und hatte einen leichten Kater.

Das war unklug, McCone, tadelte ich mich. In deinem Alter sollte man vernünftig und maßvoll leben. Was ist los mit dir?

Vernünftig und maßvoll zu sein ist langweilig, antwortete mein aufmüpfiges Ich. Wein und Auberginen Parmigiana sind mir allemal lieber als Heilwasser und Naturkost.

Die Zeit verging langsam. Die Schatten des Dickichts um mich herum wurden länger; das Schachbrettmuster von den fehlenden Schindeln auf der Windmühle änderte sich im Wechsel des Lichtes beständig. Das Brausen des Verkehrs auf dem Great Highway schwoll zur Stoßzeit an. Gegen halb sechs tauchte auf dem Weg aus westlicher Richtung ein magerer Mann mit schütteren roten Haaren und zerlumpter Kleidung auf. Er schaute sich um, ging dann um die Windmühle herum und verschwand aus meinem Blickfeld. Ein paar Sekunden später hörte ich, wie die Tür zur Windmühle geöffnet und wieder geschlossen wurde.

Ich trank Kaffee aus der Plastiktasse der Thermoskanne, während ich weiter wartete. Ich wußte nicht genau, worauf ich wartete, aber die Spannung in mir wuchs; ich hatte das Gefühl, daß bald etwas passieren würde.

Es wurde nun schnell dunkel. Vögel begannen in die Fensteröffnungen der Windmühle zurückzufliegen. Die Temperatur sank, es wurde kühl; die Luft schien feuchter zu werden und roch stark nach Meer.

Das Knarren der Tür unterbrach meine Gedanken. Ich setzte meinen Kaffee ab, lehnte mich nach vorne und spähte in die Dämmerung hinaus. Ein Lichtstreifen flackerte kurz über dem Eingang aus Beton auf; bevor sich die Tür zur Mühle wieder schloß, sah ich zwei Gestalten herauskommen. Sie stiegen den Hang zu meinem Versteck hoch. Ich zog mich zurück, als sie an dem Schutthaufen vorbeigingen.

Der eine war der Mann, den ich vorhin gesehen hatte, der andere war älter, schwerer und hatte weißes Haar. Sie trugen Rupfensäcke wie die Obdachlosen, die hinter meinem früheren Wohnhaus die Mülltonnen durchkämmten. Ich wartete, bis ich mir sicher war, daß sie verschwunden waren; dann streckte ich den Kopf aus meinem Versteck und betrachtete die Mühle.

Als ich vor ein paar Tagen dort gewesen war, hatte ich festgestellt, daß drei Menschen da lebten. Das flackernde Licht, das ich gesehen hatte, deutete darauf hin, daß einer noch drinnen war – wahrscheinlich der, den ich sehen wollte. Auf jeden Fall konnte ich mit einem einzelnen fertig werden.

Ich griff in meine Tasche und holte meine .38er heraus. Dann kroch ich durch die Öffnung im Schutt und glitt den Abhang zum Eingang der Windmühle hinunter.

21

Der fensterlose Innenraum der Mühle wurde nur von der Kerze in dem roten Glasbehälter erleuchtet; der blutige Widerschein lag auf den acht geneigten Wänden; ein Windstoß fuhr durch die Tür herein und ließ die Strahlen über der Oberfläche aus rauhem Gestein erzittern.

Ich ließ die Tür offen – als Notausgang – und stand mit dem Rücken zu ihr, den Revolver in der Hand. Eine neuerliche kalte Böe schlug die Tür gegen die Wand und fegte durch das Loch, wo einst die Treppe gewesen war, nach oben. Das Geräusch, mit dem die Tür gegen die Wand schlug, war ohrenbetäubend; als das Echo langsam erstarb, hörte ich das Gekreisch der Vögel, die in den oberen Stockwerken nisteten, und das Flattern ihrer Flügel, als sie durch die Fenster davonflogen.

Zuerst dachte ich, daß niemand in der Mühle wäre. Dann kam ein überraschtes, fragendes Grunzen vom hinteren Teil des Raumes, wo die Kerze auf dem Boden stand. Mit verengten Augen spähte ich dort hinüber. Im Lichtschein sah ich einen Mann, der auf einem Nest aus Decken lag. Er versuchte sich aufzurichten. Es war Bob Choteau.

»Hm?« fragte er nochmals. Das war Frage und Protest zugleich. Ich ging ein paar Schritte nach vorne; den Revolver hielt ich mit beiden Händen vor mich. Choteaus Haar und Bart waren ungekämmt und verwahrlost; seine Augen hatten einen unbestimmten, glasigen Ausdruck – die Augen eines Menschen, der entweder betrunken ist oder unter Drogenwirkung steht.

Es dauerte ein paar Sekunden, bis er seinen Blick auf mich richten konnte, und dann vergingen noch einige weitere, bis er reagierte.

»Oh!« Dieses Mal klang es eher wie ein Knurren. Er kämpfte sich in eine hockende Stellung empor.

Ich hob den Revolver höher. »Regen Sie sich nicht auf, Bob«, sagte ich. »Ich bin nicht gekommen, um Sie zu verhaften.«

Er verharrte einen Augenblick regungslos und fiel dann wieder auf den Boden zurück.

»Erinnern Sie sich noch an mich, Bob?« fragte ich. »Ich habe vor zwei Wochen Rudy Goldring besucht. Sie haben mich hereingelassen.«

Er schüttelte den Kopf, als ob er hoffte, dadurch klarer denken zu können und hob eine Hand an die Augen.

»Sind Sie in Ordnung?«

Nach einer Weile sagte er: »Nur betrunken. Red hatte etwas Gin übrig von... er hatte etwas Gin. Dachte, ich wüßte es nicht, aber ich hab' ihn getrunken, als er unterwegs war. Bin Gin nicht gewöhnt.« Er nahm die Hand von den Augen. Sie waren immer noch glasig, aber nun sah er besorgt aus. Seine Augenbrauen zogen sich zusammen. »Red wird mich umbringen, wenn er merkt, daß ich den ganzen Gin getrunken habe.«

»Red ist der Kerl, der gerade mit dem weißhaarigen Mann weggegangen ist?«

»Sie waren hier? Na ja, wahrscheinlich. Red ist mein Freund, ich kenne ihn von der Zeit als... seit langem. Hat mir geholfen, mich vor den Bullen zu verstecken, hier einzuziehen. Und ich habe seinen Gin gestohlen. Wie tief kann man sinken.«

Choteau zog die Knie an die Brust, legte die Arme um sich und begann hin und her zu schaukeln. Ich wußte nicht, ob er sich vor Red fürchtete oder sich schämte oder nur in Selbstmitleid badete. »Ich gebe Ihnen etwas Geld, dann können Sie Red den Gin ersetzen«, sagte ich.

»Warum tun Sie das?«

»Sie haben Informationen, die ich brauche. Ich gebe Ihnen zehn Dollar, wenn Sie meine Fragen beantworten.«

»Was für Fragen?«

»Fangen wir doch gleich an: In der Nacht von Samstag auf Sonntag, gegen ein Uhr morgens ist ein Mann hierhergekommen. Was ist mit ihm passiert?«

Choteau winkte mich näher heran. Ich ging bis zu dem Lichtkreis der Kerze und blieb außerhalb seiner Reichweite stehen; den Revolver hielt ich weiter auf ihn gerichtet. Er sah mich an; seine Augen waren jetzt klarer; und er schien mich zu erkennen.

»Sie sind die Privatdetektivin«, sagte er. »Der Kapitän hat Sie beauftragt, Rinas Freund zu beschatten.«

»Wieso wissen Sie das?«

»Es gab nicht viel da, was ich nicht wußte. Ich hab' gelauscht. Man muß seine Interessen schützen.«

»Wußte Mr. Goldring, daß Sie Bescheid wußten?«

»Du lieber Himmel, nein. Der Kapitän war ein guter Mann, aber Menschen wie mich hatte er nicht auf der Rechnung. Ich meine, er wollte, daß ich genug zu essen hatte, er hat mir Bier spendiert. Wenn ich wollte, durfte ich im Schuppen neben der Garage schlafen. Aber als Person existierte ich nicht für ihn. Verstehen Sie, was ich meine?«

Ich glaubte, daß er sich irrte; Rudy Goldring hatte ihm immerhin fünftausend Dollar hinterlassen. Aber ich nickte bloß.

»Aber«, fuhr Choteau fort, »er war dennoch ein verdammt guter Mensch. Mich hat fast der Schlag getroffen, als ich ihn da tot liegen sah.«

Ich senkte den Revolver und setzte mich auf die Holzkiste in Augenhöhe mit ihm. Ich hatte keine Angst mehr, daß er versuchen könnte, mich zu überwältigen. Er war betrunken und nicht auf der Hut. Außerdem hoffte er, zehn Dollar zu bekommen.

»Erzählen Sie mir von dem Tag. Warum sind Sie in die Wohnung hineingegangen?«

»Die Tür war offen. Ich war eine Zeitlang weg gewesen, und ich dachte, der Kapitän wäre für einen Moment hochgegangen. Als er nicht wieder herunterkam, hab' ich geklingelt. Keine Antwort. Deshalb bin ich nach oben... um zu sehen, ob alles in Ordnung war.«

Oder um zu sehen, ob du etwas stehlen könntest, dachte ich. »Und weiter?«

»Da hat er in seinem Blut gelegen. Ich hab' mich schnell verdrückt. Leuten wie mir hängen die Bullen gern solche Sachen an. Später hab' ich gemerkt, daß ich meinen Beutel vergessen hatte. Deshalb suchen sie mich wahrscheinlich.«

»Um welche Zeit war das?«

»Ein Uhr? Ich weiß es nicht genau. Ich war gerade von dem Restaurant an der Ecke zurückgekommen, hatte geschaut, ob sie irgend etwas Eßbares weggeworfen hatten. Also war es vielleicht später... bis zwei Uhr servieren sie dort.«

»Sind Sie den ganzen Vormittag an Ihrem Platz gewesen?«

»Nur bis zehn etwa. Der Kapitän ist aus dem Büro gekommen und nach oben gegangen. Ich hab' mich beschwert, weil ich kein Bier mehr hatte, und er hat mir etwas Geld gegeben und gesagt, ich solle in den Getränkeladen gehen.«

Mit Bier war Rudy Goldring freigebig gewesen, sagte Choteau. Mir hatte Rudy erklärt, daß es harmlos sei, und ich nahm an, daß er es insgeheim auch für klug hielt, Bob glücklich und zufrieden zu wissen. Aber daß er ihm Geld gab und ihn in den Getränkeladen schickte, sobald er sich beklagte... »Hatten Sie das Gefühl, daß er Sie loswerden wollte?«

Choteau zögerte. »Er hat die Kohle ziemlich schnell rausgerückt.«

»Wann kamen Sie zurück?«

»Erst später, nachdem ich mich noch beim Restaurant umgesehen hatte.«

»Gut, und nun zum Nachmittag. Wohin sind Sie gegangen, nachdem Sie festgestellt hatten, daß Mr. Goldring tot war und Sie die Wohnung wieder verlassen hatten?«

»Nach Haight. Ich wußte, daß ich aus dem Viertel weg mußte, und ich hatte gehört, daß Red hier im Park wohnte. Ich hab' 'ne Weile unten an der Stanyan Street rumgehangen, und ein paar Stunden später hab' ich ihn getroffen. Er hat mich hierhergebracht.«

»Und seitdem sind Sie hier?«

Seine Augen wichen meinem Blick aus. »Ja.«

»Was war am frühen Sonntagmorgen, als der Mann kam?«

»Welcher Mann?«

»Ein großer Typ. Schlank, glattes, braunes Haar. Im Western-Stil gekleidet.«

»So jemanden habe ich hier in der Gegend nie gesehen. Außer Red, dem Alten und mir war niemand hier.«

»Sie drei waren auch nicht hier – zumindest nicht nach der Ankunft des Mannes. Haben Sie ihn irgendwo hingebracht?«

»Hören Sie mal, junge Frau. Ich weiß nichts von einem Mann. Um ein Uhr morgens habe ich wahrscheinlich geschlafen.«

»Nicht an jenem Morgen. Ich bin hier gewesen, und die Windmühle war leer.«

»Sie sind... *Sie* haben also unsere Sachen durchwühlt!«

»Ja. Wo waren Sie?«

»Sie haben vielleicht Nerven, unsere Sachen so zu durchwühlen.«

»Wechseln Sie nicht das Thema. Was ist mit dem Mann passiert?«

»Ich hab' gesagt, ich kenne keinen Mann!«

Ich beschloß, es für den Augenblick dabei bewenden zu lassen. »Kommen Sie oft raus?«

»Nein. Wo soll ich schon hingehen?«

»Zum Herumstöbern vielleicht. Hinüber nach Haight...«

»Lady, die Bullen sind hinter mir her. Ich hab' schon daran gedacht, die Stadt zu verlassen. Vielleicht fahre ich mit einem Frachter nach Oroville, vielleicht nach Portland. Aber jetzt kommt der Winter. Ich würde gerne ein bißchen Geld sparen...«

»Haben Sie deshalb versucht, an Irene Lasser heranzukommen?«

»Woher... Nein, warum sollte ich?«

»Als ich mich hier umsah, habe ich eine Tüte gefunden mit Lebensmitteln, die sie Ihnen gebracht hat.«

»Er hat sie gebracht.«

»Wer?«

Schweigen.

»*Wer?*«

»Der Mann, für den sie arbeitet. Ich habe Rina nicht einmal gesehen.«

»Warum hat er die Sachen gebracht?«

»Woher soll ich das denn wissen? Rina wird ihn wohl darum gebeten haben.«

»Erzählen Sie von Anfang an. Sie waren bei den ›Schlössern‹...

»Heißen die komischen Häuser so? Na ja, ich war da ein paar Tage, nachdem der Kapitän ins Gras gebissen hat. Ich wußte, wo Rina wohnte, und hoffte, daß sie mir helfen würde.«

»Aber statt dessen trafen Sie Gerry Cushman.«

»Ja. Ich hab' versucht, mich reinzuschleichen. Ich wollte nur Rina sehen. Als ich über die Mauer gestiegen bin, habe ich den Alarm ausgelöst. Der Hundesohn kam mit einer Waffe auf mich zu. Ich dachte wirklich, er wollte mich erschießen. Aber dann kam seine Frau – wie heißt sie noch mal?«

»Vicky.«

»Ja, dann kam Vicky rausgelaufen und hat ihn angeschrien aufzuhören. Sie kennt mich nämlich. Sie war mit Rina zusammen beim Kapitän.«

»Was passierte dann?«

»Sie haben mich ins Haus gebracht, und wir haben uns unterhalten. Sie haben gesagt, daß ich Rina nicht sehen kann, sie ist immer noch zu aufgeregt. Aber er hat mir etwas Geld gegeben und versprochen, mir später noch Essen zu bringen.«

»Er hat es hierhergebracht?«

»Nein, ich dachte, das ist ein Trick, und er will mich den Bullen übergeben. Warum sollte er mir Essen bringen, wenn er mir einfach Bargeld geben konnte? Deshalb habe ich mich drüben am Great Highway in der Nähe von Beach Chalet mit ihm getroffen.«

»Und dann?«

Wieder sah er mich nicht an. »Das ist alles.«

»Sie sind nicht wieder zu den ›Schlössern‹ zurückgegangen, um Rina zu sehen? Um etwas Geld aus ihr rauszuholen?«

»Nein! Warum sollte ich? Er hat mir genug versprochen...«

Ich wartete.

Choteau zupfte an seinem Ohrläppchen und drehte sich auf seinem schmutzigen Nest herum, bis er eine bequemere Position gefunden hatte.

»Er hat Ihnen genug Geld versprochen, wenn Sie was tun?«

»Sie haben das falsch verstanden. Er hat mir jede Menge Essen versprochen. Rina wollte nicht, daß ich Hunger hab'...«

»Sie haben gerade gesagt, daß Sie nur *dachten*, daß Rina wollte, daß er Ihnen Essen brächte.«

»Nein, das *weiß* ich. Sie bringen mich ganz durcheinander. Und Sie haben mir meine zehn Dollar noch nicht gegeben.«

»Sie kriegen zwanzig, wenn Sie mir den Rest erzählen – und was mit dem Mann geschehen ist, der hierherkam.«

»Da war nichts mehr! Da war kein Mann!«

»Zwanzig Dollar, Bob.«

Er hielt inne, hob den Kopf und lauschte.

»Was ist los?«

»Ich glaube, Red und der Alte kommen zurück. Sie werden vielleicht handgreiflich, wenn sie Sie hier finden.«

Ich hörte nichts, und ich war mir nicht sicher, ob ich ihm glauben sollte. Aber seine Kumpel könnten tatsächlich handgreiflich werden – oder er könnte sie dazu anstacheln. Außerdem glaubte ich nicht, in seinem gegenwärtigen Zustand noch mehr von ihm zu erfahren. Ich stand auf und ging in Richtung Tür.

»He, was ist mit meinen zehn Dollar?«

»Die bekommen Sie, wenn Sie mir den Rest erzählen.«

»Sie sagten zwanzig...«

»Zwanzig. Zwanzig oder nichts.« Ich stöberte in meiner Tasche, zog eine meiner Karten heraus und ließ sie auf den Boden fallen. »Rufen Sie mich unter dieser Nummer an, wenn Sie reden wollen.«

Choteau ließ ein Geheul ertönen. Ich ging zur Tür hinaus.

22

Langsam fuhr ich auf dunklen Nebenstraßen durch den Park und dachte über Bob Choteau und Gerry Cushman nach. Einiges von dem, was mir Choteau erzählt hatte, war gelogen, aber eine Sache klang vollkommen glaubwürdig: Es war merkwürdig, daß Gerry ihm die Tüte mit Lebensmitteln gebracht hatte, wo er ihm doch einfach Geld hätte geben können, damit er die Bewohner der Schlösser in Ruhe ließe.

Es bedeutete, daß Gerry glaubte, er habe Verwendung für den Obdachlosen – dies wurde bestätigt durch Bobs Ausrutscher, als er sagte, daß Gerry ihm »jede Menge Geld« versprochen habe.

Aber wofür? Hatte das etwas mit Irene zu tun? Wenn ja, dann war ich mir ziemlich sicher, daß sie nichts davon wußte; ihre unschuldige Reaktion, als ich die Windmühle erwähnt hatte, war echt gewesen. Gerry hatte Irene nicht erzählt, wo Choteau sich versteckte, falls er das selbst wußte; er hatte ihr vielleicht nicht einmal gesagt, daß Bob versucht hatte, sie zu besuchen.

Eine Erklärung für Gerrys Taten lag möglicherweise in dem, was mir die Cushman-Mädchen unabsichtlich – oder vielleicht nicht so unabsichtlich – erzählt hatten: Vicky glaubte, daß Gerry ein Verhältnis mit Irene habe. Die Mädchen hatten gemeint, daß Rina so etwas nicht tun würde, aber Kinder, selbst wenn sie so frühreif sind wie Betsy und Lindy, wollen nie etwas Schlechtes von den Menschen glauben, die sie lieben. Und es war offenkundig, daß sie Rina liebten, vielleicht sogar mehr als ihre Mutter, die langsam zu einer Kandidatin für die Nervenheilanstalt wurde.

Ich dachte an Lindys Beschreibung vom Streit ihrer Eltern am Samstag abend. Vicky hatte zu Gerry gesagt, daß er »alles kaputtmachen« werde und daß er so etwas nicht für *sie* getan hätte. Was kaputtmachen? Ihre Ehe? Ihr Leben und das ihrer Kinder? Und was hatte er denn getan? Hatte er Bob Choteau Lebensmittel gebracht, anstatt ihn der Polizei zu übergeben? Es schien ein unbedeutendes Detail zu sein. Außerdem war das vermutlich am Mittwoch oder Donnerstag gewesen. Vicky hätte sicher nicht bis Samstag gewartet, um ihrem Unmut Ausdruck zu verleihen. Was hatte Gerry sonst noch getan?...

Am Samstag abend war Frank Wilkonson zur Windmühle gegangen und verschwunden. Ich war sicher, daß Choteau irgend etwas wußte; er war meinen Fragen zu offensichtlich ausgewichen. Und nun hatte man Wilkonson erschossen aufgefunden.

Ich umklammerte das Lenkrad fester, als ich aus dem Park herausfuhr und nach rechts auf die Stanyan abbog, wo der Pfannenstiel beginnt. Es war nun fast dunkel, und der Abschnitt des Parks, der an Haight grenzt, lag verlassen da. Auf den Straßen waren immer noch viele Leute unterwegs, nicht mehr die verwahrlosten Typen, die man noch vor zehn oder fünfzehn Jahren hier angetroffen hatte. Diese Leute waren relativ gut angezogen, viele in Anzügen oder Kostümen, und hinter den hellerleuchteten Fenstern, auf die sie zustrebten, befanden sich schicke Restaurants und Läden. Als ich auf die Uhr schaute, war ich erstaunt, daß es noch nicht einmal sieben war.

Ich parkte auf der Stanyan. Ich mußte dem dichten Verkehr ausweichen, als ich die Straße, an der die Druckerei meiner Freunde Daphne und Charlie liegt, überquerte. Mit den beiden habe ich schon vor langer Zeit eine Vereinbarung getroffen: Ich kann jederzeit bei ihnen vorbeikommen und das Telefon benutzen, und dafür schicke ich die Mandanten von All Souls zu ihnen. Selbst zu dieser Stunde herrschte in dem Geschäft noch reger Betrieb; ein Blattstapler klapperte, Kopiergeräte surrten und schepperten, Telefone läuteten, und irgend jemand – Charlie? Ja, Charlie – fluchte ganz schrecklich hinter einer kaputten Offsetdruckmaschine. Ich eilte durch das Tohuwabohu nach hinten, wo Daphne gerade gelassen ihren Schreibtisch aufräumte. Sie winkte mir zu und schritt unbeeindruckt von dem Lärm zur Tür. Sie ging heim in ihre Wohnung an der Clayton Street, wo sie vermutlich irgend etwas Tolles kochen würde, um Charlie zu beruhigen, wenn er später tintengeschwärzt, verschwitzt und wütend nach Hause kam.

Ich setzte mich an den anderen Schreibtisch, schlug die Nummer der Cushmans nach und wählte. Eine Kinderstimme meldete sich. Ich fragte: »Lindy?«

»Ja.«

»Hallo, hier ist Sharon. Ist Rina da?«

Es folgte eine lange Pause. »Oh, das ist großartig, Megan. Hör' mal, kann ich dich zurückrufen? Von meinem eigenen Telefon aus?«

»Sicher.«

»... Oh, du bist nicht zu Hause? In Ordnung, gib mir die Nummer.«

Ich gab ihr die Nummer der Druckerei und legte verwundert auf. Es dauerte ganze fünf Minuten, bis das Telefon läutete.

Ich hob ab.

»Sharon?« sagte Lindy. »Es tut mir leid, daß es so lange gedauert hat. Ich mußte für Papi eine Ausrede erfinden und in mein Zimmer gehen. Ich hoffe nur, daß er nicht mithört.«

»Bist du in Ordnung?«

»Es geht.«

»Was ist los?«

»Oh...« Ihre Stimme überschlug sich. »Oh, alles ist so schrecklich, und... ich weiß nicht. Heute nachmittag muß etwas Furchtbares passiert sein, denn Rina hat uns nicht von der Schule abgeholt, und sie vergißt das sonst nie. Wir sind schließlich mit dem Bus gefahren, und Mama war hysterisch, und Papa war wütend, und Rina... sie ist weg. *Weg.*«

Die Verzweiflung, die aus ihrer Stimme herausklang, brach mir das Herz. »Meinst du, sie ist für immer weggegangen? Hat sie Susan mitgenommen?«

»Sie hat Susan mitgenommen. Ich weiß nicht, ob es für immer ist. Papi spricht nicht darüber, und Mama ist in ihrem Schlafzimmer und schreit wieder. Papa hat uns Abendbrot gemacht, und nun sieht er mit Betsy fern und tut so, als ob nichts geschehen wäre. Ich hab' Angst vor Papa, Sharon. Ich hab' wirklich Angst vor ihm.«

Sie sprach nun wie ein kleines Mädchen, nicht mehr wie das frühreife, fast zynische Kind, dem ich vor der Abbott School begegnet war. »Er ist heute abend irgendwie anders. Er ist wie... er sieht nur fern und lächelt so komisch. Es ist alles so... oh...«

»Lindy...«

Sie fing an zu weinen. »Kommst du und holst uns von hier weg? Bitte, hol Betsy und mich von hier weg!«

»Lindy! Hör auf zu weinen!«

Sie hörte augenblicklich auf zu schluchzen. Dann schniefte sie.

Das arme Kind, dachte ich. Sie hat in ihrem kurzen Leben schon so viel gesehen, und sie mußte sich vermutlich nicht nur selbst durchschlagen, sondern sich auch noch um ihre kleine Schwester kümmern. Sie hat gelernt, ihre Gefühle wie einen Wasserhahn abzustellen.

Ich sagte mit sanfterer Stimme: »Lindy, ich bin nicht wütend, weil du weinst. Ich möchte nur, daß du dich beruhigst, denn es muß etwas geschehen. Ich möchte mit deinem Vater sprechen.«

»Nein! Wenn er herausfindet, daß ich das mit Megans Anruf erfunden habe...«

»Das ist schon in Ordnung. Bitte tu das für mich. Geh in das andere Haus hinüber und bitte ihn, den Hörer abzunehmen.«

Es entstand ein langes Schweigen. »Kannst du uns helfen?«

Das wußte ich nicht, aber um ihretwillen log ich: »Ja, ich kann euch helfen. Das verspreche ich.«

»Leg nicht auf.« Ich hörte Schritte, dann herrschte etwa zwei Minuten lang Stille.

Während ich wartete, dachte ich über Gerry nach; er benahm sich, als ob nichts geschehen wäre, während seine Frau in ihrem Schlafzimmer schrie; er weigerte sich, Irenes und Susans Abwesenheit zu erklären; er »lächelte komisch«.

Irgend etwas war dort faul, aber ich glaubte nicht, daß Gerry seinen Kindern weh täte. Im Gegenteil, er würde wohl alles tun, um ihnen weitere Schrecken zu ersparen. Aber wenn ich hinginge, würde er mir gegenüber vielleicht handgreiflich werden. Als ich seine Stimme schließlich hörte, wußte ich, was zu tun war.

Er sagte: »Hallo. Spricht da Sharon McCone?«

»Ja.«

»Lindy kannte Ihren Nachnamen nicht.«

»Wir wurden uns nie richtig vorgestellt. Gerry, ich muß mit Ihnen sprechen.«

»Kommen Sie hierher. Lassen Sie uns etwas zusammen trinken.«

»Nein, ich glaube nicht, daß das eine gute Idee ist.« Ich wollte ihm lieber auf neutralem – und sicherem – Boden begegnen. Ich sagte ihm, daß ich in der Druckerei an der Stanyan Street sei, und gab ihm die Adresse. »Können wir uns hier treffen?«

»Ich kann die Mädchen nicht alleine lassen. Unser Kindermädchen ist nicht da, und Vicky ist...«

»Ich weiß.« Aus dem Augenwinkel sah ich, wie Charlie hinter der Offsetdruckmaschine auftauchte. Wie ich erwartet hatte, war er tintengeschwärzt, verschwitzt und wütend. »Bringen Sie die Mädchen mit. Mein Freund hier geht gleich nach Hause, und er kann sich eine Weile um sie kümmern.« Charlie und Daphne haben in ihrer Wohnung immer für ein oder zwei Leute – gleich ob Kinder oder Erwachsene – Platz. Betsy und Lindy würden dort in Sicherheit sein, bis die Sache aufgeklärt war.

»Ich weiß nicht, ob ich Vicky alleine lassen kann.«

»Gerry, schauen Sie mal Ihre Töchter an. Die Kinder *müssen* dort raus. Ich muß mit Ihnen sprechen. Und soweit ich das beurteilen kann, hilft es Vicky auch nicht, wenn Sie zu Hause bleiben.«

Es entstand eine Pause, und ich fürchtete, ihn verärgert zu haben. Aber auch ihm schien das Wohlergehen seiner Töchter sehr am Herzen zu liegen, denn er sagte: »Ich komme. Geben Sie uns fünfzehn oder zwanzig Minuten.«

Ich erzählte Charlie von den Cushman-Mädchen, ich sagte ihm nur, daß ihre Mutter in einer Krise steckte, nicht aber, daß ihr Vater möglicherweise in zwei Mordfälle verwickelt war. Dann kehrte ich wieder zum Telefon zurück und rief Walt Griscom in seiner Taverne in Tres Pinos an. Im Hintergrund ging es fröhlich zu, und Walt erzählte mir, was er von seinen Kontaktpersonen in der Polizeiwache von San Benito erfahren hatte.

»Wie ich schon vermutet hatte, war die Tatwaffe eine Pistole, Kaliber 22. Das schränkt den Kreis der Verdächtigen nicht gerade ein. Auf jeder Ranch in der Gegend und in der Hälfte aller Haushalte finden Sie mindestens eine solche Waffe.«

Und, so dachte ich, auch in vielen Haushalten in San Francisco, wo Wilkonson verschwunden war. »Wie lange ist er schon tot?«

»Es gibt noch nichts Offizielles – hier ist man mit den Autopsien auch nicht schneller als in San José oder in San Francisco. Aber der Mann, mit dem ich gesprochen habe, arbeitet schon lange in der Abteilung. Er sagte, daß er mindestens schon achtundvierzig Stunden tot war, als man ihn entdeckte.«

Dann war er vermutlich am Sonntag morgen, oder vielleicht sogar schon am Samstag abend, gestorben. »Ich nehme an, er ist nicht an der Stelle getötet worden, wo man ihn fand?«

»Nein. Aus der Art der Leichenblässe kann man schließen, daß er eine ganze Weile auf der rechten Seite gelegen hat. Man fand ihn auf dem Gesicht liegend.«

»Ist es sehr einsam in der Gegend um das Reservoir herum?«

»Um diese Jahreszeit schon.«

»Man konnte ihn also sowohl tagsüber wie in der Nacht dort abladen.«

»Ja.«

»Aber das ist kein Ort, den nur Einheimische kennen?«

»Nein, ganz und gar nicht. Jeder, der eine Landkarte oder einen Straßenatlas hat, kann die Stelle leicht finden.«

Wie das Kaliber der Waffe trug auch die Stelle, wo man Wilkonsons Leiche abgeladen hatte, nicht dazu bei, den Kreis der Verdächtigen zu verkleinern. »Wie hat Jane Wilkonson es aufgenommen?«

»Sie hält sich tapfer. Die Frau hat Mumm, die wird schon damit fertig. Ich hoffe nur, daß Frank gut versichert war. Sie muß schließlich sechs Kinder ernähren.«

»Ich bin sicher, daß Harlan Johnstone sich um sie kümmern wird.«

»Darauf würde ich mich nicht verlassen. Der alte Harlan ist ziemlich verbittert, daß ihn Irene verlassen hat.«

»Es ist schließlich nicht Janes Schuld, daß sie und Frank... Einen Moment, Sie haben gar nicht erzählt, ob Harlan die Gerüchte über seine Frau und Wilkonson kannte. Sie meinten sogar, daß sie nicht wahr seien.«

»Ich glaubte es einfach selber nicht.«

»Aber jetzt glauben Sie es.«

»Ich weiß es nicht. Wilkonson wurde schließlich ermordet; vielleicht ist doch etwas dran.«

»Wie hat Harlan von den Gerüchten gehört? Es hat doch sicherlich niemand mit ihm darüber gesprochen...«

»Der junge Hal hat es ihm gesagt, als die Scheidungspapiere kamen. Er meinte, er solle Irene vergessen, und er hat ihm auch gesagt, warum. Harlan ist dann auf Frank losgegangen. Es kam zu einer ziemlich gewalttätigen Auseinandersetzung. Hal gelang es, zu verhindern, daß sich die beiden umbrachten. Seitdem trinkt Harlan so viel, und Hal hat die Leitung der Ranch übernommen.«

»Ich wünschte, Sie hätten mir das früher erzählt.«

»Ich auch. Aber ich hielt es nicht für relevant, und ich wollte Ihnen keinen schlechten Eindruck von den Johnstones, Harlan, Hal oder *Irene* geben.«

Ich ging in Gedanken die Geschichte, die er mir erzählt hatte, chronologisch durch und setzte die neuen Informationen ein. »War es nicht dumm von Hal, die ganze Sache noch so spät ans Tageslicht zu bringen?«

»Nein, ich glaube nicht – der Junge kümmert sich jetzt schließlich um die Ranch.«

»Ja, sicher.« Über Hal Johnstone würde ich noch ein bißchen nachdenken müssen.

Mehr hatte Walt mir nicht zu sagen. Also legte ich auf und rief in der Kanzlei an. Zu meiner Überraschung war Anne-Marie dran. Nach Geschäftsschluß geht derjenige ans Telefon, der am nächsten steht. Normalerweise ist Ted, der in einem plüschigen Miniapartment im ersten Stock wohnt, als erster am Telefon. Seit Anne-Marie und Hank geheiratet hatten, hatte Anne-Marie sich abends nur noch selten bei All Souls gemeldet, und ich war erstaunt, ihre Stimme zu hören.

Ich sagte: »Ich habe am Sonntag versucht, dich zu erreichen, aber dein Anrufbeantworter hat mich rausgeschmissen.«

»Das tut er gerne.« Sie klang niedergeschlagen und lustlos. »Wolltest du irgend etwas Wichtiges?«

Früher hätte sie eine solche Frage nicht gestellt. »Ich wollte nur reden. Du klingst müde. Was machst du so spät noch in der Kanzlei?«

»Ich versuche, meinen streunenden Ehemann einzufangen. Wir sind zu einer Cocktailparty eingeladen, eine Veranstaltung für« – sie nannte den Namen eines liberalen Senators – »und ich sollte Hank hier abholen. Aber er ist ausgeflogen.«

Ich lachte und war froh, daß sich noch nicht alles geändert hatte. Diese Spenden-Parties...

Auch wenn Hank sich in zunehmendem Maße für Designer-Anzüge und Erstausgaben von irgendwelchen obskuren Kultschriftstellern begeisterte, hatte er seine linken Ideale doch einigermaßen unbeschädigt in das neue Jahrzehnt hinübergerettet. (Er bezeichnet seine Einstellung als gemäßigten Maoismus, während andere wohl eher sagen würden, daß er Roosevelt nahesteht.) Hank hielt den Kandidaten, den Anne-Marie gerade genannt hatte, für einen Schaumschläger.

Ich schlug vor: »Versuch' es mal im Remedy.«

»Das hat Ted auch gesagt.« Sie klang nun noch niedergeschlagener. »Er war in der letzten Zeit wohl ziemlich oft dort?«

»Ja, ziemlich.«

»Er hat früher nie soviel getrunken.«

»Nein.« Ich war nahe dran, ihr von unserem mittäglichen Besäufnis zu erzählen, aber jetzt war nicht die richtige Zeit. Sie mußte Hank den Krallen des Remedy entreißen, und ich mußte herausfinden, ob irgendwelche Nachrichten für mich da waren. »Hör mal«, sagte ich, »laß uns bald mal reden.«

»Warum, hat Hank etwas über mich gesagt?«

»Nein. Du bist meine Freundin, und ich mache mir Sorgen.«

Ihre Antwort klang ein bißchen beschämt. »Wir reden bald, ich verspreche es.«

»Gut.« Um sie nicht noch länger aufzuhalten, fragte ich nach Ted.

Ted ist der perfekteste Sekretär der Welt – wenn man mit seinen Eigenarten leben kann. Er geht in seinem Beruf auf, ist bereit, für wenig Geld viel zu arbeiten. Er ist mit übersensiblen Ohren und einer Nase gesegnet, die Tratsch auf hundert Stunden riecht. Wenn er zu Geheimhaltung verpflichtet wird, kann Ted aber auch wie ein Grab schweigen. Mir, für meinen Teil, sind seine Talente schon oft sehr gelegen gekommen.

Obwohl ich ihn beim Abendessen unterbrochen hatte, las er mir jetzt, ohne zu murren, meine Nachrichten vor. Es waren fünf: drei von Mandanten, eine von Rae und eine von meiner Mutter. (Ich wußte, ich hätte mich am Sonntag bei Mama melden sollen; wenn sie anfängt, im Büro anzurufen, heißt das, daß sie sich Sorgen macht und daß ich Ärger bekomme.) Bob Choteau hatte nicht angerufen.

Das Gespräch mit Bob – sofern er auf die zwanzig Dollar spekulierte – konnte sehr wichtig sein. Ich fragte Ted: »Bist du den ganzen Abend zu Hause?«

»Sieht so aus.« Das bedeutete, bis sich etwas Interessantes ergab.

»Könntest du, solange du zu Hause bist, ans Telefon gehen?«

»Erwartest du einen wichtigen Anruf?«

»Ja. Ich muß es unbedingt wissen, wenn dieser Bob Choteau anruft. Und wenn er sich meldet und du weggehst, bevor ich wieder anrufe, könntest du dann unter dieser Nummer eine Nachricht hinterlassen?« Ich gab ihm die Nummer von Daphne und Charlie.

Es beunruhigte mich, daß Bob sich noch nicht gemeldet hatte. Vielleicht hatte er noch mehr getrunken oder Drogen genommen und meinen Besuch in der Mühle vollkommen vergessen. Als ich den Hörer auflegte und nach vorne in die Druckerei schaute, kam ein weitaus besserer Informant mit seinen Töchtern zur Tür herein.

23

Als Charlie mit den Mädchen aufgebrochen war, gingen Gerry und ich in ein Café an der Haight Street, die »Kaffeebohne«. Nach drei Tagen ununterbrochen schönen Wetters zog nun Nebel auf. Der Wind trieb die Schwaden aus dem Park und die Straße hinunter, die Fußgänger schlugen ihre Kragen hoch und machten sich auf den Heimweg.

Gerry hatte dieselbe karierte Jacke an wie am Sonntag, er verkroch sich förmlich darin. Die Hände tief in den Taschen vergraben, mit vorgebeugtem Kopf, sah er aus, als ob er auf der Straße nach Münzen suchte. Ich hatte das Gefühl, daß die übergroße Jacke an diesem Abend weniger Ausdruck seines Modebewußtseins war als vielmehr eine Schutzhülle, in die er sich vor den Gefühlsstürmen um ihn herum zurückziehen konnte. Es war unmöglich, zu erkennen, was er fühlte oder dachte; seine niedergeschlagene Körperhaltung stand im krassen Gegensatz zu dem kleinen Lächeln, das ständig um seine Lippen spielte.

In der »Kaffeebohne« war die Luft warm und dämpfig. Es roch nach einer eigenartigen Mischung verschiedener Kaffeesorten, von denen keine die anderen überlagerte. Ich studierte die Schiefertafel, auf der die Spezialitäten des Tages aufgeführt waren. Für mich ist Kaffee Kaffee – manchmal gut, oft schlecht, meist mittelmäßig. Diese Vielfalt von Röstarten, Mischungen und Herkunftsbezeichnungen verwirrte mich. Es dauerte eine Weile, bis ich mich für die kenianische Rundbohne entschied – einfach deshalb, weil mir der Name gefiel. Gerry bestellte eine New-Orleans-Mischung, worauf ihn der Angestellte warnte, daß diese Sorte extrem viel Zichorie enthalte. Das schien ihm zu gefallen; möglicherweise fand er etwas Bitteres für die gegenwärtige Situation recht passend.

Wir trugen unsere Becher zu einem Tisch an einem Erkerfenster mit Blick auf die Straße. Ich zog meine alte Wildlederjacke aus und hängte sie über die Stuhllehne. Gerry behielt seine Jacke an; er knöpfte sie nicht einmal auf. Er nahm einen Schluck von seinem Kaffee und verzog sein Gesicht. Ich probierte meinen: er schmeckte eigentümlich, leicht sauer, aber dennoch weich und weinähnlich. Ich war mir nicht sicher, ob ich den Geschmack mochte oder nicht.

»Wie geht es Vicky?« fragte ich.

Die Bewegung, die sich unter den Falten seiner Jacke abzeichnete, interpretierte ich als Achselzucken. »Sie hat sich im Badezimmer verbarrikadiert, als wir gingen. Dort ist ein Telefon, ich nehme an, daß sie vorhat, ihre Therapeutin anzurufen.«

»Sie ist in Therapie?«

»Wenn man das so nennen kann. Sie geht seit acht Jahren zu dieser Frau; bisher ohne sichtbaren Erfolg. Ich glaube, sie macht ihr was vor. Ich weiß, daß sie ihr nicht die ganze Wahrheit erzählt.«

»Woher wissen Sie das?«

»Vicky erzählt mir haarklein von ihren Sitzungen. Zum Beispiel: Sie hatte die Therapie ursprünglich begonnen, weil unsere Beziehung nicht all ihre Erwartungen erfüllte, aber sie wollte sich auch nicht von mir scheiden lassen. Zwei geschlagene Jahre lang saß sie im Sprechzimmer dieser Frau und sprach über alles mögliche, bevor sie das eigentliche Problem überhaupt einmal erwähnte.«

»Ist das so ungewöhnlich?« fragte ich und dachte daran, wie Hank um den heißen Brei herumschlich.

»Ich weiß es nicht. Vielleicht nicht. Ich halte nichts von Therapie.«

Ich auch nicht – zumindest nicht für meine eigene Person. Der Gedanke, daß ich einem Fremden gegenüber mein Inneres nach außen stülpen sollte, war für mich unerträglich. »Ich würde vermutlich auch lügen«, sagte ich. »Therapeuten wirken so… unnahbar, daß ich Angst hätte, man würde über mich zu Gericht sitzen. Ich würde wohl versuchen, mich vorteilhafter darzustellen, als ich es in Wirklichkeit bin.«

»Ich vermute, das ist auch Vickys Problem. Aber das ist doch ein Witz: Sie will einen guten Eindruck machen bei jemandem, den sie fürs Zuhören bezahlt, und gleichzeitig ist sie nicht in der Lage, sich vor ihren Kindern zusammenzunehmen. Sie werden einmal großartige Erinnerungen an ihre Mutter haben, wenn sie älter sind: betrunken oder bekifft, brüllend oder mit Gegenständen um sich werfend. Ich habe auch meine Probleme. Aber ich habe immer versucht, meine Kinder da rauszuhalten.«

»Viele Leute haben eine schlimmere Kindheit erlebt als Lindy oder Betsy. Die beiden sind okay, sie werden es überleben, und wahrscheinlich sogar daran wachsen.«

»Ja, aber sie werden nicht mehr lange damit leben müssen.« Das unheimliche kleine Lächeln spielte wieder um seinen Mund. »Ich lasse mich scheiden und beantrage das Sorgerecht für die Kinder. Mein Rechtsanwalt sagt, daß ich bei Vickys Verfassung gute Aussichten habe.«

Das überraschte mich nicht. »Hat das ihren heutigen Anfall ausgelöst?«

»Das und anderes.«

»Wie Irene Lasser?«

Er seufzte. »Ich habe mich schon gefragt, wann Sie Ihre geheuchelte Besorgnis um Vicky aufgeben und zur Sache kommen würden. Irene hat mir erzählt, daß Sie sie aufgespürt und gezwungen haben, mit Ihnen zu reden.«

Ich wurde wütend. Langsam nahm ich einen Schluck Kaffee, um Zeit zu gewinnen, meine Gefühle unter Kontrolle zu bringen. »Erstens ist meine Besorgnis um Vicky nicht geheuchelt. Ich sehe niemand gerne in einer solchen Verfassung. Mir ist zwar klar, daß ihr nur ein Therapeut wirklich helfen kann, aber ich stehe zur Verfügung, wenn sie mit jemandem reden möchte oder wenn sie jemanden braucht, der ihre Hand hält. Zweitens habe ich Irene nicht gerade ›gezwungen‹, mit mir zu sprechen. Sie schien am Ende verdammt froh zu sein, daß sie mit jemandem reden konnte.«

»So hat sie mir das nicht erzählt.«

»Ich nehme an, sie wollte es sich nicht mit Ihnen verderben. Sie war ziemlich nervös, weil jemand aus Ihrem Haushalt Bob Choteau Lebensmittel gebracht hat. Haben Sie zugegeben, daß Sie es waren?«

»Ja. Und Irene weiß, daß ich es getan habe, um sie zu schützen.«

»Um sie vor Choteau zu schützen?«

»Natürlich.«

»Wenn Sie das wirklich vorhatten, warum haben Sie ihm dann nicht einfach Geld gegeben, damit er verschwindet?«

Gerry schaute auf seinen kühler werdenden Kaffee hinab. Auf seiner Stirn standen Schweißperlen – lag das daran, daß er in diesem warmen Raum eine dicke Jacke trug oder stand er unter Streß?

»Gerry«, sagte ich, »haben Sie ein Verhältnis mit Irene?«

Keine Antwort.

»Vicky glaubt es. Die Mädchen vermuten es, auch wenn sie es nicht wahrhaben wollen.«

Er schaute auf. Das eigenartige Lächeln, das über sein Gesicht huschte, paßte nicht recht zu seinen traurigen schwarzen Augen. Die Pupillen waren so erweitert, daß ich an die »schwarzen Löcher« im Universum, von denen die Himmelsforscher sprechen, denken mußte.

»Ich werde Irene heiraten«, sagte er. »Und sobald meine Ehe mit Vicky geschieden ist, nehme ich die Mädchen, und wir ziehen mit Irene und Susan von hier weg.«

Er sah nicht aus wie ein Mann, der an zukünftiges Glück dachte. Unbehagen regte sich in mir. »Haben Sie das Vicky schon gesagt?«

»Ja. Heute nachmittag.«

»Ist Irene deshalb weggegangen?«

»Nein.«

»Warum dann? Hatte es etwas mit dem Mord an Frank Wilkonson zu tun?«

Er schien nicht erstaunt zu sein, daß ich davon wußte.

»Irgendwie schon. Sie hat heute mittag einen Anruf von ihrem ehemaligen Stiefsohn erhalten. Ich weiß nicht, woher er ihre Adresse hatte. Er erzählte ihr, daß Wilkonson tot sei.«

Gerry sprach jetzt schnell, in einem eigenartigen Singsang. Mein Unbehagen wurde zu Angst, und ich umklammerte meine Kaffeetasse mit plötzlich kalten Fingern.

»Sie kam in mein Studio«, fuhr er fort. »Ich habe zu Hause gearbeitet; das mache ich bei Projekten im Anfangsstadium immer. Ich dachte, sie wollte mich ans Mittagessen erinnern. Ich vergesse das Essen oft, wenn ich arbeite. Sie hat mir von dem Anruf erzählt und gesagt, daß sie Angst habe. Zuerst wurde Rudy ermordet und jetzt Frank. Sie hat gesagt, sie wisse, wer es getan habe, und sie könne nicht länger im Haus bleiben. Ich sagte, daß ich mit ihr zusammen weggehen würde, daß wir die Mädchen gemeinsam von der Schule abholen und irgendwo hinfahren würden, wo sie in Sicherheit sei. Aber das wollte sie nicht, sie wollte mir nicht einmal sagen, wohin sie ging. Sie packte nur und rief ein Taxi und fuhr weg. Ich weiß nicht, wo sie jetzt ist. Aber ich werde sie finden. Und wir werden heiraten. So wie ich es geplant habe.«

»War das bevor oder nachdem sie Vicky sagten, daß Sie sich scheiden lassen wollen?«

»Vorher. Etwa eine Stunde, nachdem Irene weggefahren war, ist Vicky von einer ihrer verdammten Sitzungen zurückgekommen. Ich habe ihr gesagt, daß sie die Mädchen selbst abholen müsse. Und da hat sie losgelegt: Wie beschäftigt sie mit all ihren *wichtigen* Aufgaben sei; wie müde sie sei, weil sie immer wieder versuche, alles in *Ordnung zu bringen*; wie *gut* sie zu Irene gewesen sei; wie*viel* sie für sie und Susan getan habe; wie *fies* es von Irene sei, ohne Vorwarnung einfach zu verschwinden. Dann hat sie wieder über Irene und mich hergezogen. Sie hat Irene schlechtgemacht. Ich konnte ihrem Gerede nicht mehr zuhören. Also... habe ich es ihr gesagt.« Seine Stimme brach ab, und er schaute wieder vor sich auf den Tisch.

Ich hatte atemlos zugehört, so als ob meine Gefühle mit den seinen hätten Schritt halten müssen. Um uns beiden Zeit zu geben, uns wieder zu fassen, fragte ich: »Möchten Sie noch einen Kaffee?«

Er räusperte sich. »Ja. Bringen Sie mir bitte irgendeine koffeinfreie französische Mischung. Ich kann dieses Gebräu nicht trinken.«

Als ich mit zwei Bechern frischem Kaffee zurückkam, starrte Gerry durchs Fenster in den Nebel hinaus. Ich setzte sie ab. Er schaute mich nicht an, er nahm nur seinen Kaffee, trank und beobachtete die grauen Schwaden.

»Gerry, in welchem Taxi ist Irene weggefahren?«

»Was? Oh, in einem Checker. Die hat sie immer benutzt, wenn ihr Vickys Auto nicht zur Verfügung stand. Die Nummer hängt an unserer Pinwand neben dem Telefon in der Küche. Warum?«

»Vielleicht finde ich sie. Wann hat sie das Taxi gerufen?«

Er schaute mich hoffnungsvoll an. »Gegen Viertel vor eins. Ich weiß es, denn ich habe auf die Uhr geschaut, um zu sehen, wann Vicky käme. Vicky haßt Irene, aber sie ist froh, daß sich jemand um die Mädchen kümmert, und ich dachte, sie könnte sie vielleicht zum Bleiben überreden.«

Der Gedanke, daß Gerry glaubte, seine Frau würde seine Geliebte zum Bleiben überreden, behagte mir nicht. Ich sagte: »Gerry, Sie wissen, daß Irene nicht zum erstenmal ein Verhältnis mit einem verheirateten Mann hat?«

Seine Augen funkelten wütend. »Sie meinen Frank Wilkonson?«

»Ja. Haben Sie je daran gedacht, daß das ein Zeichen für eine bestimmte Prägung sein könnte...«

»Nun reden Sie genauso wie Vicky. Das war das erste, was sie sagte, als sie mir vorwarf, ein Verhältnis mit Irene zu haben. Ich weiß Bescheid über Wilkonson. Das war anders. Anders als unsere Beziehung. Anders als meine Ehe. Ich liebe Irene so, wie ich Vicky nie geliebt habe, wie ich nie eine Frau geliebt habe. Ich würde alles für sie tun.«

Das war die Überleitung zu dem Thema, über das ich eigentlich mit ihm sprechen wollte. »Was zum Beispiel?«

»Ich verstehe Sie nicht.«

»Vicky sagt, Sie haben etwas für Irene getan, das Sie für sie nie getan hätten. Etwas, das alles kaputtmachen könnte. Was meinte sie damit?«

Er legte die Hände gegen die Stirn und wischte sich die Schweißperlen ab. »Wann hat sie das gesagt?«

Es war möglich, daß er sich nicht mehr daran erinnerte; er schaltete bei den Tiraden seiner Frau vermutlich oft auf Durchzug. »Samstag abend – und zu Ihnen.«

Als er nicht reagierte, versuchte ich es einmal mit einer wilden Vermutung. »Kurz nachdem Frank Wilkonson in der Nähe der Murphy-Windmühle verschwand.«

Seine Pupillen wurden noch größer. Ich dachte wieder an die schwarzen Löcher, deren Anziehungskraft so stark sein soll, daß nichts sich ihr entziehen kann. Ich wich instinktiv etwas zurück, um Gerrys starrem Blick zu entgehen.

Er benetzte die Lippen und schien nach Worten zu suchen. Als er sprach, war sein Mund so trocken, daß seine Stimme dünn und rauh klang. »Wilkonson ist gar nicht zur Windmühle gekommen«, sagte er.

»Doch. Er hat sein Auto an der Einfahrt stehengelassen und ist auf die Mühle zugegangen. Da hab' ich ihn zum letztenmal gesehen.«

»*Sie* haben ihn gesehen?«

»Ja, Gerry, ich war da. Ich bin ihm von der Ranch bis nach San Francisco gefolgt. Er verschwand im Park. Soweit ich weiß, hat ihn dann nur noch sein Mörder gesehen.«

Gerry schüttelte den Kopf. Er hob den Becher hoch, aber seine Hand zitterte so sehr, daß er Kaffee auf seinen Jackenärmel schüttete. Er brauchte beide Hände, um den Becher wieder auf dem Tisch abzusetzen.

»O Gott«, sagte er. »O Gott, jetzt stecke ich ganz schön drin.«

Es gab nur einen Grund, warum er das Gefühl haben konnte, in der Sache drinzustecken. »Haben Sie ihn angerufen und ihn gebeten, zur Windmühle zu kommen?«

»Nein! Ich nicht... *ich* habe ihn nicht angerufen.«

»Sie haben Bob Choteau gebeten, ihn anzurufen. Darum erwartet Bob, daß Sie ihm Geld geben. Darum haben Sie sich nicht gleich zu Anfang von Bob freigekauft. Sie brauchten ihn.«

Keine Antwort. Gerry starrte mich nur an.

»Ich nehme an, Choteau erzählte Wilkonson, daß er wüßte, wo Irene sich aufhalte. Damit sollte er ihn zur Mühle locken. Haben Sie Bob beauftragt, ihn zu töten?«

»Nein! So war das nicht!« Gerry merkte, daß er geschrien hatte und schaute um sich, bevor er sich über den Tisch beugte und schnell und leise zu sprechen anfing. »Also, Choteau *hat* Wilkonson angerufen. Hat ihm versprochen, ihn zu Irene zu bringen, wenn er zur Mühle käme. Statt dessen wollte ich ihn treffen.«

»Warum in der Mühle? Und warum haben Sie nicht selbst Wilkonson angerufen, warum haben Sie Choteau damit beauftragt?«

»Ich nehme an, es war ein Fehler. Aber ich hatte das Gefühl, daß ich, wenn ich Wilkonsons Stimme hörte und ihm gegenüberstände, vielleicht nicht in der Lage sein würde, meinen Plan auszuführen. Und in der Mühle wäre es dunkel, und wir wären allein gewesen; ich hatte Choteau und seinen Freunden Schnaps versprochen, damit sie uns allein ließen. Wilkonson hätte mich nicht so gut sehen können, und von da hätte keine Spur zu Irene geführt.«

»Wollten Sie ihn töten?«

»Um Gottes willen! Wofür halten Sie mich? Ich wollte ihm etwas sagen, was ihn veranlassen würde, uns in Ruhe zu lassen. Das war alles. Und falls das nicht funktionierte, wollte ich ihm Geld anbieten. Ich wollte nur, daß er *verschwinde*, so daß wir glücklich sein konnten.«

Er war wieder in den von heftigen Gefühlen unterlegten Singsang verfallen. »Sie können das doch verstehen, oder? Wir wollten doch nur glücklich sein. Was ist so schlimm daran, wenn man glücklich sein will?«

Schlimm ist, dachte ich, daß sie das Leben anderer Leute ihrem eigenen Glück opfern wollen. Und ich sagte: »Erzählen Sie mir, was mit Wilkonson passiert ist.«

»Nichts.«

»Kommen Sie, Gerry. Sie haben sich die Mühe gemacht, ihn dorthin zu locken...«

»Er tauchte überhaupt nicht auf. Ich habe zwei Stunden lang in der Mühle gewartet, aber er ist nicht gekommen.«

»Das kann nicht sein. Ich habe gesehen, wie er das Auto abstellte und über die Straße ging. Es sind nicht mehr als zehn oder höchstens fünfzehn Minuten vergangen, bis ich die Mühle betrat. Er war nicht dort – und Sie auch nicht.«

»Aber ich sage Ihnen doch, ich habe zwei Stunden gewartet! Ich habe bis zehn gewartet, und dann habe ich aufgegeben und bin heimgefahren.«

»Zehn? Er traf nach ein Uhr morgens ein.«

»Warum? Die Verabredung war für acht Uhr festgesetzt. Choteau hat ihn gegen vier erreicht. Wilkonson sagte, daß er noch für eine Weile im Ranchbüro zu arbeiten hätte. Aber er wollte so rechtzeitig abfahren, daß er es bis acht schaffen würde. Ich habe nicht damit gerechnet, daß er sich verspäten würde; schließlich dachte er, daß er zu Irene gebracht werde.«

»Er hat sich aber verspätet. Ich weiß nicht, was ihn aufgehalten hat, aber ich vermute, er kam, so schnell er konnte. Sein Mörder muß von der Verabredung gewußt haben – und ich glaube nicht, daß es Bob Choteau war.«

Gerry wurde sehr ruhig. Er schien nicht einmal mehr zu atmen.

»Wer wußte sonst noch, daß Sie Wilkonson trafen, Gerry?«

»Vicky«, sagte er schnell. Zu schnell.

»Wer noch?«

Er schüttelte den Kopf. Entsetzen stand in seinen Augen.

»Wer noch?«

»...Irene. Aber sie wußte nicht wo, nur daß ich mit ihm sprechen wollte.«

»Sie könnte Ihnen gefolgt sein.«

Er schwieg.

Allmählich fügt sich alles zusammen, dachte ich.

»Das hätte doch ihr Problem gelöst – Wilkonson, der Ansprüche auf seine Tochter erheben wollte, nicht wahr?«

Gerry schüttelte verneinend den Kopf. Dann verzog sich sein Mund bitter. »Wenn er rechtzeitig gekommen wäre, wenn ich mit ihm hätte sprechen können, hätte es das Problem gar nicht mehr gegeben.«

»Ach ja – was wollten Sie ihm denn eigentlich sagen?«

»Die Schlüsseltatsache, die den ganzen Terror beendet hätte: Wilkonson ist nicht Susans Vater.«

24

Einen Augenblick lang glaubte ich ihm nicht. »Und wer ist ihr Vater?«

»Das kann ich Ihnen nicht sagen. Aber nicht Wilkonson. Er *glaubte*, Irene wäre von ihm schwanger. Aber bevor er anfing, nach ihr und Susan zu suchen, hielt ich es für besser, ihn in dem Glauben zu lassen.«

»Besser als was?«

»Die Wahrheit.«

»Und was ist die Wahrheit...?«

»Wie ich schon sagte, ist es nicht an mir, Ihnen das zu erzählen.«

»Hören Sie mal, Gerry, dies ist nicht der richtige Zeitpunkt für Geheimnistuerei. Wir haben es hier mit zwei Morden zu tun, und wie Sie schon sagten, sind Sie in großen Schwierigkeiten.«

Er stieß seinen Stuhl zurück und rannte zur Tür.

»Kommen Sie zurück!« Ich stand auf und wollte hinter ihm herlaufen. Irgendwie verhedderte sich der Ärmel meines Pullovers in einer der Sprossen des Stuhls am Nebentisch. Ich riß daran, der Stuhl fiel um und versperrte mir den Weg. Als ich ihn schließlich aus dem Weg geräumt hatte und die Tür erreichte, war Gerry verschwunden.

»Großartig«, sagte ich laut. »Einfach großartig.« Ich ging zum Tisch zurück, schnappte mir meine Tasche und Jacke und dachte nach.

Nach allem, was ich gerade erfahren hatte, war es vermutlich an der Zeit, den Fall Ben Gallagher zu übergeben. In Zusammenarbeit mit den Behörden von San Benito konnte er Gerry verhören und nach Irene Lasser suchen lassen. Aber ich hatte das Gefühl, der Lösung so nahe zu sein, daß mir die Vorstellung, es nicht auch zu Ende zu bringen, ganz und gar nicht gefiel. Außerdem, was hatte Gallagher im Fall Goldring überhaupt schon getan, außer den Park routinemäßig nach Bob Choteau durchsuchen zu lassen? Er war so auf seine alberne Theorie fixiert, daß er nicht einmal *bemerkt* hatte, daß ich auf einer heißen Spur war. Und ich konnte keinesfalls sicher sein, daß er mir jetzt eher zuhören würde.

Nein, beschloß ich, ich bleibe an dieser Sache dran, zumindest bis morgen früh. Und wenn ich die Information darüber, wohin Frank Wilkonson kurz vor seinem Tode gefahren war, weitergeben würde, dann an den Sheriff von San Benito.

Ich verließ die »Kaffeebohne« und eilte zur Stanyan Street zurück. Die Druckerei war bis neun Uhr geöffnet; ich konnte das Telefon wieder benutzen. An Daphnes Schreibtisch holte ich mir den Band M–Z der Gelben Seiten heraus und schlug das Stichwort »Taxiunternehmen« auf. Ich wollte Checker anrufen, überlegte es mir dann aber anders und schaute die Adresse nach; die Firma war auf der Eighth Street, nicht weit vom Justizpalast entfernt. Ich vermutete, daß ich eher etwas erfahren würde, wenn ich persönlich dort nachfragte.

Dann rief ich bei Daphne und Charlie zu Hause an. Daphne war am Telefon und erzählte, daß die Kinder immer noch da seien und sich mit dem Heimcomputer amüsierten. Ich erklärte ihr, daß sie sie möglicherweise eine Zeitlang am Hals haben könnte; Gerry hatte nicht einmal nach der Adresse gefragt, und als er aus dem Café stürmte, hatte er auch nicht den Eindruck erweckt, als wollte er seine väterlichen Pflichten wiederaufnehmen. Daphne sagte, das sei schon in Ordnung, die Mädchen könnten ja auf der Couch schlafen, und falls Gerry auftauchte, würde sie sanft mit ihm umgehen.

Ich drückte auf die Gabel und wählte erneut. Ted ging bei All Souls ans Telefon. Nein, sagte er, es sei keine Nachricht von Bob Choteau für mich da. Die einzige sei von Rae. Sie sagte, es sei dringend...

»Ich kann mich jetzt nicht darum kümmern. Wenn sie noch mal anruft, sag ihr bitte, du hättest noch nicht von mir gehört.«

»Sie klang aufgeregt...«

»Ted, ich arbeite an einem Fall. Raes Problem muß warten.«

»In Ordnung, wenn du das so willst, sage ich ihr, daß du dich nicht gemeldet hast.« Er hielt mein Verhalten ganz offensichtlich nicht für gut.

Ich behandelte die Sache so wie die jahrelangen Klagen meiner Mutter über meine Ehelosigkeit, nämlich indem ich sie ignorierte und deshalb Schuldgefühle hatte. Dann machte ich mich auf den Weg zur Checker Cab Company.

Die Fahrdienstleiterin im Büro im Innern der höhlenartigen Garage war beschäftigt. Sie brauchte fünfundvierzig Minuten, um die Einträge nach dem Taxi zu durchsuchen, das Irene Lasser abgeholt hatte. Sie tat es sowieso nur, weil sie zu den Menschen gehörte, die von Privatdetektiven fasziniert sind. Sie murmelte etwas von einer Krimiserie im Fernsehen, mit dem Titel »Der Auftrag«. Da ich mir außer den Nachrichten und alten Filmen nicht viel im Fernsehen anschaue, wußte ich nicht, von welcher Serie sie sprach. Aber ich nickte, gab ein paar vage Kommentare ab, lächelte und versuchte meine Ungeduld zu verbergen. Kurz vor zehn fand sie schließlich im Fahrtenbuch vom Nachmittag die Eintragung, aus der Taxi und Zielort ersichtlich waren.

Das Taxi hatte zwei Fahrgäste bei den Schlössern abgeholt und zum Haus von Rudy Goldring an der Stillman Street gebracht.

Das überraschte mich, aber ich hielt es nicht für ungewöhnlich, daß Irene dorthin zurückkehrte. Sie und Rudy waren gute Freunde gewesen; sie hatte wahrscheinlich einen Schlüssel zu seiner Wohnung. Und die Wohnung war ein ideales Versteck: Sie lag in einem Gewerbegebiet, wo sie nur wenige Leute kommen und gehen sahen. Niemand außer Frau Halvorsen, die einzige noch verbleibende Angestellte von Goldring Clothiers, würde sie dort vermuten.

Eines aber machte mich stutzig. Ich war mir nicht sicher, ob ich an Irenes Stelle meine kleine Tochter an einen Ort mitnehmen würde, wo ein enger Freund ermordet worden war. Und ich hätte dort sicherlich nicht die Nacht verbringen wollen, nach dem Schock über die Entdeckung seiner Leiche.

Irene hatte stärkere Nerven, als ich ursprünglich angenommen hatte. Oder vielleicht war sie doch nicht eine so enge Freundin von Rudy gewesen.

Auf jeden Fall würde ich bald herausfinden, was los war. Die Stillman Street war ganz in der Nähe.

Die kurze Straße war jetzt menschenleer. Die meisten Fahrzeuge, die tagsüber den Straßenrand säumten, waren jetzt weg. Die alten Lagerhäuser und Fabriken wirkten wie riesige Ungeheuer. Ihre eintönigen Fassaden wurden nur von hohen Fensterscheiben aufgelockert, die im Licht der Straßenlaternen dunkel aufglitzerten. Der Nebel hing dicht und regungslos zwischen den Häusern; er schien die Geräusche aus den Nebenstraßen und das Brummen des Verkehrs auf der weiter oben verlaufenden Stadtautobahn zu verschlucken.

Ich hielt gegenüber von Goldrings viktorianischem Haus und starrte auf die oberen Fenster. Die dichten Vorhänge am Erkerfenster waren zugezogen, aber am Rand sah ich einen verräterischen Lichtstreifen.

Dumm von Irene, dachte ich. Wenn sie verheimlichen will, daß sie in der Wohnung ist, warum bleibt sie dann nicht hinten, im Schlafzimmer oder in der Küche?

Dann sah ich die Küche mit Rudys leblosem Körper vor dem Herd wieder vor mir. Natürlich wollte sie sich von diesem Raum so weit wie möglich entfernt halten.

Ich blieb im Auto sitzen und überlegte, wie ich vorgehen könnte. Zu läuten war sinnlos; Irene würde nur in Panik verfallen. Sie würde bestimmt nicht öffnen; vielleicht würde sie wieder fliehen, und dieses Mal weiß Gott wohin. Das Schloß konnte ich nicht aufbrechen; es schien ein Sicherheitsschloß zu sein. Und die Büros im Erdgeschoß waren bestimmt genauso gesichert. Wenn ich ein Fenster einschlüge, würde das zuviel Lärm machen.

Dann fiel mir ein, daß Bob Choteau erzählt hatte, der »Captain« habe ihn im Schuppen neben der Garage schlafen lassen. Das hieß, daß der Schuppen seinetwegen nicht zugeschlossen wurde. Ob jemand nach Rudys Tod daran gedacht hatte, ihn abzuschließen? Falls nicht, könnte ich vielleicht von dort aus ins Haus gelangen.

Ich beobachtete das Gebäude noch eine Weile. Die Garage lag unter dem zweistöckigen Erkervorsprung; ein schmaler Zementweg führte daran vorbei. Es war sehr dunkel dort, deshalb suchte ich auf dem Rücksitz nach der großen Taschenlampe, die ich immer bei mir habe. Natürlich war sie heruntergerollt und irgendwo festgeklemmt; ich mußte aussteigen und den Sitz verschieben, um an die Lampe heranzukommen.

Mit der Taschenlampe in der Hand lief ich über die Straße zu dem Pfad hinüber.

Der Schuppen war etwa anderthalb Meter vom Bürgersteig

zurückversetzt, ein kleiner Bau mit steilem Dach, der sich an das Hauptgebäude schmiegte. An der Tür hing ein Vorhängeschloß. Als ich es berührte, merkte ich, daß es nur so aussah, als ob es verschlossen wäre. Es ließ sich leicht öffnen; ich entfernte es und zog am Schließband. Die Tür kratzte über den Beton.

Ich schaltete die Taschenlampe an, trat ein und zog die Tür hinter mir zu.

Der Raum war gemütlicher als Bob Choteaus gegenwärtige Unterkunft: etwa ein Meter zwanzig auf einen Meter achtzig groß; sauber und bis auf ein paar Holzbretter, die an der Wand zum Haus hin gestapelt waren, leer. Auf einigen Regalen gab es das übliche Sammelsurium von verschmierten Farbdosen, verrosteten Werkzeugen, mit Schrauben und Nägeln gefüllten Gläsern und Tapetenresten. Es gab keine Tür von hier aus in die Garage. Oder doch...?

Das Holz war sorgfältig aufgestapelt. Zu sorgfältig, verglichen mit dem Durcheinander auf den Regalen. Ich beleuchtete die Bretter mit meiner Lampe. Da war wirklich eine Tür; die Bretter sollten sie kaschieren.

Ich legte die Taschenlampe auf ein Regal und begann, die Holzbretter wegzuräumen. Es war ein simpler Trick, und er paßte zu einem Mann, der viel zu vertrauensselig und naiv gewesen war. Das Schloß bestätigte meinen Eindruck; ich brauchte nur wenige Minuten, um es aufzubrechen.

Auf der anderen Seite der Tür befand sich die Garage. Ein schöner alter Buick – der Typ mit den Bullaugen – stand da. Am anderen Ende standen eine uralte Waschmaschine und ein Trockner; daneben führte eine Treppe ins Erdgeschoß. Die Tür öffnete sich auf den grauen Teppichboden im Flur des Bürotrakts. Ich lauschte auf Geräusche, aber ich hörte nichts als summende Stille.

Ich überlegte, ob es hinten vielleicht eine weitere Treppe gab, weil in vielen viktorianischen Häusern nachträglich Lieferanteneingänge angebaut worden waren. Ich ging den Flur entlang zu dem Zimmer, in dem Rudy seine Anproben durchführte. Als ich die Tür am Ende des Ganges aufstieß, sah ich plötzlich Licht und eine Bewegung.

Adrenalin schoß durch meinen Körper. Ich preßte mich an die Wand und zog meinen Revolver raus.

Nichts geschah.

Nach einer Weile stieß ich die Tür ganz auf und leuchtete mit der Lampe hinein. Der Strahl wurde von den silbrigen Glasscheiben eines verspiegelten Raumes zurückgeworfen. Die Bewegung, die ich gesehen hatte, war die Reflexion meiner eigenen gewesen. Ich trat ein und leuchtete mit der Lampe um mich. An drei Wänden hingen Spiegel, so daß sich der Kunde von allen Seiten betrachten konnte. An der vierten Wand befand sich eine Bar, vor der bequeme Stühle aufgereiht waren. Während ich zu einer Tür neben der Bar hinüberging, sah ich mein eigenes zaghaftes Lächeln.

Hinter der Tür lag eine Lieferantenhalle, in der sich Kartons stapelten; laut ihrer Beschriftung handelte es sich um Versandkartons. Es gab eine Treppe in den ersten Stock, aber die Kartons versperrten mir den Weg. Ich versuchte einen der Stapel beiseite zu schieben, mußte aber feststellen, daß sie zu schwer waren. Schließlich legte ich meine Kanone und die Lampe ab und trug einen nach dem anderen beiseite.

Bevor ich die Treppe hinaufstieg, schaltete ich die Taschenlampe aus und stopfte sie in meine Tasche. Den Revolver behielt ich in der Hand. Langsam tastete ich mich nach oben. Splitter vom Holzgeländer bohrten sich in meine Finger. Die Treppe endete auf einem Absatz und führte dann wieder in die Ausgangsrichtung zurück; als ich die Kurve erreichte, sah ich ein erleuchtetes Rechteck über der oberen Veranda.

Ich schlich nach oben und schaute mich um. Das Licht kam aus dem Küchenfenster, das zur Veranda hinausging. Ich blieb, wo ich war, und lauschte. Zuerst hörte ich nichts, aber dann vernahm ich lauter werdende Stimmen. Es klang, als ob jemand über den Flur in die Küche kam.

Eine der Stimmen klang wie die Irenes. Die andere gehörte einem Mann und kam mir irgendwie bekannt vor, aber ich konnte nicht sagen, woher. Und ich konnte auch nicht verstehen, was sie sprachen.

Die Veranda war mit Stapeln gebündelter Zeitungen, Flaschen und Weinbehältern, Tüten und Kartons mit Aluminiumdosen vollgestopft. Rudy war offensichtlich ein Recycler gewesen. Ich duckte mich und ging durch das Gerümpel auf das Fenster zu, wobei ich den Lichtflecken vermied.

Die Stimmen waren jetzt klarer – nicht die Worte, aber der Klang. Irenes Stimme klang hoch und ging ständig auf und nieder. Die Stimme des Mannes klang tief und wütend. Ich duckte mich direkt unterhalb des Fensters und lehnte mich gegen die Wand.

Zuerst verstand ich die Worte des Mannes – aber seine Stimme war so gedämpft, daß ich sie nicht erkannte. »...das wäre alles nicht passiert, wenn du nicht diese Karte an Jane geschickt hättest. Wilkonson hätte nicht angefangen, sich so über das Kind aufzuregen, das er nie gesehen hat...«

Sie unterbrach ihn, aber ich konnte ihre Worte nicht verstehen.

»Erzähl mir doch nichts! Du wußtest, daß sie sie ihm zeigen würde. Es ist fast, als wolltest du, daß dies passiert. Und wenn deine Vermutung über den Mörder von Wilkonson stimmt...«

Wieder verzerrten sich die Worte.

»Nein, wir gehen nicht ins Wohnzimmer zurück. Ich will, daß du erkennst, was dein Egoismus angerichtet hat. Schau dich um, Irene, hier ist dein Freund Goldring gestorben. Schau sie dir genau an, die Kreidemarkierungen und die Blutflecken.«

Sie muß sich dann zum Fenster gewandt haben, denn ihre Stimme wurde lauter. »Ich habe dir gesagt, daß ich es nicht ertragen kann, hierher zurückzukommen!«

»Die arme empfindsame Irene kann es nicht ertragen, in dem Raum zu sein, wo Rudy starb. Konnte es nicht ertragen, ihr geliebtes Kind an einen Ort zu bringen, an dem ein Mord begangen wurde. Sie mußte es zu Freunden abschieben.«

Das überraschte mich. Vielleicht hatte Gerry Cushman gelogen, als er sagte, daß Irene Susan mitgenommen habe, aber ich glaubte das eigentlich nicht. Er hatte keinen Grund dafür. Außerdem zeigte die Eintragung bei dem Taxiunternehmen, daß zwei Fahrgäste bei den Schlössern abgeholt und hier abgeliefert worden waren; es waren keine zusätzlichen Stopps erwähnt. Wenn der zweite Fahrgast nicht das Kind gewesen war, wer war es dann? Und wo war Susan?

Der Mann fuhr fort: »Du bist schon immer so ein Opferlamm gewesen. Und nie übernimmst du für irgend etwas die Verantwortung, stimmt's?«

»*Ich* soll Verantwortung übernehmen? Wenn du...«

Irenes Worte endeten in einem Schmerzensschrei.

Meine Hand umspannte den Revolver fester.

Schweigen. Dann hörte ich sie schluchzen.

»Ja, heul nur.«

Wenn ich nur diese Stimme einordnen könnte!

»Ich weiß nicht, was das soll«, sagte sie mit tränenerstickter Stimme. »Wir müssen etwas tun.«

»Was?«

Keine Antwort.

Dann sagte er: »Es wird nun alles ans Licht kommen. Wenn du nur nicht diese Karte geschrieben hättest. Wenn Wilkonson nicht angefangen hätte, wie ein Verrückter in der Gegend herumzulaufen. Selbst dann hättest du, oder auch ich, das Schlimmste noch abwenden können – wenn Goldring mir nur gesagt hätte, wo ich dich finde.«

»Du hast versucht, von Rudy zu erfahren, wo ich bin? Woher wußtest du überhaupt von ihm?«

Der Mann antwortete nicht; er mußte seinen Fehler erkannt haben. Wie ich. Und vielleicht auch Irene.

Sie sagte: »Vergiß es – ich kann es mir schon denken. Du hattest kein Recht... *Wann* bist du bei ihm gewesen?«

»Vor einiger Zeit schon.« Seine Antwort kam zu schnell.

»Das glaube ich nicht. Du warst es, der ihn letzte Woche aufgesucht hat. Wie hättest du sonst wissen können, wo er starb?«

»*Du* hast gesagt, daß du nicht in die Küche kommen könntest. Außerdem sind hier die Kreidemarkierungen...«

»Ich habe gesagt, daß ich es nicht ertragen könne, nach hinten zu gehen. Ich habe nichts von der Küche gesagt.«

Wieder Schweigen. Dann: »Alles ist deine Schuld. Alles, verdammt.«

Sie schrie wieder. Ich hatte einmal einen Hund so schreien hören, als er von einem Laster überfahren wurde. Aber dieses vorsätzliche Quälen eines Menschen war noch schlimmer.

Ich betrachtete die Küchentür; sie war mit einem Riegel gesichert. Das Fenster war zu und vermutlich auch verschlossen.

Dann folgte ein dumpfer Schlag, und Irene fing an, hysterisch zu weinen.

Ich stand auf und löste die Sicherung der .38er. Mit der linken Hand schnappte ich mir einen der schweren Weinkrüge. Ich trat einen Schritt zurück und schwang das Gefäß gegen die Tür. Die untere Scheibe zerbarst. Ich ließ den Behälter fallen und hielt den Revolver mit beiden Händen durch die Öffnung.

»Stehenbleiben!« schrie ich.

Irene konnte ich nicht sehen. Der Mann stand mit dem Rükken zu mir und wirbelte herum.

»Stehenbleiben!« schrie ich nochmals.

Er hechtete zur Seite weg. In dem Sekundenbruchteil bevor ich abdrückte, erkannte ich ihn.

Hal Johnstone.

25

Mein Schuß verfehlte Johnstone. Er hechtete zum Fenster. Ich trat zurück und drückte noch mal ab. Die Kugel bohrte sich in den Fensterrahmen. Johnstone lehnte sich über das Fensterbrett und packte meine Hände in einem Karategriff. Schmerz schoß durch meine Handgelenke. Ich ließ den Revolver fallen. Als er auf die Veranda heraussprang, wich ich ihm schnell aus.

Der Revolver war nirgends zu sehen. Ich sprang hinter einen Stapel Zeitungen. Stieß sie ihm in den Weg.

Sie trafen ihn an den Schenkeln; er stolperte. Er keuchte, aus einem Schnitt in seiner rechten Wange tropfte Blut. Ich ging rückwärts in Richtung Treppe und warf eine Tüte um. Dosen rollten über den Boden. Meinen Revolver konnte ich immer noch nicht entdecken.

Johnstone richtete sich auf und schob die Zeitungen zur Seite. Ich wirbelte herum. Meine Schultertasche verfing sich am Endpfosten des Geländers; ich riß mir den Riemen vom Arm und lief weiter.

Johnstone war dicht hinter mir. Seine Hände schlugen gegen meinen Rücken. Ich fiel die Treppe hinunter.

Ich hob die Hände, um den Sturz abzufangen; doch ich griff in die Luft. Meine Knie schlugen auf der unteren Stufe auf, und ich fiel vornüber, und mein Kopf donnerte gegen die Wand auf dem Treppenabsatz.

Die Stufen schwankten unter Johnstones Gewicht. Er sprang

über mich hinweg. Ich hörte Rumpeln und Poltern und ein krachendes Geräusch aus dem unteren Stockwerk.

Dann spürte ich nichts mehr als Schmerzen – in den Beinen und im Kopf. Mir wurde schwarz vor Augen; ich krümmte mich zusammen und versuchte meinen Kopf und meine Knie gleichzeitig zu umklammern. Die Schmerzwellen trafen sich in der Mitte; Galle stieg mir im Rachen hoch. Ich legte die Arme an den Bauch und versuchte, die Übelkeit zu bezwingen.

Wieder hörte ich Schritte – diesmal vorsichtige – die Treppe herunterkommen.

Ich sagte: »Hm?«

Irene beugte sich über mich, Haarsträhnen hatten sich aus ihrer Zopffrisur gelöst. »Sind Sie in Ordnung?«

Ich ließ meinen Bauch los. Der Schmerz ebbte ab, aber viel zu langsam. Ich versuchte, mich aufzusetzen, und fiel wieder auf den Boden zurück.

Irene packte mich am Arm und lehnte mich an die Wand. In meinem Rücken tobte ein stechender Schmerz.

Als ich sprechen konnte, fragte ich: »Wo ist Johnstone?«

Sie kauerte sich neben mich. »Als ich oben an der Treppe ankam, war er schon weg. Dann hörte ich die Vordertür, die zu den Büros führt, zufallen, und ein paar Sekunden später fuhr sein Auto weg.«

Ich hatte es auf der Straße nicht bemerkt. »Sind Sie sicher, daß es seines war?«

»Ja, ich kenne den Klang dieses Porsche.«

Als ich seufzte, schmerzten meine Rippen. »Keiner meiner Schüsse hat ihn getroffen?«

»Nein.«

Einen Augenblick lang fragte ich mich, warum die Schüsse keine Nachbarn alarmiert hatten; dann wurde mir klar, daß dieses Viertel nachts den Obdachlosen gehört – und die wollten sicherlich nichts hören.

»Haben Sie gesehen, was passiert ist?«

»Zum Teil. Er hatte mich zu Boden geworfen, bevor Sie das Fenster einschlugen.«

Dann fiel mir ihr Schrei wieder ein. »Wie hat er Ihnen weh getan?«

»Er hat auf einen Nerv gedrückt.« Ihre Stimme klang bitter.

»Er ist in solchen Sachen sehr geschickt. Er hat Physiologie und Tiermedizin studiert. Es hat mich immer erstaunt, was er während seiner Ausbildung alles gelernt hat.«

Ich erinnerte mich an meine spontanen negativen Gefühle gegenüber Hal Johnstone. Ich hatte mit meinem Urteil doch nicht so danebengegriffen. »Hat er Ihnen schon früher einmal so weh getan?«

Sie ließ den Kopf leicht sinken und guckte beschämt. Vielleicht glaubte sie ihm wirklich, daß alles ihre Schuld war.

»Können Sie mir nach oben helfen?« fragte ich.

Langsam half mir Irene auf die Beine. Schmerzen liefen wie Nadelstiche mein Rückgrat hinunter; in meinem Kopf und in meinen Knien pochte es; aber nichts schien gebrochen zu sein. Ich stützte mich auf sie, während wir die Stufen hinaufstiegen und über die Veranda zur Küche gingen.

Irgendwo in der Wohnung schluchzte ein Kind. Irene sagte: »O Gott, ich habe Susan vergessen!« Sie lehnte mich gegen eine Anrichte neben der Tür, und fort war sie.

Also war das Kind doch hier. Warum hatte sie Hal erzählt, daß sie es bei Freunden gelassen hätte? Hatte sie Angst, daß er Susan auch weh tun könnte?

Nach einer Weile ging ich zurück auf die Küchenveranda. Meine Handtasche hing immer noch an dem Pfosten oben an der Treppe. Den Revolver fand ich an der Seite unter einem Hocker. Ich sicherte ihn, steckte ihn in meine Tasche und ging in die Küche zurück. Auf meinem Weg zum Tisch trat ich auf Rudy Goldrings Kreidemarkierungen. Ein Schauer überlief mich, als ob ich über sein Grab ginge. Dann dachte ich: *Das macht jetzt auch nichts mehr.*

Als ich mich an den Tisch setzte, kam Irene in die Küche zurück. »Susan schläft wieder«, sagte sie. »Wollen Sie einen Drink – einen Brandy?«

»Ja, bitte.« Ich beobachtete sie, wie sie zum Schrank ging und eine Flasche und zwei Gläser herausholte. »Haben Sie Hal nicht gesagt, daß Susan bei Freunden wäre?«

»Ja, bei den Cushmans. Sie verstehen sicher, warum ich ihn nicht in ihre Nähe lassen wollte. Ich habe ihr ein leichtes Beruhigungsmittel gegeben und sie in das Zimmer nebenan gelegt; dann habe ich ihm gesagt, daß ich Angst hätte, nach hinten zu gehen, weil Rudy dort gestorben sei. Ich hätte wissen müssen, daß er mich daraufhin sofort hierherschleppen würde.«

Während sie die Gläser auf den Tisch stellte und mir gegenüber Platz nahm, beobachtete ich sie. Ihre Hände zitterten, aber sie schien sich in der Gewalt zu haben, was angesichts der Geschehnisse doch sehr erstaunlich war. »Hatten Sie, nach dem, was mit Rudy geschehen war, keine Angst, hierher zurückzukommen?«

»Nein. Nach dem ersten Schock, als ich ihn gefunden hatte, schien alles so unwirklich zu sein. Ich habe schon einmal so etwas... Traumatisches durchgemacht und dann eine ganze Weile weitergelebt, als ob nichts geschehen wäre.« Ihre Augen wanderten zum Boden vor dem Herd. »Aber irgendwann holt einen die Wirklichkeit ein.«

»Hal hat praktisch zugegeben, Rudy ermordet zu haben.«

Sie nickte. »Er muß die Truhe mit den Briefen, die ich im Dachboden auf der Ranch zurückgelassen hatte, durchsucht haben. Nur so konnte er erfahren, daß ich einen guten Freund hier in der Stadt hatte. Er muß es gewesen sein, der an dem Tag hier war. Er wußte, in welchem Zimmer Rudy starb. Er schien die Adresse zu kennen, ohne daß ich ihm den Weg beschrieb. Die Stillman Street ist nur eine Gasse; die kennt man nur, wenn man schon einmal hier war.«

»Ohne daß *Sie* ihm den Weg beschrieben? Hatten Sie sich mit ihm hier verabredet?«

»Ja.«

»Warum?«

»Als er angerufen hat und mir erzählte, daß Frank tot sei, sagte er, daß wir einiges besprechen müßten.«

»Was?«

Sie schüttelte den Kopf und schaute in ihr Glas.

Der Mann war ein Sadist, der ihr schon früher weh getan hatte. Sie hatte solche Angst gehabt, ihn in der Nähe ihres Kindes zu wissen, daß sie Susans Gegenwart verheimlicht hatte. Es ergab keinen Sinn, daß sie bereit war, ihn allein an einem so verlassenen Ort zu treffen. Es sei denn, daß das, was sie besprechen mußten, etwas – oder jemanden – betraf, das – oder den – sie noch mehr fürchtete als ihn.

Ich richtete mich ein bißchen auf und stellte ihr eine Frage, die mich schon lange bewegte. »Irene, woher wußte Hal, daß er Sie heute nachmittag bei den Cushmans erreichen konnte?«

»Ich nehme an, daß Vicky es ihm gesagt hat. Sie hatte nämlich gedroht, Harlan und Frank anzurufen. Aber Harlan ist... krank, und wenn sie das Ranchhaus angerufen hat, hat sie vermutlich Hal erreicht.«

»Ich verstehe. Was er mit Ihnen besprechen wollte, muß ziemlich dringend gewesen sein, wenn er den weiten Weg hierher fuhr, anstatt die Sache am Telefon zu erledigen.«

Schweigen.

»Verdammt, Irene! Der Mann ist ein Mörder! Sie haben kein Recht, ihn zu schützen.«

»Ich schütze nicht Hal.«

»Wen dann? Den Mörder von Frank?«

Keine Antwort.

Ich hatte genug von ihren Spielchen; ihr Schweigen machte mich wütend. »Irene, ich habe heute abend mit Gerry gesprochen. Er sagt, daß Susan nicht Wilkonsons Kind sei.«

Langsam hob sie den Kopf. »Das würde er nie sagen.«

»Eben doch, und er wollte das auch Frank sagen – wenn Frank letzten Samstag zur Windmühle gekommen wäre.«

»Nein! Er hätte...«

»Mama, ich habe Angst!«

Wir drehten uns beide zur Tür. Dort stand Susan in ihrem gelben Frotteeschlafanzug. Ihr hellblondes Haar war zerzaust. Sie blinzelte ins Licht; als Irene nicht sofort antwortete, steckte sie den Daumen in den Mund.

Ich verglich Irenes Gesicht mit dem des kleinen Mädchens. Dann tat ich das gleiche mit Hal Johnstones Zügen – und schaute wieder Irene an.

Ich sagte: »Darum geht es also. Hal ist Susans Vater.«

Irene wurde blaß und saß ganz still. Susan verzog das Gesicht; man ignorierte sie. Dann nahm sie den Daumen aus dem Mund und fing an zu weinen. Sofort sprang Irene auf. Sie kniete sich vor das Kind hin und nahm es in die Arme, so als ob sie es mit ihrem eigenen Körper vor mir schützen wollte. Nach einer Weile beruhigte sich Susan. Irene hob sie hoch und sagte: »Ich bringe sie wieder ins Bett.«

Während sie sich um ihre Tochter kümmerte, wartete ich, nippte an meinem Brandy und dachte über die vielen Fragen nach, die ich ihr stellen wollte.

Als Irene gut zehn Minuten später zurückkam, hatte sie ihr Make-up aufgefrischt und ihren wirren Zopf hochgesteckt. Sie bewegte sich steif; ihre Augen glitzerten, wie von einer dünnen Eisschicht überzogen. Sie setzte sich, faltete die Hände auf dem Tisch und schaute mich still an.

Offensichtlich hatte sie während ihrer Abwesenheit nicht nur ihre Frisur, sondern auch ihre Gefühle geordnet. Ich spürte, daß nun, da die Wahrheit ans Licht gekommen war, nicht mehr mit Ausbrüchen oder Ausflüchten zu rechnen war. Das würde es für uns beide leichter machen, aber ich fragte mich trotzdem, was passieren würde, wenn sie schließlich ihren Gefühlen freien Lauf ließe.

»Ich hatte recht, nicht wahr? Hal *ist* Susans Vater.«

»Ja.«

»Wer weiß es?«

»Nur er und ich. Und jetzt Gerry.«

»Meldet er Ansprüche auf seine Tochter an?«

»Um Gottes willen, nein! Hal haßt Kinder. Mich haßt er auch – ich war ihm zuwider, seit er mich bei meiner Hochzeit mit Harlan zum erstenmal gesehen hat.«

»Wenn er Sie haßt, warum hatte er dann ein Verhältnis mit Ihnen?«

Sie schwieg.

Ich versuchte eine andere Taktik. »Warum hat er Sie von Anfang an gehaßt?«

»Das hatte nichts mit mir persönlich zu tun. Hal will die Burning Oak. Aber nach dem Gesetz der Gütergemeinschaft wäre mir die Ranch zugefallen. Anfangs hatte er auf die Ranch verzichtet, er hat versucht, sich im Osten sein eigenes Leben aufzubauen. Aber dann muß er seine Meinung geändert haben, denn seit er zurück war, hat er alles getan, um mich zu vertreiben. Als ich dann gestand, daß ich schwanger war und daß das Kind von ihm war, hat er mich gezwungen, die Ranch zu verlassen und zu versprechen, daß Harlan nie etwas davon erführe.«

»Ich verstehe immer noch nicht, warum Sie miteinander geschlafen haben…«

Sie unterbrach mich und fuhr mit ihrer Erzählung fort, als ob sie sie auswendig gelernt hätte: »Als Frank anfing, nach mir zu suchen, hatte Hal eine Heidenangst, daß alles auffliegen würde. Wenn Harlan den Verdacht hätte, daß Hal der Vater meines Kindes wäre, würde er ihn enterben.«

»Wieso Verdacht? Er mußte doch wissen, wie Sie beide zueinander standen.«

Sie zuckte die Achseln. »Ich habe nicht gesagt, daß Hals Ängste rational waren.«

Ich dachte daran, wie Hal seinem Vater von Irenes Affäre mit Frank Wilkonson erzählt hatte. Wahrscheinlich wollte er den Verdacht in die falsche Richtung lenken.

»Was ist mit Rudy?« fragte ich. »Hat er gedacht, daß Susan Franks Kind war?«

»Ja.«

»Und Vicky?«

»Sie auch.«

Ich zögerte. Ich wußte immer noch nicht, warum sie mit Hal geschlafen hatte. »Sind Sie sicher, daß Susan Hals Tochter ist? Sie ähnelt ihm, aber Sie hatten zu dem Zeitpunkt, als sie gezeugt wurde, ein Verhältnis mit Frank.«

»Ich bin mir sicher. Ich war damals nicht mehr mit Frank zusammen. Auch mit sonst niemandem. Wenige Monate, nachdem Hal zur Ranch zurückgekehrt war, machte ich mit Frank Schluß. Hal hatte Verdacht geschöpft, und ich wußte, daß er Harlan sofort davon erzählen würde, sobald er die nötigen Beweise hatte. Außerdem hatte Jane gerade entbunden und litt sehr stark unter postnatalen Depressionen; sie brauchte Frank mehr als ich.«

Ich hatte immer noch meine Zweifel, was ihre Beweggründe Jane Wilkonson gegenüber betraf, aber darum ging es im Moment nicht. »Erzählen Sie weiter.«

»Dann wurde ich von Hal schwanger.«

Da sie sich erneut weigerte, ihr scheinbar inkonsequentes Verhalten zu erklären, fuhr ich sie an: »Könnten Sie das etwas genauer erklären? Sie sagten doch, er hasse Sie. Offensichtlich hegten Sie ihm gegenüber auch keine zärtlichen Gefühle.«

Sie schwieg. Ihre Finger umklammerten einander so fest, daß ihre Fingernägel weiß wurden.

»Irene?«

»Ja. Ich weiß nicht, wie ich es sagen soll.«

»Lassen Sie es einfach raus.«

»Ja, gut.« Sie atmete tief durch. »Hal hat mich vergewaltigt«, sagte sie.

Sie brachte diese Worte so tonlos hervor, daß ich im ersten Augenblick meinte, mich verhört zu haben. Dann sah ich ihre Augen: Das Eis war geschmolzen; sie füllten sich mit Tränen.

Ich berührte ihre Hände. Sie löste ihre Finger und zog sie weg. Unter den Tränen sah ich Angst aufflackern.

Sie fürchtet, daß ich ihr nicht glaube, dachte ich.

Es ist so üblich, Vergewaltigungsopfern zu mißtrauen; das einzige Verbrechen, bei dem das Opfer die Beweislast trägt. Aber Irene mußte mir nichts beweisen. Wenn Frauen nicht ernsthaft psychisch krank sind, haben sie nichts zu gewinnen, aber alles zu verlieren, wenn sie einen Mann zu Unrecht der Vergewaltigung beschuldigen – egal, wie oft behauptet wird, der Mann wäre hereingelegt oder herausgefordert worden. Dieses qualvolle Eingeständnis mir gegenüber hatte Irene sicherlich größte Überwindung gekostet.

»Erzählen Sie mir, was passiert ist.«

Die Angst wich etwas aus ihren Augen, und sie wischte sich die Tränen weg. Dann erzählte sie weiter, ruhig und sachlich, als ob wir über das Wetter sprächen.

»Wie gesagt, Hal ahnte etwas von Frank und mir. Selbst nachdem ich mit Frank Schluß gemacht hatte, ließ er immer wieder anzügliche Bemerkungen fallen, die sonst niemand verstand. Dann hat er angefangen, mir aufzulauern. Wahrscheinlich dachte er, mich auf diese Weise vertreiben zu können. Wenn ich mich wehrte, schlug er mich.«

»Ich verstehe ja, warum Sie Ihrem Mann nicht davon erzählen konnten, aber warum sind Sie nicht zu Frank gegangen?«

»Frank hatte selbst Probleme. Außerdem fürchtete ich seinen Jähzorn, daß er Hal etwas antun könnte. Ich wollte selbst damit fertig werden.«

»Aber das gelang Ihnen offensichtlich nicht.«

»Nein. Eines Abends mußte Harlan geschäftlich nach San Francisco. Ich bat ihn, mich mitzunehmen. Aber er weigerte sich. Ich erwog, die Ranch zu verlassen, aber ich wußte, daß es

Schwierigkeiten geben würde, wenn Harlan davon erführe – er war so eifersüchtig. Und ich wußte nicht, wohin; ich hatte keine Freunde, die mich decken würden, denn Harlan hatte mich gezwungen, alle Kontakte abzubrechen. Also bin ich geblieben.«

»Und da passierte es dann.«

»Ja. Ich kann nicht über die Einzelheiten sprechen.«

»Das brauchen Sie auch nicht.«

»Glauben Sie mir, ich habe akzeptiert, was passiert ist. Ich war lange Zeit in Therapie, nachdem ich das Frauenhaus in Tustin verlassen hatte. Das hat mir sehr geholfen und mich in dem Entschluß bestärkt, das Baby zu behalten. Und ich habe erkannt, daß es nicht meine Schuld war – was Hal auch sagen mochte. Die Schuld lag in seiner perversen und gewalttätigen Natur.«

»Ich habe gehört, wie er heute abend zu Ihnen sagte, daß alles Ihre Schuld wäre.«

»So ist er nun einmal, er lehnt jede Verantwortung ab. Hal glaubt, daß alles, was in seiner Kindheit schiefging, die Schuld seiner Mutter war. Es ist leichter, ihr die Schuld zu geben als Harlan, denn sie ist tot und kann sich nicht mehr verteidigen. Als er älter wurde, waren es die Lehrer, die Professoren, die Freundinnen, die Arbeitgeber. Und dann ich.«

Ich spielte eine Weile mit meinem Glas. Ihre Ruhe beunruhigte mich. Ich kenne diese Reaktion von anderen Opfern – von Überfällen, Diebstählen, Mordversuchen. Sie neigen dazu, sich von dem Ereignis zu lösen, so unbeteiligt davon zu erzählen, als wäre das alles jemand anderem passiert. Ich fragte mich, ob Irenes Therapie wirklich soviel geholfen hatte, wie sie behauptete.

»Wie konnten Sie nach der Vergewaltigung weiter unter dem gleichen Dach mit ihm leben?«

»Das tat ich nicht. Wissen Sie, Hal reiste ab. Er hatte nicht gewollt, daß es so weit kam. Er hatte Angst, daß ich zu seinem Vater oder zu Frank gehen würde. Also erfand er die Geschichte von einem Kollegen, der dringend Hilfe in seiner Tierarztpraxis brauchte, und reiste am nächsten Tag ab. Ich war sowieso nicht in der Lage, irgendwohin zu gehen. Ich schlief kaum, und wenn ich schlief, hatte ich Alpträume. Ich weinte viel und hatte grundlos Wutanfälle. Ich konnte mich nicht konzentrieren und vergaß viel. Oft hatte ich das Gefühl, wie hinter einer Glasscheibe zu leben. Ich konnte die Wirklichkeit sehen, aber nicht berühren.«

»Ich weiß, was Sie meinen.« Ich hatte dieses Glasscheibenphänomen selbst Anfang des Jahres durchgemacht. Ich war völlig ausgebrannt gewesen; das Elend, die Tragödien und die Schrecken, denen ich in meinem Beruf begegnet war, drohten mich zu überwältigen. »Wie haben Sie reagiert, als Sie merkten, daß Sie schwanger waren?«

»Zuerst habe ich es einfach verdrängt. So etwas konnte mir einfach nicht passieren. Ich fühlte mich hin und her gerissen – ich hatte immer ein Kind gewollt, aber nicht von Hal. Ich wußte, daß ich etwas unternehmen mußte, daß ich entweder abtreiben oder für mich und mein Kind Pläne machen mußte. Aber ich war dem einfach nicht gewachsen. Erst als Hal drei Monate später auf die Ranch zurückkam – nachdem die Vergewaltigung keine Folgen gehabt zu haben schien –, wurde ich aus meiner Lethargie herausgerissen. Zwei Tage später bin ich weggegangen.«

»Aber in der Zwischenzeit fand er heraus, daß Sie schwanger waren.«

»Ja, von Frank, der ins Haus kam, weil er glaubte, daß das Kind von ihm wäre, und mich sehen wollte. Hal hat sich wohl ausgerechnet, daß er der Vater war. Er hat mich darauf angesprochen, und ich habe es zugegeben. Er forderte von mir, die Ranch zu verlassen. Ich hatte mich bereits entschlossen wegzugehen. Ich nehme an, die Tatsache, daß ich so demütig zustimmte, ist einer der Gründe, warum mich Hal als Opfer beschimpft. Das war ich einmal. Aber nie wieder.«

Sie schien nun erschöpft zu sein. Ihre Hände glitten über den Tisch zu mir, dann beugte sie sich nach vorne und legte den Kopf auf ihre Arme.

Ich legte meine Hände auf ihre. Diesmal zog sie sie nicht weg.

»Irene«, sagte ich, »Sie und Hal scheinen zu glauben, daß Sie wissen, wer Frank getötet hat. Ich hörte, wie Sie darüber sprachen, als ich auf der Küchenveranda stand. Wer ist es?«

»Harlan.«

»Warum?«

»Frank hat zweimal versucht, ihn zu sprechen, um ihn zu fragen, ob ich Freunde oder Verwandte an der Bucht hätte. Hal hat ihn beide Male abgefangen, aber Frank war so wild entschlossen, daß sie sich geschlagen haben, und Hal vermutet, daß Frank ein andermal zu seinem Vater vorgedrungen ist. Harlan hat in den vergangenen Wochen mehr denn je getrunken, und er kennt das Reservoir, wo man Franks Leiche gefunden hat, sehr gut. Er hat vermutlich angenommen, daß man den Toten vor dem Frühling nicht dort finden würde. Es paßt alles zusammen.«

In der Tat – und doch auch wieder nicht. »Wohin, glauben Sie, ist Hal gefahren? Ich muß nach ihm fahnden lassen.«

Sie zog ihre Hände unter meinen heraus und setzte sich auf. »Zur Ranch zurück, denke ich. Nein, warten Sie – Hal glaubt, daß Susan in den ›Schlössern‹ ist. Vielleicht ist er dorthin, um Susan in seine Gewalt zu bringen und mich zum Schweigen zu zwingen, was Rudy und Harlan betrifft. Vielleicht sind die Mädchen oder Gerry in Gefahr.«

Mir fiel auf, daß sie Vicky nicht erwähnte. Vermutlich war ihr gleichgültig, was mit ihr passierte. Dann ermahnte ich mich selbst, nicht vorschnell über eine Situation zu urteilen, von der ich nur wenig wußte. Außerdem, dachte ich etwas herzlos, ist Vicky so verrückt, daß sie Hal sicherlich gewachsen ist.

»Die Schlösser sind sehr gut gesichert. Und Gerry und die Mädchen sind vielleicht gar nicht da.« Ich erzählte ihr kurz von meiner Begegnung mit ihm und wie er davongestürmt war, ohne seine Töchter abzuholen. »Wir rufen am besten dort an.«

An der Wand hinter mir hing ein Telefon. Ich stand auf und wählte die vertraute Nummer der Schlösser. Vicky nahm ab. Sie klang zur Abwechslung einmal normal. Ich nannte meinen Namen und fragte nach Gerry.

»Tut mir leid«, sagte sie. »Er ist nicht da. Er ist vor ein paar Stunden mit den Mädchen weggegangen. Er hat nicht einmal seine Schlüssel mitgenommen. Ich nehme an, es wird später, und ich muß aufbleiben und sie hereinlassen.«

»Ich glaube, die Mädchen schlafen bei Freunden von mir.«

»Oh! Bei wem?« Komischerweise klang sie nicht beunruhigt.

Ich erzählte ihr von Daphne und Charlie.

»Ich kenne die beiden. Ich bin Kundin in ihrer Druckerei. Ich könnte rübergehen und die Kinder abholen.«

»Sie schlafen wahrscheinlich schon.«

»Sie haben recht. Sie bleiben besser da. Außerdem ist es Gerrys Sache; soll er sich doch um sie kümmern.«

Etwas an ihrer Art zu sprechen verursachte mir Unbehagen.

»Wie geht es Ihnen, Vicky?«

»Was soll die Frage?« Nun war es deutlich hörbar: das kaum gebändigte Zittern ihrer Stimme, das dem vorausging, was ihre Töchter »ihre Anfälle« nannten.

»Vicky...«

»Wo zum Teufel ist Gerry überhaupt?«

»Ich weiß es nicht.«

»Sie wissen Bescheid. Er ist nun endlich mit diesem Miststück durchgebrannt, nicht wahr?«

»Natürlich nicht.«

»Eben doch. Antworten Sie mir gefälligst!«

Ich legte auf. Wenn sie mir zugehört hätte, hätte ich ihr geraten, ihre Therapeutin anzurufen.

Ich warf einen Blick auf Irene. Vicky hatte so laut geschrien, daß sie einen guten Teil hatte verstehen können. Bevor sie etwas sagen konnte, meinte ich: »Sie brauchen sich nicht für ihren Zustand verantwortlich zu fühlen. Sie mögen auch dazu beigetragen haben, aber das hat sich schon lange zusammengebraut.«

»Ich weiß.«

Ich ging wieder zum Telefon und rief die Polizei an. Gallagher war nicht im Dienst, aber ich teilte einem anderen Beamten in seiner Einheit mit, daß ich ein Geständnis im Fall Goldring gehört hatte. Der Inspektor notierte sich die Einzelheiten und sagte, daß er versuchen werde, Gallagher zu erreichen. Ich sollte mich nicht von der Stelle rühren, bis Gallagher sich melde.

Dann rief ich bei Daphne und Charlie an. Daphne meldete sich mit erschöpfter Stimme. Die Kinder waren immer noch bei ihr und schliefen auf der Couch. Gerry hatte sich nicht gerührt. Aber sie hatte eine Nachricht von All Souls für mich.

Sie entfernte sich vom Telefon. Als sie zurückkam, hörte ich sie gähnen. »Ted hat angerufen«, sagte sie. »Er wollte dir mitteilen, daß Bob sich gemeldet hat. Um Viertel vor zwölf. Also vor einer Stunde.«

Ich schaute auf die Uhr. Ich war erstaunt, wie spät es war, und fühlte mich schuldig, daß ich das Leben meiner Freunde derartig störte.

»Bob sagte, daß er mit dir sprechen wolle«, fuhr Daphne fort. »Für fünfzig Dollar. Nicht zwanzig – fünfzig. Wenn das in Ordnung geht, sollst du Red treffen – kommst du mit?«

»Ja, schon.«

»Dann sollst du Red um ein Uhr bei McDonalds im Haight-Viertel treffen. Das ist in fünfzehn Minuten.«

»Danke. Ich bin euch wirklich was schuldig.«

»Mach dir keine Sorgen«, sagte sie trocken. »Wir treiben die Entschädigung schon ein.«

Ich legte auf. Irene beobachtete mich. »Sie bringen Susan am besten in ein Hotel«, sagte ich zu ihr. »Hier sind Sie beide nicht sicher.«

»In Ordnung. Wollen Sie warten, bis die Polizei zurückruft?«

Ich dachte an Gallagher; ich hatte keine Ahnung, wie lange es dauern würde, ihn zu erreichen. Dann dachte ich an die Verabredung mit Red; er würde vermutlich nicht warten. »Nein, ich muß gehen. Wenn Sie irgendwo ein Quartier gefunden haben, dann hinterlassen Sie bitte eine Nachricht auf meinem Anrufbeantworter, damit ich Sie erreichen kann.«

»Warten Sie – wohin gehen Sie?«

»Ich muß jemanden treffen.«

Ich wußte nicht, ob ich Mac's Steak House – wie Hank es nannte – quer durch die Stadt rechtzeitig erreichen würde, aber ich mußte es versuchen. Gerry hatte mir da vorher etwas erzählt, was mir Choteau bestätigen mußte. Wenn ich das jetzt richtig interpretierte, dann würde das dem Fall eine ganz neue Wende geben.

26

Selbst die grellweiße Neonbeleuchtung am McDonald's Restaurant gegenüber vom Park wurde durch den Nebel gedämpft. Ich ließ das Auto auf dem fast verlassenen Parkplatz stehen und ging hinein. Es war ein Uhr fünfundzwanzig.

Drei Kunden kauerten an weit voneinander entfernten Tischen im Speiseraum. Schäbig gekleidete Männer, aber Red war nicht dabei.

Ich ging auf die Theke zu, wo eine pummelige junge Frau stand und mit leerem Blick auf einen Flecken auf dem imitierten Terrakottaboden starrte. Die Tabletts unter den Wärmestrahlern waren fast leer; aus dem Bereich dahinter erklangen Gesprächsfetzen. Die Maschinen mit den Erfrischungsgetränken summten, und versteckte Mechanismen gaben klickende und surrende Geräusche von sich.

Als ich eine Tasse Kaffee bestellte, erwachte die Frau kaum aus ihrer Lethargie. Schleppenden Ganges holte sie das Gewünschte; als sie den Preis eintippte, bemerkte ich die schwarzen Ringe unter ihren Augen. Ich zahlte und fragte: »Haben Sie in der letzten halben Stunde einen mageren Mann mit langen roten Haaren hier gesehen?«

Sie schüttelte schweigend den Kopf, zu mehr war sie augenscheinlich zu erschöpft.

Ich trug den Kaffee zu einem Fensterplatz, von dem aus ich die Ecke Haight und Stanyan Street beobachten konnte. Es herrschte kaum Verkehr, Fußgänger waren fast überhaupt nicht mehr unterwegs. Gegenüber der Kreuzung lag der Park in undurchdringlicher, nebelverhangener Dunkelheit. Ich dachte an Red und Bob und an das geheimnisvolle Leben, das sie dort führten. Ich versuchte mir vorzustellen, wie der Park, der mir im hellen Licht des Tages so vertraut war, in der Dunkelheit wohl aussehen mochte.

Als ich das nächste Mal auf die Uhr schaute, war es ein Uhr siebenundvierzig. Niemand war nach mir ins Restaurant gekommen; die, die vor mir da waren, bewegten sich kaum. Ich hatte das Gefühl, als ob die Zeit stehengeblieben und ich in einer Kugel gefangen wäre – in einer hellerleuchteten Kugel, preisgegeben den Augen einer feindlichen Welt.

Ein Uhr dreiundfünfzig. Ich trank meinen Kaffee aus. Kurz erwog ich, noch eine Tasse zu trinken. Doch ich entschied mich dagegen.

Komm, Red, dachte ich. *Und zwar jetzt!*

Als ob mein Befehl gehört worden wäre, tauchte eine Gestalt aus dem Park auf und überquerte die Kreuzung. Es war ein

Mann mit langem rotem Haar, das von einem Band aus der Stirn gehalten wurde. Er trug eine helle Daunenjacke, die beim Gehen um ihn herumflatterte. Es schien derselbe Mann zu sein, den ich zweimal in der Nähe der Windmühle gesehen hatte.

Der Mann kam zur Tür, die auf die Straße hinausging, und schaute sich vorsichtig um. Als er hereinkam, wurde die Frau hinter der Theke wachsamer. Er entdeckte mich und ging auf meinen Tisch zu.

Die Frau wollte ihn aufhalten, aber ich stoppte sie mit einer Handbewegung. Red warf ihr einen Blick zu, grinste dann fies und zeigte seine schlechten, gelb verfärbten Zähne. »Scheißleute«, sagte er. »Wollen einen immer abwimmeln, wenn sie glauben, daß man sich ihre Scheißhamburger nicht leisten kann.« Er setzte sich und schaute mich listig an. »Kaufen Sie mir einen Burger, Madame? Und ein paar Pommes frites?«

»Einen Viertelpfünder oder einen Big Mac?«

»Viertelpfünder mit Käse. Cola. Eine große Portion Pommes.«

Ich ging zur Theke, gab die Bestellung auf und legte noch eine heiße Apfeltasche drauf. Die Frau schaute mich neugierig an, aber sie verpackte die Sachen schweigend. Das Essen hatte wahrscheinlich eine Weile auf den Warmhaltetabletts gestanden, aber ich vermutete, daß Red das gleichgültig war.

Als ich wieder an den Tisch kam, leckte er Zucker aus einer Tüte, die ein Gast auf dem Tisch liegengelassen hatte. Er nickte mir dankend zu und machte sich über das Essen her, als ob er Angst hätte, jemand könnte es ihm wegnehmen.

»Wo ist Bob?« fragte ich.

Er nahm einen Schluck Cola. »Ich bring' Sie zu ihm – nachdem Sie mir das Geld gegeben haben.«

Ich schüttelte den Kopf. »Sie bringen Bob zu mir – nachdem Sie die *Hälfte* des Geldes bekommen haben.«

»Er will nicht aus dem Park raus.«

Und ich wollte dort nicht hinein – nicht mit Red und nicht in der Nacht. »Er braucht nicht weit zu gehen. Kennen Sie die Straße am Kezar Stadion?«

Er nickte.

»Dort ist es dunkel, und es gibt kaum Polizeistreifen. Nur Anwohner benutzen die Abkürzung und parken ihre Wagen dort;

wenn uns jemand bemerkt, wird man uns für Anwohner halten. Ich bin in fünfzehn Minuten dort, in einem roten MG, und parke neben dem Maschendrahtzaun.«

Red zögerte und kaute nachdenklich. »In Ordnung. Aber dann will ich fünfundzwanzig für mich und fünfzig für Bob.«

»Es war von fünfzig die Rede.«

»Lady, ich riskiere schließlich etwas. Er wird gesucht; man könnte mich wegen Beihilfe einlochen.«

Ich seufzte. Heutzutage ist jeder ein Rechtsanwalt. »Also gut. Ich habe keine Zeit zu feilschen. Ich gebe Ihnen jetzt fünfunddreißig und den Rest, wenn ich mit ihm gesprochen habe. Sind Sie fertig?«

Er zerknüllte die leere Frittentüte, steckte die Apfeltasche in seine Jacke und streckte die Hand aus.

Ich zählte fünfunddreißig Dollar ab.

»Vergessen Sie nicht – in fünfzehn Minuten. Seien Sie pünktlich.«

Der Fahrweg neben dem alten und großenteils ungenutzten Stadion war verlassen. Ich hielt neben dem Zaun und stellte den Motor ab. Außer dem regelmäßigen Tuten des Nebelhorns an der Golden-Gate-Brücke und dem gelegentlichen Zischen von Autoreifen auf benachbarten Straßen war nichts zu hören. Eine Sicherheitsleuchte schien durch die Äste der überhängenden Zypressen und warf ein Schattennetz auf den Kühler meines Autos.

Ich war angespannt und unruhig und überzeugt, daß meine Nachforschungen auf ihren Höhepunkt zugingen. Meine Nervosität wurde durch den Ort, den ich für die Zusammenkunft gewählt hatte, noch verstärkt: Vor Jahren war eine der Hauptpersonen in einem anderen Fall nur wenige Meter von hier ermordet worden. Nun erstand die Szene wieder vor meinen Augen. Ich schüttelte die Erinnerung ab, nahm meine .38er aus der Tasche und legte sie auf meinen Schoß.

Vor mir lag die Kreuzung, wo der King Drive in den Park abbiegt, zwischen Whiskey Hill, einem dichtbewachsenen Gelände, auf der einen Seite und einem Kinderspielplatz mit Karussell auf der anderen Seite. Dort stand eine Ampel, die sich nur einschaltete, wenn sich vom Park her ein Auto näherte oder wenn ein Fußgänger auf den Knopf drückte. Ich beobachtete die wenigen Autos, die vorbeifuhren. Ein Polizeiwagen kam vorbeigefahren, einige Minuten später der nächste. Für diese späte Stunde schienen ungewöhnlich viele Polizeistreifen unterwegs zu sein; ich fragte mich, ob man die Suche nach Bob verstärkt hatte. Wenn ja, dann hatte ich ihn vielleicht, ohne es zu wollen, in Gefahr gebracht.

Vierzehn Minuten vergingen. Sechzehn.

Ich dachte an Gallagher. Jetzt hatte ihn der Inspektor, der meinen Anruf entgegengenommen hatte, bestimmt schon erreicht. Gallagher hatte sicher in Rudys Wohnung angerufen und niemanden angetroffen. Jetzt war er bestimmt wütend auf mich – mit Recht. Es wäre besser für mich, wenn ich ihm etwas vorzuweisen hätte.

Neunzehn Minuten. Zwanzig.

Und dann entdeckte ich Reds Daunenjacke, die beim Gehen um ihn herumflatterte. Bob ging neben ihm; sie näherten sich der Ampel, schauten sich vorsichtig um, ließen einen Laster vorbeifahren. Dann gingen sie auf die Straße...

Eine Sirene heulte auf. Rote und blaue Lichter flirrten über das Pflaster. Die Männer erstarrten in den Scheinwerfern des schwarzweißen Polizeiwagens, der aus dem Nichts aufgetaucht war. Vor der Einmündung des King Drive kam er zum Stehen, und die Türen flogen auf.

Red begann zum Park zurückzulaufen. Bob blieb einfach stehen. Einer der Bullen hatte nun das Mikrophon des Polizeikreuzers in der Hand und bellte ihn an stehenzubleiben.

Red hechtete in das Unterholz am Rande von Whiskey Hill. Ein Warnschuß wurde abgefeuert. Bob hob die Hände über den Kopf.

»Verdammt«, sagte ich, als die Bullen auf ihn zugingen. »Meine fünfunddreißig Dollar sind futsch.«

Das war reiner Egoismus, aber ich ärgerte mich viel mehr darüber, daß ich mein Geld los war und keine Gelegenheit mehr hatte, Bob auszufragen, als darüber, daß er verhaftet worden war. Im Gefängnis würde er Essen, Kleider, ein warmes Bett und, falls nötig, auch ärztliche Betreuung bekommen. Bis Hal Johnstone verhaftet und Bob freigelassen werden würde, wäre er vermutlich für den Winter auf der Straße besser gerüstet.

Und nachdem ihm Rudy Goldring fünftausend Dollar hinterlassen hatte, brauchte er so schnell keine Nacht mehr im Freien zu verbringen. Ich nahm mir vor, ihn zu besuchen und ihn davon zu überzeugen, daß ich ihn nicht absichtlich in eine Polizeifalle gelockt hatte. Vielleicht konnte ich ihm sogar wieder eine Stelle als »Türwächter« verschaffen. Damit könnte er seine kleine Erbschaft aufbessern und etwas »Biergeld« dazuverdienen.

Da ich keine Aufmerksamkeit auf mich lenken wollte, verkroch ich mich in meinem MG und wartete darauf, daß die Polizei wegfuhr. In der Zwischenzeit überlegte ich mir, wie ich weiter vorgehen sollte. Ich hätte gerne mit Bob gesprochen, um sicherzugehen, daß ich Gerrys Aussage richtig interpretierte. Aber nun blieb mir nichts anderes übrig, als davon auszugehen, daß meine Annahme stimmte. Außerdem glaubte ich nicht, daß irgend jemand in diesem Fall in unmittelbarer Gefahr schwebte...

Oder vielleicht doch? Ich dachte an meine Gespräche mit Irene und Gerry und an das Gespräch mit Lindy und Betsy. Und dann erkannte ich die drohende Gefahr.

Die Polizei war weg. Ich steckte meinen Revolver in die Tasche und ließ den Motor an.

Über dem Flachland lag der Nebel regungslos und schwer; in Ashbury Heights wehte der Wind in heftigen, unregelmäßigen Böen und wirbelte die Nebelschwaden auf. Mein kleines Auto schwankte in den Auf- und Abwinden. Als ich die Scheibenwischer einschaltete, verschmierten sie mir die Scheibe. Ich mußte langsam fahren, bis die Sicht wieder klar war.

Ich bog in die Sackgasse, wo die Cushmans wohnten, ab und parkte an der Ecke. Ich wollte zu Fuß zu den »Schlössern« gehen und, wenn alles in Ordnung zu sein schien, zum Auto zurückkehren und Wache halten. Vielleicht würde ja heute nacht überhaupt nichts passieren, aber ich wollte sichergehen. Ich fühlte mich auf unlogische Weise an Frank Wilkonsons Tod mitschuldig und wollte sicher sein, daß niemandem sonst etwas zustoße.

Als ich aus dem Auto stieg, fröstelte ich im Wind. Nebel, oder besser gesagt winzige Wassertropfen, legten sich aufs Gesicht und hängten sich an die Wimpern. Ich schlug meinen Jackenkragen hoch und ging die Sackgasse hinunter.

Es war sehr dunkel hier. In den Häusern auf beiden Seiten leuchteten nur wenige Lichter. Ihr Schein war schwach und wurde von den schwankenden Ästen der Bäume noch verdunkelt. Vor mir ragten die Türmchen auf, von rötlichen Sicherheitsleuchten erhellt. Die Blätter der Pappeln zitterten und bebten wie kleine Fähnchen; einige flogen durch die Luft und eines hing feucht an meinem Ärmel. Ich atmete den säuerlichen Geruch der Eukalyptusbäume, der durch die Feuchtigkeit noch verstärkt wurde.

Einige Autos parkten zu beiden Seiten der Straße: ein schnittiges Sportauto, zwei Sedans und neben der Mauer ein schäbiger japanischer Kombiwagen. Ich wollte ihn gerade genauer betrachten, als ich ein Summen hörte.

Das Geräusch verstummte. Ich wartete mit gespitzten Ohren. Dann erklang es wieder: das Summen der Schließanlage am Haupteingang. Ich spähte hinüber, aber ich konnte nicht sehen, wer eingelassen wurde. Ich sah nur die steilen Schieferdächer der Türmchen in einem rötlichen Licht. Das Tor der Einfahrt wurde geschlossen.

Ich ging zu der mit Efeu bewachsenen Mauer hinüber. Die Absätze meiner Stiefel sanken in der feuchten Erde ein. Der Eukalyptusgeruch war nun sehr stark und etwas unangenehm; um mich herum seufzten und ächzten die Bäume. Mein Haar klebte mir am Rücken; meine Hände waren kalt und klamm. Ich bewegte die Finger, während ich zum Tor ging.

Auf halbem Weg hörte ich einen Schlag. Ich zuckte zusammen, entspannte mich aber, als ich merkte, daß es nur das Tor war, das vom Wind in seine Angeln geworfen wurde. Ich schlich mich hinüber und spähte auf die Anlage.

Die wirbelnden Nebelschwaden waren so dicht, daß ich die Wegkurve kaum sehen konnte. Tote Blätter raschelten auf dem Boden. Niemand war zu sehen.

Ich trat durch das Tor, mit der Hand in der Tasche; meine Finger schlossen sich um den Griff des Revolvers. Die Schieferplatten waren rutschig. Ich glitt aus, fing mich wieder und ging neben dem Weg auf der festgetretenen Erde weiter.

Auf dem Anwesen selbst war die Sicht besser als auf der

Straße, aber die Nebelschwaden täuschten meine Augen. Einen Augenblick glaubte ich, daß jemand ein paar Meter vor mir auf dem Weg stünde; dann sah ich, daß der Weg in die andere Richtung abbog und daß ich einen Strauch anschaute. Ein vom Wind zerzaustes Gewächs hielt ich für eine Katze, ich glaubte Schritte zu hören, konnte aber nicht feststellen, woher sie kamen. Dann verlief ich mich, stolperte in den Eukalyptushain und verlor die Türmchen aus den Augen. Ich fiel beinahe über Wurzeln und schlug mir den Kopf an einem tiefhängenden Ast an. Endlich entdeckte ich vor mir Licht.

Das Hauptschloß war hell erleuchtet, aber an allen Fenstern waren die Jalousien unten. Alle anderen Gebäude lagen im Dunkeln. Zwischen mir und der Eingangstür stand eine Gestalt: groß, in einer weiten Jacke, durch die der Wind blies.

Gerry war zurückgekommen. Wahrscheinlich war er den ganzen Abend lang herumgelaufen oder hatte in einer Kneipe gehockt. Bei seiner Rückkehr hatte er wohl festgestellt, daß er seine Schlüssel vergessen hatte. Vicky hatte ihn hereingelassen; sie hatte sich ja am Telefon beschwert, daß sie seinetwegen aufbleiben müsse.

Aber nun, da Gerry zu Hause war, schien er sich nicht sicher zu sein, ob er bleiben wollte. Er stand nur ein paar Meter von der Eingangstür entfernt und schien die eigenartigen Proportionen des Gebäudes zu betrachten.

Vielleicht studierte er wirklich das Haus, dachte ich. Vielleicht fragt er sich, warum er zurückgekommen ist. Fragte sich, ob es wirklich der Mühe wert war, an diesen Ort, von dem er geflohen war, und zu Vicky und ihren unüberwindlichen Problemen zurückzukehren.

Ich wollte gerade den Mund öffnen und ihm etwas zurufen, als ich hinter mir ein Geräusch hörte. Ich blickte mich um und sah, wie sich ein großes Stück Rinde von einem nahe gelegenen Eukalyptusbaum löste und zu Boden fiel. Als ich wieder zu Gerry hinschaute, ging er gerade langsam auf die Eingangstür zu.

Und dann fielen Schüsse.

Es waren drei, die in kurzen Abständen aufeinander folgten. Krachende Schüsse, typisch für eine kleinkalibrige Handfeuerwaffe. Sie kamen von irgendeiner Stelle zwischen dem Hauptschloß und dem Gebäude, in dem das Schlafzimmer untergebracht war.

Gerry fiel zu Boden.

Noch ein Schuß.

Ich ging auch zu Boden.

Ich riß die 38er aus der Tasche und kroch vorwärts. Mein Mund schmeckte nach Metall, und in meinem Körper kribbelte es. Ich versuchte, in den Nebelschwaden den Schützen auszumachen.

Niemand.

Ich kroch unter den Bäumen hervor, robbte weiter, wobei sich mir Steine in die Knie bohrten. Meine Finger waren eisig, wie festgefroren am Griff meines Revolvers. Am Ende des Weges, in der Nähe der Eingangstür, lag Gerry regungslos auf der Erde.

Ich kroch weiter. Ich drückte mich auf den Boden, als von links eine andere Gestalt herbeigelaufen kam – eine Gestalt ganz in Weiß, die wie ein Geisterwesen aus dem Nebel auftauchte und leichtfüßig und geräuschlos zu der Stelle lief, wo Gerry lag.

Ich sprang auf, packte den Revolver mit beiden Händen und sagte: »Bleiben Sie, wo Sie sind, Vicky!«

Sie erstarrte, dann wirbelte sie mit flatterndem Nachthemd herum. Etwas entglitt ihrer rechten Hand und fiel zu Boden. Auf ihrem weißen Nachthemd hoben sich rote Flecken ab, die vermutlich von dem Wein kamen, den sie am Samstag abend gegen den Kamin geworfen hatte – Flecken, die jetzt wie Blut aussahen.

Gerry, der hinter ihr lag, bewegte sich nicht.

»Sharon«, sagte sie. »Ich habe Schüsse gehört.« Ihre Augen wanderten zu dem Revolver in meiner Hand. »Sie haben geschossen...«

»Nein«, sagte ich. »Nein, Vicky, das waren Sie.«

Sie breitete ihre Hände aus. Das Nachthemd wurde von einem Windstoß erfaßt und flatterte in die Höhe. Sie sah aus wie ein verrückter Engel.

»Aber wie denn?« fragte sie. »Ich habe keine Waffe.«

Ich hatte gesehen, wie sie sie weggeworfen hatte. Ich winkte ihr zu. »Gehen Sie zur Tür.«

Sie blieb, wo sie war. Ich ging näher heran. Nun konnte ich ihren Gesichtsausdruck erkennen. Sie hatte die Brauen gerunzelt und sah wieder so aus, als versuchte sie vergeblich zu verstehen, was vorging.

Ich winkte ihr nochmals mit dem Revolver zu. Sie schaute einen Augenblick auf die Waffe, zuckte dann die Achseln und ging zur Tür. Sie mußte um Gerry herumgehen, um die Tür zu erreichen, aber sie schaute ihn nicht einmal an.

Ich ging hinüber und fand die Pistole auf dem Rasen, wo sie sie fallen gelassen hatte. Es war die 22er, von der sie gesagt hatte, daß Gerry und sie sie in ihrem Schlafzimmer aufbewahrten. Ich hob sie am Ende des Laufes auf, damit ich ihre Fingerabdrücke nicht verwischte, und legte sie in das äußere Fach meiner Tasche. Dann ging ich zu Gerry und kniete mich nieder. Die 38er hielt ich immer noch auf Vicky gerichtet.

Im Laufe des Abends muß er seine modische Sportjacke gegen eine schwere Nylonjacke vertauscht haben, dachte ich. Der dunkle Fleck an seiner Schulter breitete sich aus. Ich hörte ihn leise stöhnen. Ich griff nach seiner Schulter und bewegte ihn leicht, um festzustellen, ob er sprechen konnte.

Erschrocken erkannte ich, daß ich doch recht gehabt hatte.

Da bewegte sich Vicky. Ich riß die Waffe nach oben, aber sie war nur ins Haus gegangen und hatte einen Schalter betätigt. Licht fiel von einer Lampe an der Wand auf den Boden. Es erleuchtete das Gras, den Weg – und die schmerzverzerrten Züge von Jane Wilkonson.

Vicky kam auf Zehenspitzen näher. Schaute hinab und fing an zu schreien.

»Ich dachte, es wäre Gerry«, wiederholte sie immer wieder. »Ich dachte, ich hätte Gerry getötet!«

27

In der darauffolgenden Verwirrung wäre es mir fast nicht gelungen, alles das zu erfahren, was ich wissen mußte.

Nachdem Vicky erkannt hatte, daß sie eine wildfremde Person und nicht ihren Mann angeschossen hatte, ging sie ins Haus und hatte einen hysterischen Anfall. Ich prüfte, wie schwer Jane Wilkonson verletzt war; die Wunde lag ziemlich hoch oben im Schulterbereich, und es bestand keine unmittelbare Gefahr. Ich deckte sie mit ein paar dicken Mänteln zu, die ich im Schrank in der Eingangshalle gefunden hatte, ging ins Haus und machte mich auf die Suche nach einem Telefon.

Vicky kauerte auf dem Boden zwischen Couch und Kaffeetisch. Sie hatte die Knie zur Brust hochgezogen, umklammerte sie mit den Armen und schaukelte weinend hin und her. Ich betrachtete sie und stellte fest, daß meine Vermutung zutraf: Bei den Flecken auf ihrem Nachthemd handelte es sich um alten Wein und nicht um Blut. Dann ging ich am Telefon im Wohnzimmer vorbei und in die Küche.

Der Raum sah aus wie ein Kriegsschauplatz, ein häuslicher Kriegsschauplatz. Überall stapelte sich schmutziges Geschirr, dazwischen standen leere Weinflaschen herum. Aus einem Papiersack quoll der Müll auf den Boden herab; eine andere Abfalltüte war umgefallen und zerplatzt; feuchter Kaffeesatz bröselte heraus. Irgendein grünes Zeug war in den Ausguß gelaufen; an der darüberliegenden Wand klebte ähnlicher Matsch. Als ich ein Sieb sah, an dem noch die Überreste von Spinat klebten, brauchte ich nicht viel Phantasie, um mir vorzustellen, daß der Inhalt an die Wand geschmissen worden war.

Das Telefon hing neben der Pinwand, die Gerry bereits erwähnt hatte. Während ich den Notruf wählte, betrachtete ich die Familienerinnerungen, die hier aufgespießt waren. Ihr Anblick war alles andere als normal noch beruhigend: Betsy hatte Halloween-Bilder für Papa, Mama und Rina gemalt und mit »alles Liebe« unterschrieben; das Bild für Rina war zerrissen, und ein Schnipsel davon lag zu meinen Füßen auf dem Boden.

Nachdem ich den Krankenwagen angerufen hatte, wählte ich Gallaghers Nebenstelle bei der Polizei. Er war da – und schrecklich wütend auf mich.

»Wo zum Teufel stecken Sie?« wollte er wissen. »Wir haben Choteau vor etwa vierzig Minuten vor dem Park aufgegriffen. Und nun sitze ich hier und lese Ihre vage Nachricht, daß Sie ein Geständnis im Fall Goldring hätten. Und unter der Nummer, die Sie angegeben haben, meldet sich niemand.«

»Es tut mir leid, Ben. Aber ich habe jetzt sogar noch mehr für

Sie.« Ich berichtete ihm, was während der letzten paar Stunden passiert war. Als ich fertig war, schien er etwas besänftigt und sagte, daß er in ungefähr fünfzehn Minuten hier sei.

Ich ging nach draußen, um zu sehen, wie es Jane ging. Sie lag bewußtlos unter den dicken Mänteln, aber ihr Puls war regelmäßig.

Gerry traf zur gleichen Zeit wie Polizei und Krankenwagen ein. Er hatte offensichtlich getrunken und völlig vergessen, daß er seine Mädchen in der Obhut wildfremder Leute zurückgelassen hatte. Als er hörte, was passiert war, wurde er schnell wieder nüchtern und wollte nachsehen, ob er etwas für Vicky tun konnte. Ich beobachtete ihn, wie er mit hängenden Schultern zögernd zur Tür ging. Er schien um Jahre gealtert. Aber bevor er eintrat, richtete er sich auf und straffte seine schmalen Schultern. Gerry war besser, als ich gedacht hatte; die Frau da drinnen hatte versucht, ihn kaltblütig zu töten, aber er wollte trotzdem versuchen, ihr zu helfen.

Gallagher erschien, während die Sanitäter Jane versorgten. Sie kam wieder zu Bewußtsein und erkannte mich. Sie rief immer wieder nach Miss Hernandez. Ich brauchte eine Weile, bis ich merkte, daß sie mich meinte.

Ben nahm mich zur Seite. Er sah völlig übermüdet aus, und sein Zorn war großenteils verflogen. »Hat sie Wilkonson getötet?« fragte er und deutete auf Jane.

»Ja. Sie ist seine Frau.«

»Hat sie gestanden?«

»Nein, aber ich glaube, sie wird. Es war kein kaltblütiger Mord.«

Sein Mund zuckte. »Das sagen sie alle.«

Ich schwieg. Ich kannte die Frau; er nicht.

»Was hat sie hier gemacht?« fragte er.

Ich zögerte. Ich war der Meinung, daß Jane Irene Lasser zur Rede stellen und sie womöglich angreifen wollte. Aber ich war mir nicht sicher; außerdem machte sie sowieso schon Schlimmes durch – und würde in der Zukunft noch mehr leiden müssen.

»Ich weiß es nicht«, sagte ich.

Gallagher sah skeptisch aus. »Was machen *Sie* denn eigentlich hier?«

»Ich wollte nach Vicky Cushman sehen. Das ist die Frau, die

Jane Wilkonson angeschossen hat. Sie ist in einer schlechten Verfassung.«

Im Haus hörte man Vicky wieder kreischen. »Ja, das hört man«, sagte Gallagher.

Ich sah zu den Sanitätern hinüber. Sie hatten Jane auf die Bahre gelegt und sie an eine Infusionsflasche gehängt. »Hören Sie mal«, sagte ich, »lassen Sie mich mit ihr ins Krankenhaus fahren.« Dies war mein Fall gewesen, seit Rudy Goldring mich gebeten hatte, Janes Ehemann zu beschatten. Ich wollte nicht am Ende um die Wahrheit betrogen werden.

»Warum?« sagte Gallagher. »Damit Sie wieder verschwinden können?«

»Bitte, Ben. Ich kann mit ihr reden. Sie ruft nach mir.«

»Sie ruft nach jemandem mit dem Namen Hernandez.«

Ich deutete auf mich.

»Was haben Sie...? Zum Teufel. Fahren Sie schon mit. Wir sehen uns dann im Krankenhaus.«

Er ging mit mir zum Krankenwagen und besprach sich mit den Sanitätern. Ich kniete neben der Bahre. Jane war blaß und ihr Gesicht zuckte. Ich fragte: »Wie fühlen Sie sich?«

»Schrecklich.«

»Ich fahre mit Ihnen ins Krankenhaus.«

»Danke.«

»Da ist etwas, das Sie wissen sollten.« Ich nannte ihr meinen wirklichen Namen und erzählte, warum ich sie getäuscht hatte. Ich war mir nicht sicher, ob sie alles verstand.

Die Sanitäter legten die Gurte an der Bahre an und hoben sie in den Krankenwagen. Ich stieg hinter ihnen ein. Nachdem sie Jane abgesetzt hatten, zeigte man mir einen Klappsitz neben ihr. Ich setzte mich, während die Sirene aufheulte. Das Fahrzeug schlingerte über den Rasen zur Autoausfahrt.

Ich legte meine Hand auf Janes unversehrte Schulter und drückte sie. Der Krankenwagen machte eine scharfe Rechtskurve; die Sirene war im Innern bei weitem nicht so laut, wie ich angenommen hatte. Ich warf einen Blick auf den Sanitäter, einen Farbigen zwischen zwanzig und dreißig. Er lächelte mir beruhigend zu.

Als ich mich wieder Jane zuwandte, sah sie mich an. Sie bewegte die Lippen, und ich beugte mich zu ihr.

»... gut, nicht allein zu sein«, sagte sie.

»Kümmert sich jemand um Ihre Kinder?« fragte ich.

»Eine Frau aus der Nachbarschaft. Die einzige Freundin, die ich im Tal habe.«

»Waren die Kinder auch am Samstag abend bei ihr?«

Sie wandte ihr Gesicht ab. Nach einer Weile flüsterte sie: »Sie wissen es.«

Ich lehnte mich näher zu ihr und sprach so leise, daß nur sie es hören konnte. »Haben Sie verstanden, was ich vorher gesagt habe – wer ich bin und warum ich Frank beschattet habe?«

»Ja.«

»Ich bin Ihnen am Samstag abend von der Ranch zur Windmühle im Golden-Gate-Park gefolgt, wo Sie Ihren Ranchero abgestellt haben. Ich habe Sie nicht richtig gesehen, und deshalb habe ich angenommen, daß es Frank wäre. Wie sind Sie nach Hollister zurückgekommen?«

»Mit dem Bus. Ich habe an der Judah Street die Straßenbahn genommen und bin zur Busstation gefahren. Ich hatte den Stadtplan vorher studiert.«

»Sie hatten Frank schon erschossen.«

Langes Schweigen. »Ja. Ich dachte, wenn ich das Auto im Park abstelle, wird man glauben, daß er dort getötet wurde. Ich hätte ihn auch dort lassen sollen, aber ich hatte Angst, den ganzen Weg mit ihm... konnte es nicht ertragen. Konnte ihn nur zum Reservoir bringen und ihn dort in der Kälte zurücklassen.«

»Wann haben Sie das getan?«

»Irgendwann nach Einbruch der Dunkelheit. Die Kinder waren über Nacht bei einer Freundin.«

Sie hatten ihr ein Schmerzmittel gegeben, und sie wurde allmählich benommen. Schnell fragte ich sie das, was ich von Bob Choteau hatte wissen wollen; nämlich, ob er Frank zu Hause angerufen hatte, wo Jane mithören konnte, um sich mit ihm bei der Windmühle zu verabreden.

Sie nickte. »Ich war am Telefon«, sagte sie. »Es war eine fremde Stimme. Ich schöpfte Verdacht. Ihr Besuch... ich habe über Franks Fahrten nachgedacht. Hab' mich erinnert an das letzte Jahr. Gleich nachdem Irenes Scheidungsunterlagen aus dem Süden kamen. Die Unfälle, die er dort gehabt hatte, fielen mir wieder ein. Andere Kleinigkeiten...«

»Also haben Sie den Anruf entgegengenommen, und dann haben Sie Frank auf Irene angesprochen.«

»Es war ein guter Zeitpunkt für eine Aussprache. Die Kinder waren weg. Auch das Baby. Die Freundin hatte sie genommen, damit wir einmal Gelegenheit für ein romantisches Abendessen zu zweit hätten.« Ihr Mund zuckte. »Ich hab' gedacht, wenn ich ihn am Wegfahren hindern könnte...« Tränen standen in ihren Augen; sie drückte die Lider zusammen, und die Tropfen fielen herab.

Ich schaute den Sanitäter an. Er beobachtete uns, aber er schien nicht eingreifen zu wollen.

Nach einer Weile sagte Jane: »Frank hat mir erzählt... von dem Kind. Er hat gesagt, daß ihm an Irene nichts mehr liege. Aber er wollte das Baby. Wollte es heimbringen, ich sollte es... aufziehen. Ich war schon lange wütend... ich war so allein. Dann konnte ich nicht mehr anders.«

Ihre Augen waren immer noch geschlossen. Sie atmete tief durch und fuhr fort: »Ich wollte gar nicht so viele Kinder. Ich liebe sie, aber jedesmal habe ich gehofft... Aber Frank brauchte das... er mußte sich wohl etwas beweisen. Meine Bedürfnisse waren ihm gleichgültig. Ich wollte etwas für mich selbst. Hatte es so satt, immer nur zu geben und nichts zu bekommen. Nachdem Frank mit ihr zusammengewesen war, wollte er mich nicht mehr. Hat mich nicht mehr angerührt. Da hatte ich nicht einmal mehr das. Und dann wollte er, daß ich mich auch noch um seinen... Bastard kümmerte.«

»Sie haben sich also gestritten. Und dann haben Sie ihn erschossen.«

Sie öffnete die Augen – wahrscheinlich, dachte ich, wollte sie die Szene nicht nochmals vor geschlossenen Lidern ablaufen sehen. »Die verdammte Pistole. War im Schrank, nicht einmal zugesperrt. Ich hab' ihm immer gesagt, ›Schließ sie weg, wegen der Kinder‹, aber er meinte, daß man sie eben besser erziehen müßte.«

Sie begann zu weinen. Ich drückte ihre Schulter fester. Der Krankenwagen fuhr nun eine ebene Straße entlang, nicht mehr weit vom Krankenhaus entfernt.

»Hat Vicky Cushman Sie angerufen und Ihnen gesagt, wo Irene wohnt?«

»Am Sonntag morgen. Ich schlief. So, als ob nichts geschehen wäre. Wenn sie nicht angerufen hätte, hätte ich mich vielleicht der Polizei gestellt. Aber dann dachte ich an Irene. Daß sie mir alles genommen hatte. Frank... und die schöne Zeit, die wir hatten. Sie und ihr Balg waren der Grund, warum ich ihn erschoß. Ich wußte, was ich zu tun hatte.«

»Und was?«

Schweigen.

»Warum sind Sie heute abend zu den Cushmans gegangen?«

Sie schwieg immer noch.

Ich dachte an die Ankunft der Polizei zurück. Mir fiel ein, daß ihre Handtasche am Boden gelegen hatte. Einer der Bullen hatte sie aufgehoben und durchsucht; ich hatte ihn beobachtet; er hatte keine Waffe gefunden.

Ich sagte sanft: »Sie brauchen nicht mehr zu reden. Es ist besser, wenn Sie niemandem mehr etwas sagen, nicht einmal mir, bevor Sie mit Ihrem Anwalt gesprochen haben.«

Einen Augenblick lang schaute sie mich neugierig an. Schließlich sagte sie: »Sie verstehen mich?«

»Ja.«

»Ich wollte doch nur etwas, das mir gehörte. Jeder braucht so etwas. Ist es falsch, das zu wollen?«

»Nein«, antwortete ich automatisch. Dann dachte ich an Irene... Vicky... Gerry. An Anne-Marie... Hank... Rae. Und an mich selbst.

»Nein«, sagte ich fest. »Ganz und gar nicht.«

28

Es war wieder Sonntag – einer dieser klaren Herbstnachmittage, an denen man glaubt, daß es nie Winter werden wird. Ich saß auf meiner Veranda in der Sonne und dachte daran, die Zwiebeln und Rosenkohlpflänzchen, die ich an jenem Sonntag, der nun so weit zurückzuliegen schien, gekauft hatte, einzupflanzen. In der Küche lief im Radio das Spiel der Neunundvierziger, aber ich hörte nicht richtig zu; die Mannschaft war einfach zu gut und gewann in dieser Saison so mühelos, daß ich mich nicht recht für Football begeistern konnte. Es reichte mir, in meinem dicken roten Pulli und meinen Jeans dazusitzen und die Gartenarbeit ganz langsam anzugehen.

Heute fühlte ich mich zum erstenmal, seit den frühen Morgenstunden am Mittwoch, wieder richtig munter. Die Ereignisse in der Stillman Street und später bei den »Schlössern« hatten bei mir ein Stimmungstief bewirkt, das sich nicht so schnell abschütteln ließ. Hal Johnstone war am Mittwoch in der Nähe von Hollister festgenommen worden; er hatte alles abgestritten, einen bekannten Anwalt angeheuert und insgesamt gute Aussichten, freizukommen, es sei denn, es gelänge Irene und mir, die Geschworenen mit unseren Aussagen zu überzeugen. Außer ihm tat mir jeder, der in diesen Fall verwickelt war, leid:

Vicky, die sich in stationärer Behandlung im psychiatrischen Institut Langley Porter befand – an sich eine Ironie, denn diese Klinik gehört ihrem Erzfeind, der medizinischen Fakultät der Universität von Kalifornien. Gerry, der sich entschlossen hatte, zumindest so lange bei seiner Frau zu bleiben, bis sie wieder gesund war, und sich als alleinerziehender Vater in den »Schlössern« um seine Töchter kümmerte. Irene, die sein Entschluß so getroffen hatte, daß sie in das Frauenhaus von Orange County zurückkehrte, wo sie während ihrer ersten Krise behandelt worden war. Und Susan, Lindy und Betsy, die unschuldigen Opfer dieser tragischen Ereignisse.

Und dann war da noch Jane; sie tat mir am meisten leid. Sie war aus dem Krankenhaus entlassen und den Behörden von San Benito übergeben worden. Ihre Verhaftung und die seines Sohnes hatten Harlan Johnstone endlich aus seinem Alkoholnebel herausgerissen, und er hatte ihr einen guten Anwalt verschafft. Am Freitag war ich hingefahren und hatte sie im Gefängnis besucht.

Jane hatte sich seit unserer ersten Begegnung vor einer Woche, als sie eine Horde Kinder herumkommandiert hatte, sehr verändert. Sie saß mir gegenüber im Besucherzimmer, ihr Gesicht sah angespannt und traurig aus; ich hatte ihr Zigaretten mitgebracht, und sie rauchte eine nach der anderen. Die Kinder, sagte sie, seien immer noch bei ihrer Freundin. Alle seien sehr nett: Harlan Johnstone zahle die Anwaltskosten; Walt

Griscom habe bei seinen Kunden um Spenden gebeten und bei ihrer Freundin eine Ladung Lebensmittel abgegeben, damit die Kinder etwas zu essen hätten; einige der Ehefrauen der Rancharbeiter hätten sie besucht und ihr Hilfe angeboten. Ihr Rechtsanwalt sei der Ansicht, daß sie mit einer geringen Strafe oder mit Bewährung davonkommen könne – er würde auf verminderte Zurechnungsfähigkeit plädieren, meinte Jane. Die Kinder schienen noch nicht richtig zu verstehen, was passiert war.

»Ich fürchte mich vor dem Tag, an dem sie es verstehen«, sagte sie. »Ich fürchte, sie werden sich dann gegen mich wenden.«

»Vielleicht am Anfang«, sagte ich, »aber dann werden sie Ihnen sicher vergeben.«

»Vielleicht.« Doch aus ihrem Gesicht sprach keine Zuversicht. Nach einer Weile fügte sie hinzu: »Wissen Sie, was komisch ist? Bis die Polizei mich am nächsten Tag im Krankenhaus verhört hat, habe ich gedacht, daß Irene auf mich geschossen hätte, nicht Mrs. Cushman. Es wäre mir lieber gewesen, wenn es Irene gewesen wäre; dann hätte ich sie weiterhin hassen können. Jetzt weiß ich nicht so recht. Vielleicht hätte ich an ihrer Stelle genauso gehandelt.«

Darauf wußte ich keine Antwort. Jane schien auch keine zu erwarten. Sie zündete sich noch eine Zigarette an und starrte ins Leere. Dann sagte sie: »Ich denke immer darüber nach, wie alles hätte anders kommen können. Ich wünschte, wir hätten Texas nie verlassen und wären nie an diesen traurigen Ort gezogen.«

Das wünschte ich auch.

Wir sprachen dann nicht mehr lange. Als ich ging, sagte ich, daß ich wiederkäme, wenn sie das wolle. Sie sagte, sie würde ihre Freundin bitten, mich anzurufen und einen Tag auszumachen. Aber irgendwie hatte ich Zweifel, daß sie das wirklich tun würde.

Jetzt schüttelte ich die trüben Gedanken ab und schaute zu den Rosenkohlpflänzchen hinüber. Die Tüte mit den Zwiebeln stand daneben. Ich müßte ein Beet anlegen – mein Garten war vollkommen von Unkraut und wilden Brombeersträuchern überwuchert. Ich hatte fast den ganzen Nachmittag Zeit, zumindest bis drei, und ich beschloß, vorher noch ein Glas Wein zu trinken.

Als ich in die Küche ging, stand es zur Halbzeit achtundzwanzig zu sieben für die Neunundvierziger. Ich schaltete das Radio aus und ging wieder nach draußen. Das Spiel war immer noch aus den Fernsehgeräten und Radios in einem Umkreis von vier Häuserblocks zu hören. Ich saß auf meinen Verandastufen an den Pfosten gelehnt und dachte an Leute, die mir näherstanden als Jane.

Hank verbrachte immer noch viel Zeit im Remedy; er und Jack führten an einem der Spielautomaten in der Bar regelmäßig Turniere durch. Anne-Marie hatte mit mir immer noch nicht über ihre Probleme gesprochen; ihr Anrufbeantworter warf die Leute immer noch vor dem Pfeifton aus der Leitung. Und dann war da noch Rae...

Am Dienstag abend hatte ich ihre dringende Nachricht ignoriert und prompt vergessen. Am Donnerstag morgen hatte sie sich im Büro mit roten Augen trotzig vor mir aufgebaut.

»Also gut«, sagte sie, während sie den schrecklichen blaugoldenen Schal von ihrem Hals wand und ihn wie einen Fehdehandschuh vor mir auf den Boden warf. »Also gut – du wolltest, daß ich mein eigenes Leben lebe, und zum Teufel mit Doug. Hier bin ich also!«

Ich drehte mich in meinem Stuhl herum und starrte sie an, als ob sie verrückt geworden wäre.

»Hier bin ich«, wiederholte sie. »Aber hättest du mir nicht wenigstens helfen können?«

»Ich verstehe überhaupt nichts.«

»Hat dir Hank denn nichts erzählt? Oder Ted?«

»Was sollten sie mir denn erzählt haben?«

Sie begann im Zimmer auf und ab zu gehen, nahm dies und jenes in die Hand, betrachtete es und stellte es wieder an den Platz zurück. Als sie meine Gorillamaske anschaute – ein Geschenk von einem Mandanten, der weiß, daß ich immer schon einmal gern an Halloween als Gorilla verkleidet im Trader Vic's zu Mittag gegessen hätte –, rümpfte sie die Nase. Ich hatte plötzlich die absurde Angst, daß das an meinem schlechten Geschmack lag.

Schließlich sagte sie: »Ich habe dich am Dienstag abend angerufen. Ich mußte mit dir sprechen, aber du hast nicht zurückgerufen.«

»Ich nehme an, du hast gehört, was passiert ist. Du kannst sicher verstehen…«

»Ich hätte dir helfen können, weißt du. Du hättest das nicht alles allein zu machen brauchen.«

»Auf die Idee bin ich gar nicht gekommen.«

»Natürlich nicht! Du machst ja immer alles allein. Das ist so deine Art, nicht wahr?«

Ihre Worte überraschten mich. Aber das *war* wirklich meine Art. Und daran konnte ich einfach nichts ändern.

»Na ja«, fuhr Rae fort, *»ich* mußte auch alles allein machen. Also habe ich mit Hank gesprochen, und hier bin ich.«

Ich mußte mich sehr zurückhalten, um mir nicht die Haare zu raufen und loszuschreien. Aber ich zwang mich zur Geduld und fragte: »Was soll das heißen – ›Hier bin ich‹?«

»Ich verlasse Doug und ziehe hier bei All Souls ein.«

»Was?«

»Wir haben am Dienstag nachmittag mit der Therapie angefangen, eine Paartherapie. Und weißt du, was der Scheißkerl gesagt hat? Er hat zugegeben, daß er den Selbstmordversuch nur vorgetäuscht hat, damit ich meine Arbeit hier aufgäbe, ich sollte wieder bei der Wach- und Schließgesellschaft anfangen und mich mehr um ihn kümmern. Er hat gesagt, er habe gewußt, daß ihn die Tablettendosis nicht umbringen würde. Er wollte nur, daß zwischen uns wieder alles so werde, wie es einmal war.«

Sie begann wieder hin und her zu gehen, packte die Gorillamaske und zupfte an den Haaren.

»Verdammt, Sharon, er hat mich zum Opfer seiner Selbstsucht gemacht. Er hat sein Leben aufs Spiel gesetzt und etwas getan, von dem er wußte, daß es mich verletzen würde – aus purem Egoismus. Er wollte, daß ich meinen Traum dem seinen opfere, und das ist einfach unfair. Ich habe auch ein Recht auf meinen Traum!«

Ich war erleichtert. Rae würde keine Jane Wilkonson werden.

Ich formulierte meine Antwort vorsichtig. »Ich glaube, daß

es dann wirklich das beste ist, wenn du ausziehst. Aber ich würde die Therapie nicht aufgeben. Oder mich schon scheiden lassen.«

»Oh, mach dir keine Sorgen – das habe ich nicht vor. Doug muß lernen, daß er mich nicht so manipulieren kann. Er muß lernen, auf eigenen Füßen zu stehen. Wenn er bei der Therapie mitarbeitet und wenn sie ihm wirklich nützt, dann bin ich bereit, mich mit ihm zu versöhnen. Aber im Augenblick verlasse ich mich nur auf mich selbst.«

Dann blickte sie auf die Gorillamaske; sie hatte jetzt mitten auf dem Kinn eine kahle Stelle. »O Gott, das tut mir leid!« sagte sie.

»Macht nichts – er sieht so viel besser aus. Viel charaktervoller. Wann ziehst du hier ein?«

»Am Sonntag. Dann leiht mir jemand seinen Transporter. Könntest du mir vielleicht helfen?«

»Sicher. Aber in welches Zimmer ziehst du denn? Sie sind doch alle bewohnt.«

»In mein Büro.«

»Rae, das ist kaum größer als ein Schuhkarton!«

»Das macht nichts – es wird schon gehen. Hank sagte, ich könnte ein paar Sachen auf den Dachboden stellen.«

Ich dachte an das zusätzliche Zimmer, das ich in meinem Haus hätte, sobald das neue Schlafzimmer fertig wäre. Wenn ich von Rae Miete bekäme, könnte ich vielleicht einen Kredit aufnehmen und den Umbau abschließen...

Dann dachte ich, Moment mal, McCone. Du bist eine Einsiedlerin und keine Vermieterin. Laß sie in ihrem Büro schlafen, bis du die Sache gründlich überlegt hast.

»Wann soll ich am Sonntag bei dir sein?« fragte ich.

»Um drei. Da hat Doug seinen Kurs ›Kreatives Schreiben‹, dann ist er nicht zu Hause und kann nicht rumspinnen.«

Ich schaute auf meine Uhr. Zwanzig vor drei. Die Rosenkohlpflänzchen und die Zwiebeln mußten wohl warten. Oder noch besser, ich würde sie meinen Nachbarn, den Curleys, schenken. Sie waren begeisterte Gärtner, und außerdem wären die Pflanzen eine kleine Entschädigung dafür, daß sie meinen Kater so oft fütterten.

Da ich gerade an Watney dachte, versuchte ich, ihn herbeizupfeifen. Wie üblich kam er nicht. Ich ging hinein, legte frisches Make-up auf, band mein Haar zusammen und griff nach dem Autoschlüssel.

Auf dem Weg nach draußen ging ich noch einmal im Wohnzimmer vorbei und packte die Pavianblume. Sie würde sich gut machen als Einzugsgeschenk für die neue Wohnung – oder vielmehr für den neuen »Schuhkarton«.

Marcia Muller

Am Ende der Nacht
Kriminalroman. Band 14352
Aus dem Amerikanischen von Cornelia Holfelder-von der Tann

Mord ohne Leiche
Kriminalroman. Band 14541
Aus dem Amerikanischen von Monika Blaich und Klaus Kamberger

Tote Pracht
Kriminalroman. Band 14542
Aus dem Amerikanischen von Gabriele Graf

Niemandsland
Kriminalroman. Band 14543
Aus dem Amerikanischen von Monika Blaich und Klaus Kamberger

Letzte Instanz
Kriminalroman. Band 14544
Aus dem Amerikanischen von Monika Blaich und Klaus Kamberger

Dieser Sonntag hat's in sich
Kriminalroman. Band 14713
Aus dem Amerikanischen von Gabriele Graf

Spiel mit dem Feuer
Kriminalroman. Band 14775
Aus dem Amerikanischen von Cornelia Holfelder-von der Tann

Wenn alle anderen schlafen
Kriminalroman. Band 14537
Aus dem Amerikanischen von Cornelia Holfelder-von der Tann

Wölfe und Kojoten
Kriminalroman. Band 14545
Aus dem Amerikanischen von Monika Blaich und Klaus Kamberger

Ein wilder und einsamer Ort
Kriminalroman. Band 14546
Aus dem Amerikanischen von Cornelia Holfelder-von der Tann

Marcia Muller

Feinde kann man sich nicht aussuchen

Roman

Aus dem Amerikanischen von Cornelia Holfelder-von der Tann

Band 14714

Sharon McCone har sich nun selbständig gemacht, als Untermieterin ihres bisherigen Arbeitgebers, der Anwaltskanzlei All Souls in San Francisco. Noch vor der Einstandsfete kreuzt ihr erster Klient auf: Suits Gordon, genannt »Suitcase«, ein alter Bekannter aus Collegetagen, den Sharon nicht in allerbester Erinnerung hat. Seinerzeit betrieb er einen schwungvollen Handel aus dem Koffer mit allerlei Drogen und Seminarpapieren. Inzwischen hat er sich zu einem erfolgreichen »Turnaround-Man« entwickelt, einem jener Unternehmensberater, die Betriebe am Rande des Boykotts sanieren und ihre Visionen realisieren, indem sie die alte Belegschaft feuern. Klar, daß man sich dabei nicht nur Freunde macht. Doch kaum hat Gordon Sharon engagiert, fliegt sein Haus in die Luft und Gordon taucht unter. Im Wettlauf mit der Zeit versucht Sharon herauszufinden, wer dem berüchtigten »Turnaround-Man« nach dem Leben trachtet.

Fischer Taschenbuch Verlag

fi 789 / 7